铁凝

大家经典

相信生活，相信爱

铁凝 著

山东文艺出版社

目 录

第一辑　生活随想

- 003　关于头发
- 009　风筝仙女
- 014　闲话做人
- 018　一个人的热闹
- 020　书的等级
- 026　与陌生人交流
- 031　草戒指
- 036　国庆那一天
- 040　一件小事
- 043　正定三日
- 050　《第四十一》梦
- 054　你在大雾里得意忘形
- 058　车轮滚滚
- 066　怀念插图
- 070　护心之心
- 074　从梦想出发
- 082　共享好时光
- 086　男性之一种
- 090　女性之一种
- 095　孩子之一种

第二辑　忆旧怀人

- 103　惦念
- 108　想象胡同
- 112　母亲在公共汽车上的表现
- 116　面包祭
- 124　擀面杖的故事
- 130　二十二年前的二十四小时
- 135　告别伊咪
- 155　真挚的做作岁月

| 175 | 怀念孙犁先生

| 183 | 冰心姥姥您好

| 187 | 天籁之声,隐于大山

| 197 | 相信生活,相信爱

第三辑　异域行记

| 203 | 在纽约市立图书馆过节

| 206 | 女人的白夜

| 211 | 小城警察

| 215 | 在纽约逛旧货市场

| 219 | 史蒂文森郡的乡间聚会

| 224 | 我在奥斯陆包饺子

| 227 | 黄金与钻石

| 232 | 华盛顿的"文学疗法"

| 239 | 俄克拉荷马城纪事

第一辑

生活随想

关于头发

我上幼儿园的时候,梳过一种马尾辫:头发全部拢到脑后高高束起,然后用大红玻璃丝紧紧勒住。幼儿园阿姨为我梳头时,在我的头发上是很舍得用力的,每每勒得我两只眼角吊起来,头皮生疼,眼里闪着泪花。我为此和阿姨闹别扭,阿姨说,你的头发又细又软,勒得越紧头发才会长得越壮。长大些,当我对农事稍有了解,知道种子播入泥土,所以用脚踩紧踩实,或用碌碡压紧压实,为的是有助于种子生根发芽继而茁壮成长。这时我会想起幼儿园时代我的马尾辫,阿姨似乎把我的头发当作庄稼侍弄了。但她的理论显然是可疑的,因为我的头发并未就此而粗壮起来。

读小学以后,我梳过额前一排"刘海儿"的娃娃头。到了中学,差不多一直是两根短辫,那是文化贫瘠的时代,头发的样式也是贫瘠的,辫子的长度有严格限制,过肩者即是封建主义的残余。在校女生没人留过肩的辫子,最大胆者的辫梢,充其量也就是扫着肩。我们梳着齐肩的短辫,又总是不甘寂寞地要在辫子上玩些花样,爱美之心鼓动着我们时不时弄出点藏头露尾、扭扭捏捏的把戏。忽然有一阵把辫子编得很高，忽然有一阵把辫子编得很低；忽然有一阵把两根辫子梳得很靠前，忽然有一阵把两根辫子梳得紧紧并在脑后。忽然有一阵市面上兴起一种名曰"小闹钟"的发型，就是将头发盖住耳朵由耳根处编起，两腮旁边各露出一点点辫梢，好似闹钟的两只尖脚。正当我们热衷于"小闹钟"这种恶俗的发型时，忽然有传闻说这是一种"流氓头"，因为社会上一些不三不四的女青年都梳着这种头在社会上作乱。我们害怕了，赶紧改掉"小闹钟"，把两只耳朵重新从头发的遮盖下显露出来。

　　成人之后，在二十世纪八十年代初期，社会对头发的限制消失了，从城市到乡村，中国女人曾经兴起一股烫发热潮。在那时，烫成什么样似乎不是最重要的，重要的是头发需要被烫。呆板了许多年的中国女人的头发是有被烫一烫的权利的。我也曾有过短暂的烫发史，只在这时，我才正式走进理发馆。从前，我和我的同学几乎都没有进理发馆的经验，我们的头发只需家里大人动动剪子即可。我走进理发馆烫发，怀着茫然的热望。老实说我对理发馆印象不好，那时的理发馆都是国营的，一个城市就那么几家，没有竞争对手，理发师对顾客的态度是：爱来不来。即使这样，理发馆也总是人头攒动。我坐在门口排队，听着嘈杂的人声，剪刀忙乱的咔嚓声，还有掺着头发油泥味儿的热烘烘的水汽，还有烫发剂那么一股子能熏出眼泪的呛人的氨水味儿……这人声，这气味，屠宰场似的，使我内心充满一种莫名其妙的羞愧感。好不容易轮到我，我坐上理发椅，面对大镜子，望着镜子里边理发师漠然的眼神，告诉她我要烫荷叶头。我须看着镜子里的我和镜子里的理发师讲话，这也让我不安。两个人同时出现在一面镜子里总叫人有些难为情,特别当她(或他)如此近切地抓挠着你的头发,又如此冷漠地盯着他们手下你的这颗脑袋。现在想来那真是一种呆板而又无趣的发型,可是理发师并不帮你参谋或者给你建议。我顶着一头孤独的"荷叶"回家,只觉得自己又老又俗。

以后的许多年里,我不再烫发,一把头发用橡皮筋在脑后拢住,扎成一揸长的刷子。我的同事介绍给我一位陈姓理发师,说他人好技术也好,虽然是做"男活儿"出身,但"女活儿"你提要求他也能剪。我找到了陈师傅所在的理发馆,陈师傅热情地接待了我。他五十岁左右,老三届吧,人很敦厚,经常有本地领导同志慕名前来,他理那种程式化了的干部头最拿手。但他的确很聪慧,我提的要求,诸如脑后这把刷子的位置啦,刷子梢不要呈香蕉形而要齐齐的好比刷子一样啦,这看似简单的要求并不是每个理发师都能达到,可是陈师傅就行。他开动脑筋,过硬的基本功加经验,他成功了。

我的发型好像就这么固定了下来,亲人、朋友、同事都觉得这样子不错,显得五官突出,也有那么点成熟的干练劲儿。谈不到时尚,也决不能说落伍,而且省事。以至于不知何时我变得必须得留这种发型了。曾有好心同事半是玩笑、半是认真地告诉我:"你若改变发型,必会让很多人不相信你。"这话分量可不轻,吓住了我,却也愈加诱我生出逆反心理,我跃跃欲试,气人似的,非要改变一下发型不可。

我萌生了剪短发的念头,半年之间曾几次走进美发厅(如今各种美发厅和发廊已遍布各地),又几次借故逃出。我想我这是对自己的发型太在意了,太在意了反倒是在虐待自己了。剪个短发有什么了不起呢?有什么了不起呢剪个短发?于是在那个夏天,去北京出差时，我痛下决心似的走进了住地附近的一间名叫"雪莱"的美发厅。这里环境幽雅，照应顾客的都是些发型、装束均显时尚的年轻人。一位身材瘦高的发型师迎上来问我剪发还是烫发，我说我要剪短发，他立即将我引至一张理发椅上坐好，递上厚厚两本发型图册请我翻阅，另有一位小姐为我送上一杯纯净水。我来来回回翻着书，见里面多是些夸张的富有戏剧性的发型设计，不免心中忐忑，预感此行恐怕是"凶多吉少"，并在这时想起了陈师傅——陈师傅固然老派，却是稳妥的。而我在这样一个时尚和幽雅兼而有之的场面上，不知为什么显得格外孤立和无助。我有些烦躁，翻书的手势就猛了，猛而潦草，像是挑衅。因为我刚刚享受了小姐一杯纯净水的服务，仿佛没有理由站起来就走，我离开的理由只能是他们的态度不好啊。只要这发型师显出一点不耐烦，我便能理直气壮地站起来告辞。但是这位年轻的发型师很耐心，他富有经验地对我说，您留这种发型很长时间了吧，长发换短发一般都得有个心理过程。没关系，您慢慢选择。发型师的话使我的心安定下来，我不由自主把自己的职业告诉他，请他帮我做些参谋。他斟酌片刻，认真指给我几种样子，分析了我的发质，还建议我不要烫头发——尽管烫发比剪发的价钱要高很多。这位年轻人给了我一种信任感，我觉得我的头发不会糟蹋在他手里。

发型师在我的头发上开始了他的创造，我也试着自信地看着镜子里的我。我逐渐看清这新的发型于我真是挺合适，这看上去非常简单的造型，修剪的过程却相当复杂，好比一篇简洁的小说，看着单纯，那写作的过程却往往要运用作者更多的功力。临走时我问了发型师的名字，他叫孟文杰。

以后当我的头发长了需要修剪时，我会很自然地想到孟文杰和他的美发厅。这并不是说，除了孟文杰就没有人可以把我的头发剪好，不是的。孟文杰的确有精良的技术和对头发极好的感觉，他的认真、细腻、流畅和利落的风格，他将我的并不厚密的头发剪出那么一种自然而又丰满的层次，的确让我体会到头发的轻松和人的轻松。但更重要的是，我喜欢这间美发厅里的几个年轻人和他们营造的气氛，那是一种文明得体、不卑不亢的气氛。不饶舌，不压抑，也没有"包打听"。谈话是自然而然的，时事政治，社会趣闻，天上地下，国内海外……他们是那样年轻，大都二十出头，却十分懂得适可而止。他们也少有"看人下菜碟"的陋习，生客熟客他们一样彬彬有礼。某日我碰见一位言语刻薄的女客正冲孟文杰大发脾气，孟文杰和几位小姐不还口也不动怒，耐心对她做着什么解释。我以为这女客走后他们定会在背后嘀咕她几句——在商店、在公共场所，营业员当着顾客和背对顾客经常是两张脸。但是他们没有，即使面对我这样的熟客，他们也没有流露心里的委屈。我想这便是教养吧，我对他们的技艺和教养肃然起敬。

不过你也别以为这里会呈现一派家庭味儿的不分你我，热情礼貌归热情礼貌，算账时一分一厘都很清爽。没有半推半就的寒暄，或者假装大方的"免单"。这就是平等，平等的时候气氛才轻松。

这是一些不怎么读小说的人，因为熟了，有时候他们也读我的小说。一位姓常的小姐尤其喜欢和我讨论我的小说的结尾。这位常小姐告诉我她擅长讲故事，每当遇到伤心的女友对她诉说自己的伤心事时，常小姐便会讲自己一个比女友更伤心的故事给她听。常小姐说其实我一半都是编的呀，我想只有你的故事比她更伤心，才能让她停止伤心你说是不是？常小姐她实在应该去写小说呢。有时我把自己的新书送给他们，孟文杰往往带着职业本能品评新书，他指着封面上我的照片说："您耳边这绺头发翘起来了，是上次我没剪好。"假如我很长时间不去"雪莱"，他们也会说起的，计算着几个月了，我应该去了……我知道这不是对所谓"名人"的想念，地处王府井闹市，他们眼前、手下经常流淌着名人和名人的脑袋。这是一种人与人之间自然的友好心情，我为此而感动。

想一想在这个世界上，除了你自己，除了与你耳鬓厮磨的爱人，还有谁和你头发的关系最亲密呢？正是那些美发师啊。他们用自己诚实、地道的劳动，每天每天，善待着那么多陌生的潮水一般的头发，在那么多头颅上创造出美、整洁、得体和千差万别的风韵，让我想到，在我们的身体上，还有比头发更凡俗、更公开、却又更要紧的东西吗？而美发师这职业，是那么凡俗，那么公开，又那么要紧。多少女性想要改变心情时，首先就是从头发上下手啊。"今天我要对自己好一点，去美发厅做他一个'离子烫'！"有一回我去镜框店买镜框，听见女店主正对她的熟人说。

我已经很久没见过陈师傅了，他曾托同事捎话给我，希望我去他那儿让他看看，看我到底剪了个什么样的头，他能不能也学学。

陈师傅的话使我感觉到我对他的一种背叛，还有一点凄凉。我的头发"投奔"了一些充满朝气的年轻人，这本身仿佛就是对陈师傅不够仗义。不过话也可以这么说吧：如果我们的头发不再可能重复几十年前那被限制的时光，面对头发就永远存在丰富而多样的竞争。

这让人激动，也让人觉出生活的正常和美好。

风筝仙女

家居市区的边缘,除却拥有购物的不便,剩下的几乎全是方便。

我们的楼房前边不再有房子,是一大片农民的菜地。凭窗而立,眼前地阔天高,又有粪味儿、水味儿和土腥味儿相伴,才知道你每天吃下去的确是真的粮食,喝下去的也确是活的水。

我们也不必担心窗外的菜地被人买去建造新楼,不必担心新楼会遮挡我们抛向远天远地的视线了:有消息说市政建设部门规划了菜地,这片菜地将变成一座公园。这使我们在侥幸的同时,又觉出一点失落,因为公园对于一座城市算不上什么奇迹,而一座城市能拥有一片菜地才是格外地不易。公园是供人游玩的,与生俱来有一种刻意招引市民的气质;菜地可没打算招谁,菜们自管自地在泥土里成长,安稳、整洁,把清新的呼吸送给四周的居民。

通常,四周的居民会在清晨和傍晚沿着田间土路散步,或者小心翼翼地踩着垄沟背儿在菜畦里穿行——我们知道菜农怜惜菜,我们也知道了怎样怜惜菜农的心情。只在正月里,当粪肥在地边刚刚备足,菜地仍显空旷,而头顶的风已经变暖的时候,才有人在开阔的地里撒欢儿似的奔跑了,人们在这里放风筝。

放风筝的不光我们这些就近的居民,还有专门骑着自行车从拥挤的闹市赶来的青年、孩子和老人。他们从什么时候发现了并且注意起我们的菜地呢?虽然菜地并不属于我们,但我和我的邻人对待这些突然的闯入者,仍然有一种优先占领的自得和一种类似善待远亲的宽容。一切都因了正月吧,因了土地和天空本身的厚道和清明。

我的风筝在众风筝里实属普通,价格也低廉,才两块五毛钱。这是一个面带村气的仙女,鼻梁不高,嘴有点鼓;一身的粉裙子黄飘带,胸前还有一行小字:"河北邯郸沙口村高玉修的风筝,批发优惠。"以及邮编多少多少什么的。如此说,这仙女的扎制者,便是这位名叫高玉修的邯郸农民了。虽说这位高玉修描画仙女的笔法粗陋幼稚,选用的颜料也极其单调,但我相中了它。使我相中这风筝的,恰是仙女胸前的这行小字。它那表面的商业味道终究没能遮住农民高玉修骨子里的那点拙朴。他这种口语一般直来直去的句式让我决定,我就要这个仙女。

傍晚之前该是放风筝的好时光,太阳明亮而不刺眼,风也柔韧并且充满并不野蛮的力。我举着我的仙女,在日渐松软的土地上小跑着将她送上天空。近处有放风筝的邻人鼓励似的督促着我:"放线呀快放线呀,多好的风呀……"

放线呀放线呀快放线呀,多好的风啊!

这宛若劳动号子一般热情有力的鼓动在我耳边呼啸,在早春的空气里洋溢,丝线从手中的线拐子上扑簌簌地滑落着,我回过头去仰望升天的仙女。我要说这仙女实在是充满了灵气:她是多么快就够着了上边的风啊。高处的风比低处的风平稳，只要够着上边的风，她便能保持住身体的稳定。

我关照空中的仙女，快速而小心地松着手中的线，一时间只觉得世上再也没有比这风筝仙女更像仙女的东西了：她那一脸的村气忽然被高远的蓝天幻化成了不可企及的神秘；她那简陋的衣裙忽然被风舞得格外绚丽、飘逸；她的态势忽然就呈现出一种怡然的韵致。放眼四望，天空正飞翔着黑的燕子褐的苍鹰花的蝴蝶银的巨龙……为什么这些纸扎的玩意儿一旦逃离了人手，便会比真的还要逼真？就好比天上的风给了它们人间所不能解的自在的灵魂，又仿佛只有在天上，它们才会找到独属自己的活生生的呼吸。是它们那活生生的呼吸，给地上的我们带来愉悦和吉祥的话题。

放线呀放线呀快放线呀，多好的风啊！

有些时候，在我们这寻常的风筝队伍里，也会出现一些不同寻常的放风筝的人：一辆"奥迪"开过来了，"吱"地停在地边，车上下来两三个衣着时髦的男女，簇拥着一位手戴钻戒的青年。青年本是风筝的主人，却乐于两手空空——自有人跟在身后专为他捧着风筝。那风筝是条巨大而华贵的蜈蚣，听说由山东潍坊特意订制而来；那线拐也远非我手中这种普通的杨木棍插成，那是一种结构复杂的器械，滑轮和丝线都闪着高贵的银光。"钻戒"站在地边打量天上，一脸的不屑，天上正飞着我的仙女和邻人的燕子。他从兜里摸出烟来，立刻有人为他点燃了打火机。一位因穿高跟鞋而走得东倒西歪的女士，这时正奔向"钻戒"，赶紧将一听"椰风"送到他手里。好不气派的一支队伍，实在把我们给"震"了。

然后那蜈蚣缓缓地迎风而起了，确是不同凡响地好看。四周爆发出一片叫好声，善意的人们以这真诚的叫好原谅了"钻戒"不可一世的气焰。我却有点为"钻戒"感到遗憾，因为他不曾碰那蜈蚣也不曾碰一碰风筝线。只在随员替他将蜈蚣放上蓝天之后，他才扔掉香烟，从他们手中接过线盒拎住。他那神情不像一个舵手，他站在地里的姿势，更像一个被大人娇纵的孩童。这样的孩童是连葵花子都懒于亲口去嗑的，他的幸福是差遣大人嗑好每一粒瓜子，准确无误地放进他的口中。

在这时我想起单位里一个爱放风筝的司机。在一个正月我们开车外出，他告诉我说，小时候在乡下的家里，他自己会糊风筝却买不起线，他用母亲拆被子拆下来的线代替风筝线。他把那些线一段段接起来，接头太多，也不结实。有一次他的风筝正在天上飞着，线断了，风筝随风飘去，他就在乡村大道上跑着追风筝。为了那个风筝，他一口气跑了七八里地。

当今的日子，还会有谁为追赶一只风筝跑出七八里地呢？几块钱的东西。或者像拥有华贵蜈蚣的这样的青年会去追的，差人用他的"奥迪"。若真是开着"奥迪"追风筝，这追风筝倒不如说是以地上的轿车威胁天上的蜈蚣了。

我知道我开始走神儿，我的风筝线就在这时断掉了。风把仙女兜起又甩下，仙女摇摆着身子朝远处飘去。天色已暗，我开始追赶我的仙女，越过脚下的粪肥，越过无数条垄沟和畦背，越过土路交错的车辙，也越过"钻戒"们不以为然的神色。我坚持着我的追赶，只因为这纯粹是仙女和我之间的事，与别人无关。当暮色苍茫、人声渐稀时，我终于爬上一座猪圈，在圈顶找到了歪躺在上边的仙女。我觉得这仙女本是我失散已久的一个朋友，这朋友有名有姓,她理应姓高,与邯郸沙口村那个叫作高玉修的农民是一家人。

大而圆的月亮突然就沉甸甸地悬在了天空,在一轮满月照耀下,我思想着究竟什么叫放风筝?我不知道。

但是,有了风筝的断线,有了仙女的失踪,有了我追逐那仙女的奔跑,有了我的失而复得,我方才明白,欢乐本是靠我自己的双脚,靠我自己货真价实的奔跑到达我心中的;连接地上人类和天上仙女之间那和平心境的,其实也不是市场上出售的风筝线。

闲话做人

在我所熟悉的一条著名峡谷里，很有些吸引游客的景观：有溶洞，有天桥，有惊险的"老虎嘴"，有平坦的"情侣石"，有粉红的海棠花，有蜇人的蝎子草，还有伴人照相的狗。

狗们都很英俊，出身未必名贵，但上相，黄色卷毛者居多。狗脖子里拴着绸子、铃铛什么的，有颜色又有响声，被训练得善解人意且颇有涵养，可随游客的愿望而做出一些姿势。比如游客拍照时要求狗与之亲热些，狗便抬爪挽住游客胳膊并将狗头歪向游客；比如游客希望狗恭顺些，狗便卧在游客脚前做俯首帖耳状。狗们日复一日地重复着亲热和恭顺，久而久之它们的恭顺里就带上了几分因娴熟而生的油滑，它们的亲热里就带上了几分因疲惫而生的木然。当镜头已对准它与它的合作者——游客，而快门即将按动时，就保不准狗会张开狗嘴打一个大而乏的哈欠。有游客怜惜道："看把这些狗累的。"便另有游客道："什么东西跟人在一块待长了也累。"

如此说，最累的莫过于做人。做人累，这累甚至于牵连了不谙人事的狗。又有人说，做人累就累在多一条会说话的舌头。不能说这话毫无道理：想想我们由小到大，谁不是在听着各式各样的舌头对我们各式各样的说法中一岁岁地长起来？少年时你若经常沉默不语，定有人会说这孩子怕是有些呆傻；你若活泼好动，定有人会说这孩子打小就这么疯，长大还得了吗？你若表示礼貌逢人便打招呼，说不定有人说你会来事；你若见人躲着走说不定就有人断言你干了什么不光彩的事。你长大了，长到了自立谋生的年龄，你谋得一份工作一心想努力干下去，你抢着为办公室打开水就可能有人说你是为了提升；你为工作给领导出谋献策，就可能有人说你"张八样儿"说你就会显摆自己能。遇见两位熟人闹别扭你去劝阻，可能有人说你和稀泥，若你直言哪位同事工作中的差错，还得有人说你冒充明白人。你受了表扬喜形于色便有人说你肤浅，你受了表扬面容平静便有人说你故作深沉。开会时话多了可能是热衷于表现自己，开会时不说话必然是诱敌出动城府太深。适逢激动人心的场面你眼含热泪可能是装腔作势，适逢激动人心的场面你没有热泪就肯定是冷酷的心。你赞美别人是天生爱奉承，你从不赞美别人是目空一切以我为中心。你笑多了是轻薄，你不笑八成有人就说整天像谁该着你二百吊钱。你尽可能宽容、友善地对待大家，不刻薄也不委琐，不轻浮也不深沉，不瞎施奉承也不目空一切，不表现自己也不城府太深，不和稀泥也不冒充明白人。遇事多替他人着想，有一点委屈就自己兜着让时光冲淡委屈带给你的不悦的一瞬。你盼望人与人之间多些理解，健康、文明的气息应该在文明的时代充溢，豁达、明快的心地应该属于每一个崇尚现代文明的人。但你千万不要以为如此旁人便挑不出毛病便没有舌头给你下定语，这时有舌头会说你"会做人"。

从字面上看，"会做人"三个字无褒义也无贬义，生活中它却是人们用多了用惯了用省事了的一个对人略带贬义的概括。甚至于有人特别害怕别人说他会做人，当自己被说成"真不会做人"时倒能生出几分自得。好像会做人不那么体面，不会做人反倒成了响亮堂皇的人生准则。细究起来这种说法至少有它不太科学的一面：若说"会做人"是指圆滑乖巧凡事不得罪人，这未免对"人"的本身存有太大偏见，人在人的眼中就是这样？那么"不会做人"做的又是什么呢？若是以"葡萄是酸的"之心态道一声"咱们可不如人家会做人"，以此来张扬自己的正直，也未免有那么点幼稚的自我欣赏，更何况用"不会做人"来褒扬真正的品德本身就含有对人的大不敬。

记得有位著名美国作家在给他亲友的信中写道："我的确如你所言成了一个名作家，但我还没有成长为一个人。"此话曾给我极大震动，使我相信学会做一个人本是人生一件庄严的事情。这里所讲的做人并非指曲意逢迎他人以求安宁稳妥，遇事推诿不负责任以求从容潇洒；既不是唯唯诺诺，也不是有意与他人别扭。正如同攻击有时不是勇敢，沉默也并不意味着懦弱。真正的做人其实是灵魂和筋肉直面世界的一种冶炼，是它们历经了无数喜乐哀伤、疲累苦痛之后收获的一种无畏无惧、自信自尊、踏实明净的人生态度。那时你不会因自己的些许进步兴奋得难以自制，也不会因他人的某项成功痛苦得彻夜难眠。真正的做人当然还包括在正直前提下人际关系的良好与融洽，卡耐基就说过他事业的成功百分之七十是靠了良好的人际关系。当你真正获得了如此做人境界，"累"又从何而来呢？若说学会做人太累，那么生为人身偏有意不去做人不是更累吗？若说做人累就累在舌头上（这包括了听别人舌头的自由转动和我们自己舌头的自由转动），我倒同意伊索对舌头的评价,他说世界上最好的东西是舌头,最坏的东西也是舌头。这位智者还无奈地说就是上帝也无法拴住人的舌头。舌头的功能已有定论,似舌头们的议论这等区区小累又何足挂齿呢。

所以我要说,不管这世上存在着多少拴不住的舌头(包括本人的一只),不管做人有着怎样的困苦艰辛,学会做人将永远是我一个美丽的愿望。世界上最坏的东西是人,最好的东西也是人啊!我太愿意做人了,从未设想过去做人以外的其他什么。

我相信就是怜悯狗之累的那几位游人,恐怕也不会有抛弃人类的向往。当我们把思绪和注意力从市面流行的以"会做人"与"不会做人"来区分人之优劣、从舌头是好还是坏为题的不休争论中超脱出来,人类一定会更加健康地成长,我们的舌头和我们的心一定会因充盈了更多有价值的事情而生机盎然。

一个人的热闹

读新凤霞写的回忆录,时常觉得有趣。比如她写过一把小茶壶,好像说那是跟随她多年的心爱之物,有一天被她不小心给摔了。新凤霞不写她是怎样伤心怎样恼恨自己,只写不能就这么算了,"我得赔我自个儿一把!"后来大约她就上了街,自个儿赔自个儿茶壶去了。

摔了茶壶本是败兴的事,自个儿要赔自个儿茶壶却把这败兴掉转了一个方向;一个人的伤心两个人分担了——新凤霞要赔新凤霞。这么一来,新凤霞就给自个儿创造了一个热爱生活的小热闹。

我觉得,能把一个自己变作两个、三个乃至一百个、一万个自己的人原是最懂孤独之妙的。孤独可能需要一个人待着,像葛丽泰·嘉宝,平生最大乐事就是一个人待着。想必她是体味到,当心灵背对人类的时刻,要比在水银灯照耀下自如和丰富得多。又如海明威讥讽那些乐于成帮搭伙以壮声威的劣质文人,说他们凑在一起时仿佛是狼,个别的揪出来看看不过是狗。海明威的言辞固然尖刻,但他的内心确有一种独立面对世界的傲岸气概。令我想到孤独并非人人能有或人人配有的。孤独不仅仅是一个人待着，孤独是强者的一种勇气；孤独是热爱生命的一种激情；孤独是灵魂背对着凡俗的诸种诱惑与上苍、与万物的诚挚交流；孤独是想象力最丰沛的泉眼；而海明威的孤独则能创造震惊世界的热闹。

书的等级

我很注重书的封面、装帧和做工，在我的书成书之前，我便开始对装帧设计进行挑剔了。然后是收到成包新书后的挑拣——每个作家都要买些新书送人的。

我常把我的新书分作三等，把那些颜色印制饱满、纸面平展、书脊规矩的选作一等；把那些颜色稍欠、纸面和书脊大体还看得过去的选作二等；余下涉嫌着残次的一律作为三等。于是将要被我赠书的友人便也分开等级了。收到一等书的是那些在我心目中也注重书籍装帧者，二等书奉送的是那些对装帧的无所谓者，三等书便不再主动送人了。只待这一、二等已送尽，仍有索书者时，我才将这三等书取出。奉送后，常有一种亏心的感觉，就像做了十分对不住人的事。许久以后，想起来仍觉忐忑不安。

我这种对书的过分挑剔和注重，原因大约始于两方面：一是我受过封面装帧的惊吓，二是自幼美术对我的熏陶。

小学三年级时，长篇小说《欧阳海之歌》正在风靡流行。我也购得一本，爱不释手地读起来。读不过半本，却被我一位生活老师没收了去，因为这本书使得我不安心午睡了。那时我读寄宿学校，作息都须严格遵守校规，午觉时且有生活老师倚门把守。我记得那位老师姓兰，平日我们睡觉时她只靠住我们的门织毛衣。她两手操作着毛衣针，眼睛朝我们这一排床铺溜着。大家瞧见老师的眼光，便缩脖咋舌地进入梦乡。兰老师自从得了我这本书，许多天不织毛衣而改作读书了，她对《欧阳海之歌》读得和我一样专心。我躺在床上假寐，想着是书中的哪个情节正吸引着她，那个情节本是吸引着我的。

大约兰老师尚未读完，这本书"犯了案"，有内容方面的事，也有封面装帧方面的事。这两者加起来一时间便成了轰动一时的政治公案。欧阳海的牺牲是因了力挽一匹横过铁道的惊马，后来马和火车均得救了，战士欧阳海却被火车吞没了。那书的封面画的便是这个情节：马站在铁轨上咆哮着举起前蹄，欧阳海睁圆眼正奋力将马推下铁轨。有传闻说这封面用心叵测，若背过来照看，就能看出"蒋介石万岁"的字样。一时间人们都在照看，都在撕下那封面。有的人家在惊恐之中干脆将书焚毁，好不留后患。我那本书由于先一步易人，倒不至于为我和我家带来麻烦，但心中仍有余悸，梦里也常见那封面变得狰狞起来。我发着冷汗被惊醒，不敢再合眼。封面里有内涵，封面里有学问，封面不可小看便是我在这时悟出的。

我的第一本小说集《夜路》出版时，我请我父亲为之设计了一个封面。我父亲作为一个画家和舞台美术家，当时正在中央戏剧学院任教。他不常作装帧设计，只待自己高兴时。我所谓美术对我的熏陶，便是借助于父亲吧。这使得我后来常自不量力地也和他谈论着美术，还自不量力地在报刊上著文大谈凡·高和高更之间的争论。

我父亲为我设计的《夜路》照理说我是满意的，它由淡黄颜色作衬，用墨点点缀成星空，一条视点很低的路平伸远方。它概括了我心目中的乡村，也概括了我那本小书的内涵。当时已成功地做过几种封面的画家韩羽也不住点头称道。那时闲散了十年的知识分子刚刚趋于活跃，韩羽则常来我家聊天。韩羽对书的封面装帧也有着过分注重的癖好，我所以自信可把赠书对象分作三等，便是因有韩羽这样的"样板"。曾有人对我讲过，韩羽买书除对内容有严格挑选外，多以封面取之。买到书后便以坚纸细裹，插入书架，需读时再找他人去借。对这一故事，我实在不便去找作为长辈的韩羽当面对质，但从他和父亲谈论封面装帧时的神情里，自信我心目中那一等的赠书友人是存在的，我的分等便不是自作多情了。

面对《夜路》的封面，我在一阵高兴之后，却产生了新的疑点，《欧阳海之歌》毕竟提高过我的警觉性。我开始怀疑封面上那一片墨点星空：用墨来象征星星，总有几分不光明吧。父亲反驳了我说，照我的逻辑推理，黑白木刻、黑白照片都不应再有了。在黑白画家的笔下，世间万物就两种颜色，不是黑便是白。

《夜路》由天津"百花"出版，直到"百花"的书籍装帧家陈新来信也肯定了那封面后，我才放下心来。后来便是我第一次接到新书，和第一次对书的分等。如果说当时我的分拣尚处于萌芽状态，那么父亲的分拣则早就是蓄谋已久了。他把书包打开左挑右挑，不客气地挑出两本一等品，藏进自己的书柜作为样书保存，再为我挑出一些，并一一指出余下那些书的缺欠。我立刻变成一个"认书"行家了，这时我也才发现父亲爱书原来也不下于韩羽，虽然他从不找人借书。

后来我的第二本书《没有纽扣的红衬衫》的设计也是请了父亲，他在那本书上倾注的心血胜过第一本。但或许当时的我太年轻了吧，出版社对那装帧的规格一减再减。他们不仅去掉了环衬和折口，最后连扉页的设计也取消了。只在普通印书纸上戳一行黑铅字算作扉页，封面的颜色也随意作了更改。这件事很使父亲不高兴了一阵，致使我接到新书后，他连样本也没有留。我还是认真地分着等级，父亲在一旁说我是"骨头里挑鸡蛋"。他决心要挽回这次的"影响"，主动要为我设计第三本书《铁凝小说集》。

《铁凝小说集》的出版得助于花山出版社的慷慨，让他不必考虑成本，使他一举用了五个颜色，最后还力争把平装变作软精装。正好这书的印刷厂就在我们所住的城市，封面印制时，他每天都去工厂和工人师傅一起调色，研究"压板"的次序。这本书终于使他实现了自己的诺言，父亲若是个书籍装帧家，也许该通过这本书走红了。但我还是认出了这书在做工上的不足，便是书脊的不规矩。过多的糨糊把软精装用的白板纸浸粘得起了许多坑洼。我埋怨父亲为什么不把好这最后一关，父亲说："莫非我还能去死盯着几个女工粘书？"后来这本书被选送香港国际书展，我还随着它参加了在奥斯陆举行的第二届国际女作家书展。在奥斯陆大学的展厅里，我还是只盯住书脊上那几个坑洼，想着那里有过多的糨糊，甚至发言时都变得语无伦次起来。我多么愿意它不带这坑洼，和我一起站在这大厅里。是地球人创造了书，又是书带着地球人去世界各地聚会，它原本要比人堂皇得多才是。

我的第四本、第五本、第六本、第七本书出版时，父亲没再参与它们的装帧设计。一来他正专心于他的水粉画，二来他总说："照理，大夫是不能为自己的亲人开药方的。"他还说这又好比种树，有时你以为你种的是梨树，收获的却是一筐干枣。显然他对前几次的遗憾还耿耿于怀。

直到不久前我的第八本书《玫瑰门》出版时，我问父亲还有没有兴趣设计，他才又跃跃欲试了。我征求作家出版社的意见，社方说，这本被收入该社当代小说文库的书，有个统一格式，社方请的装帧家也有固定人选。父亲才打消了此念。我只请韩羽做了四帧插图，韩羽很高兴地接受下来。他送来插图时还详尽地向我交代了对这四帧插页的要求：线描下面要衬以淡色，每图下方要配有书中的文字一段，连图下铅字的号数他都有明确要求。后来这本书没有如期出来，据该书责编对我说，成书时插图没有印上底色，再送工厂改印时耽误了一个月的时间。当我将此事告诉韩羽时，他竟毫不客气地说，责编是对的，就得这样坚持。

《玫瑰门》的设计者极认真，但我还是趁在作家出版社开该书的讨论会之机，不忘从会场溜出来找到美编去挑剔些什么。一位谦逊的美编认真地听我"白话"，后来我发现我的种种挑剔都被美编接受下来。

我用便车从作家出版社拉回了我购得的《玫瑰门》，第一件事还是打开所有的书包进行分拣。分拣着，又暗算着应该分送的友人。我觉得应该最先选出一本送给韩羽吧，我们同住一个城市，他又是我请的插图作者。同我前几本书的做工相比，《玫瑰门》应该是一等品居多的，但我唯独选不出一本要送韩羽的书。

韩羽来了，我还是把一本精选出的书托给他。他戴起我父亲的花镜左看右看，父亲在一旁撺掇着净说这书的好话。韩羽到底称赞了这书，但我总觉得这称赞是有保留的。

我觉得韩羽保留得也有道理。人既然能发现太阳上的黑斑，既然再贤惠的妻子，也只有最爱她的丈夫才可能发现她身上的一丝不贤惠，那么一个对书的横加挑剔者，是不会承认天下竟还存有完美无瑕的书吧。中国不是有句俗话吗：说好是闲人。我也早已后悔起在众多的书中为什么单挑了这本。

也许我总在挑拣的本不是书吧，那实在是一种心理的挑拣，自己挑拣着自己的心理。只因为书原本应该比人更堂皇。

与陌生人交流

从前我的家,离我就读的中学不远。上学的路程大约十分钟,每天清晨我都要在途中的一家小吃店买早点。

那年我十三岁,念初中一年级。正是"深挖洞,广积粮"的时候,因此一入学便开始了拉土、扣坯、挖防空洞。虽说也有语文、数学等等的功课开着,但那似乎倒成了次要,考试是开卷的,造成了一种学不学两可的氛围。只有新增设的一门叫"农业"的课,显出了它的重要。每逢上课,老师都要再三强调,这课是为着我们的将来而设。于是当我连"安培""伏特"尚不知为何物时,就了解了氮磷钾、人粪尿、柴煤肥以及花期、授粉、山药炕什么的。这来自书本的乡村知识并不能激发我真正的兴趣,或者我也不甘做一名真正的农民吧。我正在发育的身体,乐观地承受着强重的体力劳动,而我的脑子则空空荡荡,如果我的将来不是农民,那又是什么呢?我不知道。

每日的清晨,我就带着空荡的脑子走在上学的路上,走到那家小吃店门前。我要在这里吃馃子和喝豆浆,馃子就是人们所说的油条。这个时间的小吃店,永远是热闹的,一口五印大锅支在门前，滚沸的卫生油将不断下锅的面团炸得吱吱叫着，空气里有依稀的棉花籽的香气。这卫生油是棉籽油经过再加工而成，虽然因了它剔除不尽的杂质，炒菜时仍要冒出青烟，但当年，在这个每人每月只一百五十克食油供应的城市，能吃到卫生油炸出的馃子已是欢天喜地的事了。我排在等待馃子的队伍里，看炸馃子的师傅麻利、娴熟的操作。

站在锅前负责炸馃子的是位年轻姑娘，她手持一双长竹筷，不失时机地翻动着油条，将够了火候的成品夹入锅旁那用来控油的钢丝笸箩里。因为油是珍贵的，控油这一关就显得格外重要。她用不着看顾客，只低垂着眼睑做着属于自己业务范围的事——翻动、捞起，但她的操作是愉快的，身形也因了这愉快的劳作而显得十分灵巧。当她偶尔因擦汗把脸抬起来时，我发现她长得非常好看，她那新鲜的肤色，那从白帽檐下掉出来的栗色头发，那纯净、专注的眼光，她的一切……在我当时的年岁，无法用词汇去形容一个成年女人的美，但一个成年女人的美却真实地震动着我，使我对自己充满自卑，又充满希冀。

关于美女，那时我知道得太少，即使见过一点可怜的图片，也觉得那图片分外遥远、虚渺。邻居的孩子曾经藏有一本抄家遗漏的《爱美莉亚》连环画，莎士比亚这个关于美女的悲剧故事吸引过我，可我并不觉得那个爱美莉亚美丽。再就是家中剩余的几张旧唱片了，那唱片封套上精美的画面也曾令我赞叹不已：《天鹅湖》中奥薇丽塔飘逸的舞姿，《索尔维格之歌》上袁运甫先生设计的那韵致十足、装饰性极强的少女头像……她们都美，却可望而不可即。唯有这炸馃子的姑娘，是活生生的，可以感觉和捕捉的美丽。她使我空荡的头脑骤然满当起来，使我发现我原本也是个女性，使我决意要向着她那样子美好地成长。

以后的早晨，我站在队伍里开始了我细致入微的观察，观察她那两条辫子的梳法，她站立的姿态，她擦汗的手势，脚上的凉鞋，头上的白布帽。当我学着她的样子，将两条辫子紧紧并在脑后时，便觉得这已大大缩短了我和她之间的距离。当寒冷的冬季我戴上围巾又故意拉下几缕头发散出来时，我的内心立刻充满愉快。日子在我对她的模仿中生着情趣，脑子不再空荡，盯着黑板上的氮磷钾，我觉出一个新我正在自己身上诞生。

后来我们搬了家，再后来我真的去了有着柴煤肥和山药炕的那个广阔天地。我不能再光顾那家小吃店了。

当我在乡间路上，在农民的院子里遇见陌生的新媳妇时，总是下意识地将她们同那位炸馃子的姑娘相比，我坚信她们都比不上她。直到几年后我返回城市，又偶尔路过那家小吃店时，发现那姑娘还在。五印的铁锅仍旧沸腾着，她仍旧手持细长的竹筷在锅里拨弄。她的栗色头发已经剪短，短发在已染上油斑的白帽子边沿纷飞。她还是用我熟悉的那姿势擦汗。她抬起脸来，脸色使人分不清是自然的红润，还是被炉火烤得通红。她没了昔日的愉快，那已然发胖的身形也失却了从前的灵巧。她满不在乎地扫视着排队的顾客，嘴里满不在乎地嚼着什么。这咀嚼使她的操作显得缺乏专注和必要的可靠，就仿佛笸箩里的馃子其实都被她嚼过。我站在锅前，用一个成年的我审视那更加成年的她，初次怀疑起我少年时代的审美标准。因为，站在我面前的实在只是一名普通妇女。此刻她正从锅里抽出筷子指着我说："哎，买馃子后头排队去！"她的声音略显沙哑，眼光疲惫而又烦躁。好像许多年来她从未有过愉快，只一味地领受着这油烟和油锅的煎熬。

我匆匆地向她指给我的"后头"走去,似乎要丢下一件从未告知他人的往事,还似乎害怕被人识破:当年的我,专心崇拜的就是这样一位妇女。

又是一些年过去,生活使我见过了许多好看的女性,中国的,外国的,年老的,年轻的……那炸馃子的师傅无法与她们相比,偶尔地想起她来,仿佛只为证实我的少年是多么幼稚。

又是一些年过去,一个不再幼稚的我却又一次光顾那家小吃店了。记得是秋天的一个下午,我乘坐的一辆面包车在那家小吃店前抛锚。此时,门口只有一只安静的油锅,于是我走进店内。我看见她独自在柜台里坐着,头上仍旧戴着那白帽,帽子已被油烟沤成了灰色。她目光涣散,不时打着大而乏的哈欠,脸上没有热情,却也没有不安和烦躁,就像早已将自己的全部无所他求地交给了这店、这柜台。柜台里是打着蔫儿的凉拌黄瓜。我算着,无论如何她不过四十来岁。

下午的太阳使店内充满金黄的光亮,使那几张铺着干硬塑料布的餐桌也显得温暖、柔和。我莫名地生出一种愿望,非常想告诉这个坐在柜台里打着哈欠的女人,在许多年前我对她的崇拜。

"小时候我常在这儿买馃子。"我说。

"现在没有。"她漠然地告诉我。

"那时候您天天站在锅前。"我说。

"你要买什么?现在只有豆包。"她打断我。

"您梳着两条又粗又长的辫子,穿着白凉鞋,您……"

"你到底想干什么?"她几乎怪我打断了她的呆坐,索性别过脸不再看我。

"我只是想告诉您,那时候我觉得您是最好看的人,我曾经学着您的样子打扮我自己。"

"嗯?"她意外地转过脸来。

面包车的喇叭响了,车子已经修好,司机在催我上车。

我匆匆走出小吃店,为我这唐突的表白寻找动机,又为我和她那无法契合的对话感到没趣。但我忘不了她那声意外的"嗯",和她那终于转向我的脸。我多么愿意相信,她相信了一个陌生人对她的赞美。

不久,当又一个新鲜而嘈杂的早晨来临时,我又乘车经过这个小吃店。门前的油锅又沸腾起来,还是她手持竹筷在锅里拨弄。她的头上又有了一顶雪白的新帽子,栗色的鬈发又从帽檐里滚落下来,那些新烫就的小发卷为她的脸增添着活泼和妩媚。她以她那本来发胖的身形,正竭力再现着从前的灵巧,那是一种更加成熟的灵巧。

车子从店前一晃而过,我忽然找到了那个下午我对她唐突表白的动机。正因为你不再幼稚,你才敢向曾经启发了你少年美感的女性表示感激,为着用这一份陌生的感激,再去唤起她那爱美的心意。

那小吃店的门口该不会有"欢迎卫生检查团"的标语吧?城市的饮食业,总要不时迎接一些检查团的;那小吃店的门前,会不会有电视摄像机呢?也许某个电视剧组,正借用这店做外景地。我庆幸我的车子终究是一晃而过,我坚信:她的焕然一新分明是因为听见了我的感激。

当你克服着虚荣走向陌生人,平淡的生活里处处会充满陌生的魅力。

草 戒 指

初夏的一天，受日本友人邀请，去他家做客，并欣赏他的夫人为我表演茶道。

这位友人名叫池泽实芳，是国内一所大学的外籍教师。我说的他家，实际是他们夫妇在中国的临时寓所——大学里的专家楼。

因为不在自己的本土，茶道不免因陋就简，宾主都跪坐在一领草席上。一只电炉代替着茶道的炉具，其他器皿也属七拼八凑。但池泽夫人的表演却是虔诚的，所有程序都一丝不苟。听池泽先生介绍，他的夫人在日本曾专门研习过茶道，对此有着独到的心得。加上她那高髻和盛装、平和宁静的姿容，顿时将我带进一个异邦独有的意境之中。那是一种祛除了杂念的瞬间专注吧，在这专注里顿悟越发嘈杂的人类气息中那稀少的质朴和空灵。我学着主人的姿势跪坐在草席上，细品杯中碧绿的香茗，想起曾经读过一篇比较中国茶文化与日本茶道的文字。那文章说，日本的茶道与中国的饮茶方式相比，更多了些拘谨和抑制，比如客人应随时牢记着礼貌，要不断称赞："好茶！好茶！"因此而少了茶与人之间那真正潇洒、自由的融合。不似中国,从文人士大夫的伴茶清谈,到平头百姓大碗茶的畅饮,可抒怀,亦可恣肆。显然,这篇文字对日本的茶道是多了些挑剔的。

或许我因受了这文字的影响,跪坐得久了便也觉出些疲沓。是眼前一簇狗尾巴草又活泼了我的思绪,它被女主人插在一只青花瓷笔筒里。

我猜想,这狗尾巴草或许是鲜花的替代物,茶道大约是少不了鲜花的。但我又深知在我们这座城市寻找鲜花的艰难。问过女主人,她说是的,是她发现了校园里这些疯长的草,这些草便登上了大雅之堂。

一簇狗尾巴草为茶道增添了几分清新的野趣,我的心思便不再拘泥于我跪坐的姿势和茶道的表演了,草把我引向了广阔的冀中平原……

要是你不曾在夏日的冀中平原上走过,你怎么能看见大道边、垄沟旁那些随风摇曳的狗尾巴草呢?

要是你曾经在夏日的冀中平原上走过,谁能保证你就会看见大道边、垄沟旁那些随风摇曳的狗尾巴草呢?

狗尾巴草,茎纤细、坚挺,叶修长,它们散漫无序地长在夏秋两季,毛茸茸的圆柱形花序活像狗尾。那时太阳那么亮,垄沟里的水那么清,狗尾巴草在阳光下快乐地与浇地的女孩子嬉戏——摇起花穗扫她们的小腿。那些女孩子不理会草的骚扰,因为她们正揪下这草穗,编结成兔子和小狗,兔子和小狗都摇晃着毛茸茸的耳朵和尾巴。也有掐掉草穗单拿草茎编戒指的,那扁细的戒指戴在手上虽不明显,但心儿开始闪烁了。

初长成的少女不再理会这狗尾巴草,她们也编戒指,拿麦秆。麦收过后，遍地都是这耀眼的麦秆。麦秆的正道是被当地人用来编草帽辫的，常说"一顶草帽三丈三"，说的即是编制一顶草帽所需草帽辫的长度。

那时的乡村，各式的会议真多。姑娘们总是这些会议热烈的响应者，或许只有会议才是她们自由交际的好去处。那机会，村里的男青年自然也不愿错过。姑娘们刻意打扮过自己，胳肢窝里夹着一束束金黄的麦秆。但她们大都不是匆匆赶制草帽辫，在众目睽睽之下，她们编制的便是这草戒指，麦秆在手上跳跃，手下花样翻新：菱形花结的，卐字花结的，扭结而成的"雕"花……编完，套上手指，把手伸出来，或互相夸奖，或互相贬低。这伸出去的手，这夸奖，这贬低，也许只为着对不远处那些男青年的提醒。于是无缘无故的笑声响起来，引出主持会议者的大声呵斥。但笑声总会再起的，因为姑娘们手上总有翻新的花样，不远处总有蹲着站着的男青年。

那麦秆编就的戒指，便是少女身上唯一的饰物了。但那一双双不拾闲的粗手，却因了这草戒指，变得秀气而有灵性，释放出女性的温馨。

戴戒指，每个民族自有其详尽、细致的规则吧，但千变万化，总离不开与婚姻的关联。唯有这草戒指，任凭少女们随心所欲地佩戴。无人在乎那戴法犯了哪一条禁忌，比如闺中女子把戒指戴成了已婚状，已婚的将戒指戴成了求婚状什么的，这里是个戒指的自由王国。会散了，你还会看见一个个草圈在黄土地上跳跃——一根草呗。

少女们更大了，大到了出嫁的岁数。只待这时，她们才丢下这麦秆、这草帽辫、这戒指，收拾起心思，想着如何同送彩礼的男方"矫情"——讨价还价。冀中的日子并不丰腴,那看来缺少风度的"矫情"就显得格外重要。她们会为彩礼中缺少两斤毛线而在炕上打滚,倘若此时不要下那毛线,婚后当男人操持起一家的日子,还会有买线的闲钱吗?她们会为彩礼中短了一双皮鞋而号啕,倘若此时不要下那鞋,当婚后她们自己做了母亲,还会生出为自己买鞋的打算吗?于是她们就在声声"矫情"中变作了新娘,于是那新娘很快就敢于赤裸着上身站在街口喊男人吃饭了。她们露出那被太阳晒得黑红的臂膀,也露出那从未晒过太阳的雪白的胸脯。

那草戒指便在她们手上永远地消失了,她们的手中已有新的活计,比如婴儿的兜肚,比如男人的大鞋底子……

她们的男人,随了社会的变革,或许会生出变革自己生活的热望;他们当中,靠了智慧和力气终有所获者也越来越多。日子渐渐地好起来,他们不再是当初那连毛线和皮鞋都险些拿不出手的新郎官,他们甚至有能力给乡间的妻子买一枚金的戒指。他们听首饰店的营业员讲着18K、24K什么的,于是乡间的妻子们也懂得了18K、24K什么的。只有她们那突然就长成了的女儿们,仍旧不厌其烦地重复母亲从前的游戏。夏日来临,在垄沟旁,在树荫里,在麦场上,她们依然用麦秆、用狗尾巴草编戒指:菱形花结的,卐字花结的,还有那扭结而成的"雕"花。她们依然愿意当着男人的面伸出一只戴着草戒指的手。

却原来,草是可以代替真金的,真金实在代替不了草。精密天平可以称出一只真金戒指的分量,哪里又有能够称出草戒指真正分量的衡具呢?

却原来,延续着女孩子<u>丝丝</u>真心的并不是黄金,而是草。

在池泽夫人的茶道中，我越发觉出眼前这束狗尾巴草的可贵了。难道它不可以替代茶道中的鲜花吗？它替代着鲜花，你只觉得眼前的一切更神圣，因为这世上实在没有一种东西来替代草了。

一定是全世界的女人都看重了草吧，草才不可被替代了。

国庆那一天

二十世纪七十年代初，中国人生活在各种"票证"的限制里。除了举国共有的布票、粮票，每个城市还有各自的许多种"票"。我所居住的城市，买肉要凭肉票；买火柴要凭火柴票；买月饼要凭月饼票；买锅要凭锅票；甚至面酱、粉条、豆腐这类北方市民最普通的副食品也须凭票购买。票证使上述物质变得珍贵，况且，即便你口袋里有了属于自己的票证，也并非就能买到你想买的东西。比如猪肉，那时每人每月凭票供应半斤。我家四口人，一个月内常把两斤肉分成两次买。记得有个星期天，母亲宣布说要吃饺子，于是我早早起来，和一位姓宋的邻居、我的女友结伴去副食店排队买肉。星期天排队买肉的人总是多的，猪肉却有限。快要排到我时，不知为什么，我觉得案板上那半扇猪被售货员"噌噌"地割着，缩小得格外快。我的心揪起来，生怕轮到我时肉突然没了。排在我前边的宋邻居，心情肯定和我一样，因为她把脖子伸得老长，似乎伸长脖子就能抢先买到肉。宋邻居毕竟是幸运的，轮到她时，案板上还剩下一小条（四百克左右）难看的"血脖"，即猪的脖子部位。宋邻居几乎是欢呼着把那"血脖"买到手，不顾我的失望，也不顾身后那长长的队伍的集体懊丧。我站在柜台前不走，当售货员再三告诉我"站也白站，今天不来肉了"，我才离开副食店。一路上拎着肉的宋邻居走得很轻盈，我却步履沉重。我开始恼恨无辜的宋邻居：若是没有她在前边，那条"血脖"就是我的了，不是吗？我恼恨着无辜的宋邻居，心想你是多么自私啊，难道你就不能把到手的肉分一半给我吗，我是紧紧排在你身后的呀。瞧你那样子，不就是比我多买一块肉嘛，也不是什么好肉……这些念头弄得我越走越生气，最后故意和她拉开距离，不与她同路回家，并且一个星期不和她讲话。猪肉间离了我和邻居女友的关系，当时的我是多么可笑复可悲呀。

另一些时候，你并不急需的东西，由于发给了你票证，便有不买不合算之感。比如锅票，我记得那时家中并不缺锅，但父亲还是凭票上街买了两只半大不小的钢精锅，像是怕锅这种器皿从此在市面上绝了迹。

一九七一年国庆前夕，各副食店门前照例都贴上了广告：为迎接国庆，本市居民每人凭票可购买猪肉一斤，粉条半斤，面酱半斤，豆腐一斤……限于九月三十日至十月五日购买，过期作废。

十月一日，我们全家早早起床，洗漱完毕，分头出发采购节日副食。那个年代，有些食品是在不同的指定地点出售的，因此全家出动打仗一般奔赴各指定地点排队，是常有的事。父亲和母亲去了离家较远的指定地点买粉条、豆腐、面酱，我则去近处的副食店买肉。因为过节，这天买肉的人格外多。我赶到副食店时，买肉的队伍已经从店内排到了街上，弯弯曲曲有几百米长吧，叫人觉得这些人从半夜就排在了这里。我赶紧排上队，在我身后，立刻又蜿蜒起长长一溜人。一个小时过去了，队伍不见丝毫的蠕动，人们便有些烦躁：商店早已开门，难道前边有人在走"后门"不成？经队伍中消息灵通人士报告，才知商店虽已开门，但运猪肉的货车却还未到。又过了一个小时，队伍忽然一阵骚乱，原来送肉的货车终于到了，还是队伍中消息灵通人士报告，他在商店后门看见售货员在卸猪肉，虽是冻肉，但数量不少，如果运气好，中午之前大家肯定都能买上肉。这消息一传十、十传百地从前往后传到我们这里，鼓舞了大家的意志，也安慰了大家的疲惫。我信心十足地想着，我要买五花肉或者后臀尖，"血脖"之类是坚决不要。队伍随着我的思想，也开始一分一寸地向前移动起来，秋高气爽的天空很蓝，阳光也不错。

就在这时，马路上一阵阵喧嚣由远而近，我听见了锣鼓声、口号声和歌声，我看见了举着五彩皱纹纸扎起的花环正舞蹈着前进的中学生。这是庆祝国庆的大型游行，几所中学联合起来形成了庞大的队伍。我的同班同学就走在那波浪一般的花环的队伍里。我本来也应该行进在他们当中，我却在放假前谎称和家人外出，向班主任请了假。我知道我将在节日的早晨承担排队买肉的任务，和游行相比，猪肉对我的诱惑显然更为强烈。此刻和声势浩大的游行队伍相比，我排在买肉的队伍里是如此的委琐和不光明，若是让同学发现，我的尴尬之情更将难以言表。我于是准备暂时溜走。我对身后一个穿着一字领衬衫的中年妇女说，我有点急事要离开一会儿，请她记住我是排在这儿的。说完我就挤出队伍，跑进几个空荡的商店胡乱转了一阵，直到游行队伍远去，我才敢从商店里出来。

我向我的队伍走去，立刻就认出了那穿着一字领衬衫的中年妇女。她却像根本不认识我一样，坚决否认我是排在她前边的，坚决拒绝我的归队。她并且讥讽我说,还是个学生呢,革命觉悟上哪儿去了,投机取巧买到的肉吃起来也不会香……我被她说得很委屈,却一时想不出争辩的理由。我恳求前前后后的人为我作证,没有一个人替我说话。也许他们一心只想着如何快点把肉买到手,的确没有看见我这样一个孩子排在队伍里。我只好很没趣地走到队尾,重新开始我那漫长的等待。

又过了两个小时,我终于排进了副食店大门,终于慢慢接近了那卖肉的柜台。当我前边只剩三个顾客,而案板上还有足足半片肥猪时,我对今天的采购已有十二分的把握。总算轮到了我。"我买四斤,四斤五花肉。"我声音嘹亮地对系着皮围裙的售货员说。售货员把肉割好伸手向我要钱和肉票,我却没能掏出来。不知何时,我把钱和肉票都丢了。

我两手空空从副食店出来,迟迟不愿回家吃午饭,我不知该怎样向父母交代我这一个上午噩梦样的狼狈行径。那年月丢失四斤肉票本是一件严重的事。我在家门外徘徊,脑门儿上挂着汗泥,嗓子干渴,肚子也咕咕叫着,直到看见母亲出来焦急万分地寻找我时,我才忐忑不安地随她回家。

父母没有为丢肉票的事责怪我,父亲坚持让我们品尝他做的一种原料为豆腐的素丸子,并自夸说,味道其实比肉也不差。

二十八年过去了,祖国发生了翻天覆地的变化。当我有时候在热闹、丰富的农贸市场,在干净、明亮的超市采购时,当我矜持而又随意地在这些地方挑选品种繁多的新鲜肉类和让你眼花缭乱的海鲜、豆制品时,我会突然想起一九七一年国庆节那一天。对于今天的年轻公民,它就像梦一样地不真实,我相信那样的"国庆日"将永不复返。

一件小事

十五岁那年,我很迷恋打针,找到母亲一位在医院工作的朋友做老师,向她学会了注射术。

自从我学会了打针,便开始企盼眼前有病人,不论是家人或外人。我备齐针具,严格按照程序一次次操作着。一天,有位邻居来找我,说她每天都要去医院注射维生素 B_{12},我若能为她注射,便可免却她每天跑医院的麻烦。我愉快地接受了她的请求。

这位邻居本是天津知青,因病没有下乡,大约在天津又找不到工作,才来到我们的城市投奔她的姨母,并在一家小厂谋到了事做。她好像是那种心眼不坏,但生性高傲的姑娘,学过芭蕾,很惹男性注意。这样的邻居求我,弄得我心花怒放。

每日的下午,我放学归来,便在我家像迎接公主一样迎接我的病人了。一连数日事情进行得都很顺利,我的手艺也明显地娴熟起来。熟能生巧,巧也能使人忘乎所以乃至贻误眼前的事业。这天我的病人又来了,我开始做着注射前的准备:把针管、针头用纱布包好放进针锅(一个小饭盒),再把针锅放在煤气灶上煮。煮着针,我就和病人聊起天来,聊着小城的新闻,聊着学生的前途，不知过了多久，我才突然想起煤气灶上的事。

有句很诙谐的俗话形容人在受了惊吓时的状态，叫作"吓出了一脑袋头发"，这形容正好用于我当时的状态。我已意识到我受了惊吓，那针无疑是大大超过了要煮的时间。我飞奔到灶前关掉煤气，打开针锅观看，见里面的水已烧干，裹着针管的纱布已微煳，幸亏针管、针头还算完好。

我不想叫我的病人发现我那被吓出的"一脑袋头发"和这煮干了的针锅，装作没事人似的，又开始了我的工作。我把药抽进针管，用碘酒和酒精为病人的皮肤消过毒，迅速向眼前那块雪亮的皮肤猛刺，谁知这针头却不帮我的忙了，它忽然变得绵软无比，我一次次往下扎，针头一次次变作弯钩。针进不去，我那邻居的皮肤上，却是血迹斑斑。我心跳着弄不清眼前到底发生了什么事，但注射的失败是注定的了。这实在是一个大祸临头的时刻，唯有向病人公开宣布我的失败，我才能尽快从失败里得以解脱吧。我宣布了我的失败，半披半藏地收起我那难堪的针头，眼泪已噼里啪啦地掉下来。

我的邻居显然已知道背后发生了什么事，穿好衣服站在我眼前说："这不是技术问题，是针头退了火。隔一天吧，这药隔一天没关系。"

邻居走了，我哭得更加凶猛，耳边只剩下"隔一天吧，隔一天吧"……难道真的只隔一天吗？我断定今生今世她是再也不会来打针了。但是第二天下午，她却准时来到我家，手里还举着两支崭新的针头，她像什么事也没有发生过一样，微笑着对我说："你看看这种号对不对？6号半。"这次我当然成功了。一个新的6号半，这才是我成功的真正基础吧。

许多年过去了,每当我因为一件小事的成功而飘飘然时,每当我面对旁人无意闯下的"小祸"而愤愤然时,眼前总是闪现出那位邻居的微笑和她手里举着的两支6号半针头。

许多年过去了,我深信她从未向旁人宣布和张扬过我那次的过失。一定是因了她的不张扬,才使我真正学会了注射术,和认真去做一切事。

正定三日

少年时听父亲讲过正定。建国前后正定曾是培养革命知识分子的摇篮,著名的华大、建设学院校址都曾设在那里。

那些身着灰布制服的学员生活、学习在一座颇具规模的教堂里。当时教堂虽已萧条,但两座高入云霄的钟塔却仍然矗立在院内。每逢礼拜,塔内传出钟声,黑衣神父从灰制服武装起来的学生中间目不斜视地穿插而过。少时,堂内便传出布道声。学生们则趁着假日,从街上买回正定人自制的一千六百元旧币一只的挤不出管的牙膏。

在哥特式的彩窗陪伴下,两种信仰并存着:一种坚信人是由猿猴变化而来;一种则执拗地讲述着上帝一日造光、二日造天、六日造人……

庭园内簇簇月季却盛开在这个共同的天地里。神父种植的月季,学员也在精心浇灌。空气中弥漫着浓郁的花香,仿佛是那些月季花把两种信仰协调了起来。

成年之后,每逢我乘火车路过正定,望见那一带灰黄的宽厚城墙,便立刻想到那教堂、那钟声和月季。

不知为什么，父亲讲正定却很少讲那里的其他：那壮观的佛教建筑群"九楼四塔八大寺"，那俯拾即是的民族文化古迹。

我认识的第一位正定人是作家贾大山。几年前他做了县文化局局长，曾几次约我去正定走走。我只是答应着。直到今年夏天大山正式约我，我才真的动了心，却仍旧想着那教堂。但大山约我不是为了这些，那座"洋寺庙"的文化并未在他身上留下什么痕迹。相反，他那忠厚与温良、质朴与幽默并存的北方知识分子气质，像是与这座古常山郡的民族文化紧紧联系着。

深秋一个绵绵细雨的日子，我来到正定。果然，大山陪我走进的首先就是那座始建于隋朝的隆兴寺。

人所共知，隆兴寺以寺里的大佛而闻名。一座大悲阁突立在这片具有北方气质的建筑群中，那铜铸的大佛便伫立在阁内，同沧州狮子、定州塔、赵州大石桥被誉为"河北四宝"。

隆兴寺既是以大佛而闻名，游人似乎也皆为那大佛而来。大佛高二十余米，浑身攀错着四十二臂。游人在这个只有高度、没有纵深的空间里，须竭力仰视才可窥见这个大悲菩萨的全貌。而他的面容靠了这仰视的角度，则更显出了居高临下、悲天悯人，既威慑着人心，又疏远着人心的气度。他是自信的，这自信似渗透着他那四十二臂上二百一十根手指的每一根指尖。人在他那四十二条手臂的感召之下，有时虽然也感到自身一刹那的空洞，空洞到你就要拜倒在他的脚下。然而一旦压抑感涌上心境，距离感便接踵而来。人对他还是敬而远之的居多。这也许就是大悲菩萨自身的悲剧。

距大悲阁不远的是摩尼殿。在摩尼殿内，在释迦牟尼金装座像的背面，泥塑的五彩悬山之中，有一躯明代成化年间塑绘的五彩倒坐观音像。和大悲菩萨比较，她虽不具他那悲天悯人的气度，却表现出了对人类的亲近。她那十足的女相，那被人格化了的仪表，一扫佛教殿堂的外在威严，因而使殿堂弥漫起温馨的人性精神。她那微微俯视的身姿，双手扶膝，一脚踏莲，一脚踞起，端庄中又含几分活泼的体态，她那安然、聪慧的目光，生动、秀丽的脸庞，无不令人感受着母性光辉的照耀。松弛而柔韧的手腕给了她娴雅；那轻轻跷起的脚趾又给了她些许俏皮。她的右眼微微眯起，丰满的双唇半启开，却形成了一个神秘的有意味的微笑。这微笑不能不令人想起达·芬奇的蒙娜丽莎。一位意大利的艺术巨匠，同我国明代这位无名工匠，在艺术上竟是这样的不谋而合。他们都刻画了一个宁静的形象，然而这种宁静却是寓于不宁静之中的。蒙娜丽莎被称作"永远的微笑"，这尊倒坐观音为什么不能？

没有人能够窥透她的微笑，没有人能够明悉这微笑是苦难之后的平静，抑或是平静之后的再生。这微笑却浓郁了摩尼殿，浓郁了隆兴寺，浓郁了人对于人生世界的爱。不可窥探的微笑才可称作永远的微笑。

游人却还是纷纷奔了那著名的大悲阁而去，摩尼殿倒像是一条参观者和朝拜者的走廊。

走出寺门，我用心思索着大悲菩萨和倒坐观音。谁知威严无比的大悲菩萨我竟无从记起，眼前只浮起一个意味无穷的微笑。原来神越是被神化则越是容易被人遗忘；只有人格化了的神，才能给人深切的印象。

人却愿意被自己的同类奉若神明，人的灾难也大多开始于此吧。当神以人的心灵去揣度人心、体察世情时，盛世景象不是才会从此时升起吗？

次日，我再去隆兴寺。

此次进寺，是专程去看天王殿北面那座大觉六师殿。

实际大觉六师殿已无殿可看。殿宇早已坍毁，只有一方阔大的台基和几十尊柱基袒露在翠柏包围之下。台基正中兀自立着一只汉白玉莲座，莲座上的空香炉映衬着正北那绚烂华美的摩尼殿，更增添了这殿址的寂寥。

这大觉六师殿曾是寺内的主殿，创建于北宋元丰年间，寺志记载着殿内的规模，仅五彩石罗汉就有一百零八尊。还有高一丈六尺的金装佛三尊，高一丈六尺的金装菩萨四尊，以及其他各种五彩泥塑罗汉、菩萨……加起来约有八九十尊。可见这主殿确实颇具些规模的。

六师是指同释迦牟尼相对立的六派代表人物，与释迦牟尼同时代，因与佛教主张不同，被称为"六师外道"。

六师各有其论，如其中富兰那·迦叶的"无因无缘论"；删阇夜·毗罗尼仔的"怀疑论"和"不可知论"以及"顺世论""无有今世，亦无后世论"……那么，大觉六师殿当是供奉这六位反释迦牟尼的代表人物了。而大觉六师殿又同供奉释迦牟尼的摩尼殿同在一寺，且仅几十米之遥。是谁为他们创造了这种"宽松、和谐"？原来当年的隆兴寺也是这种宽松、和谐的范例。

据说大觉六师殿毁于民国初年。问及当地老者，都说只见过当年大殿塌陷过一角，却无人说得清大殿究竟是怎样片瓦无存。那丈余高的金装菩萨、金装佛呢？那百余尊五彩石罗汉呢？那嵌于四壁的宋代壁画呢？它们究竟在何时销声匿迹，如今连研究人员也无从回答。

这谜一样的殿，这毁殿的谜。它仿佛是应了一种神明的召引乘风而去；又仿佛是派系之争，使一方终无容膝之地，才拔地而起。莫非洞悉其中奥妙的只有摩尼殿中的倒坐观音，她那永远的微笑里，也蕴含了对释迦和六师的嘲讽吗？

然而六师同释迦牟尼毕竟在这里共存过，那袒露着的台基便是证明。是那各派共享一寺的盛景丰富了正定的文化。

我又想起了那座曾做过革命者摇篮的教堂。原来它和隆兴寺仅一墙之隔。当年，寺内伴着朝霞而起的声声诵经，随着晚风而响的阵阵檐铃，是怎样与隔壁教堂的悠远钟声在空中交织、碰撞？正定给予神和人的宽容是那么宏博、广大。东西方文化丰富了这座古城镇，古城又慷慨地包容了这一切。

正定的秋雨很细，如柳丝一般绿。

第三日，我本来决心去专访那教堂的，但教堂早就变成了一所部队医院。那两座高入云霄的塔楼也已不复存在。向门内望去，不见月季，只有三五成群的身着白衣白帽的医护人员。我忽然失去了进门的兴致，却仍然像个当年的革命者那样从门前走过，走上街头，去寻找正定制造的一千六百元旧币一管的牙膏。

闲逛着，我进了一家很小的木器店。店里摆着精巧的折叠小木椅。问过价钱，竟是分外便宜。我向售货员试探，能不能允许我挑两把？一位富态的中年女售货员不仅欣然应允，还说若是挑不好再去库里为我拿。我竟有些惶惑，之后便是受宠若惊——毕竟我还未能解除大城市的武装：大城市绝少这种宽待顾客的俯允。

我挑遍了铺面上的小木椅，售货员果无厌烦之色。我便得寸进尺起来，要求她从库房里再拿些出来。谁知售货员更慷慨了，径直将我领进了库房。

许多年来，买东西的过程从未给过我乐趣，只在这秋雨中的小店，我才寻到了这本该有滋有味的买主和卖主矛盾中的和谐。

后来才知道，这种木椅是正定木器厂的出口产品。原来正定不仅拥有着厚重的文化古迹，那一千六百元旧币一支的挤不出管的牙膏也早已无证可查。如今正定在经济上的腾飞和发展也是令邻县艳羡的。那漂亮的常山影剧院售票处前的盛况便是证明。

穿扮入时的青年男女们远离了寺钟和木鱼、讲经和布道，他们要坐在现代化的剧场里欣赏爵士鼓打唱、电声乐队和新潮歌星。于是当隆兴寺的寺门紧闭时，正定的夜生活还在延长着。宽松、和谐仍然笼罩着这古城。

怀着一点难言的惆怅，我和大山也朝常山影剧院走去，去欣赏一场外地来的青春歌舞。一路上大山谈的却是京剧。原来他是个京戏迷，能讲能唱，讲着讲着就唱了起来。在雨后清新的空气里，他的嗓音不高但格外够味儿，好像我们将要走进的并不是那电声变化莫测的现代剧场。

然而，那裸露着胳膊和腿的少女，那爵士鼓的狂躁还是包围了我们……

也许这是通往真正文明的必经阶段？也许正定青年现在热衷的正是有一天他们厌倦的？那时他们仍会返回自己赖以生存的文化中追寻生命的意义，伴着古老的寺钟，去寻找新鲜的一天，新鲜的开始。

回来的路上，大山谈论的是刚才眼前的一切。那谈论中很少满足，却充满着惆怅和疑虑。

在不变之中发现变化的该是智者吧？在万变之中窥见那不变之色的亦非愚公。

我不是智者，也不是愚公。我只是想到，一方水土养一方人。正定悠久的历史文化陶冶了这土地上一代又一代的人们，灾荒、战乱、文化浩劫都未能泯灭这儿人们内在的情趣。这其中的珍贵不亚于那大觉六师殿内的堂皇。

倘若人心荒漠，纵然寺院成群，这古郡的意义又何在？一台不算雅致的青春歌舞，难道真能包容正定人的好恶？

当我远离了正定，回首凝望它那宽厚雄浑的古城墙时，那错落有致的四塔，连同那片如大鹏展翅般的寺庙屋脊，携了历史的风尘安然屹立。它们使正定的历史得以灿烂，它们又充盈了正定的今日。

正定毕竟是怀了希望朝前走的。是伴着钟磬的齐鸣，是伴着爵士鼓的骚乱，是伴着那教堂的月季花香，是伴着大山那字正腔圆的唱段？也许都是，也许都不是。

能够回答的，终将是古老而又年轻的正定。

《第四十一》梦

十几年前我读中学的时候,离学校不远处有一家军队造纸厂,造纸厂的仓库里堆积着如山的"废书"。"废书"从各处抄查而来,在这里是造纸的原料。我和我的同学如同打洞的小鼠,寻找缝隙把能拖出的书一本本地往外拖。

那些残破的、散发着霉气的书籍按照我们自定的传看条件,鬼祟地在大家手中传递起来:《红字》《金蔷薇》《家》……

对待书我一向是自私的。面对这些"仓库收获",我没有信守与同学互相传看的诺言,我读过的书便藏起来据为己有。我为它们做各种修补和粘贴,然后就假装没事人似的再向同学索要他们手中的书,仿佛根本不曾有过交换的条件。幸而我的同学中有比我大度的,也有对书不以为然的,于是我手中总有新的获得。

我去农村插队前夕,从熟人家借得一本《第四十一》。在浩瀚的书林之中它至今使我难忘:那个潇洒的红军女战士马柳特卡和眼睛蓝得宛若海水的白军中尉的故事,在我的意识深处开辟了一个前所未有的人生视角,虽然我知道当时它也在点名批判之列。

我打算把《第四十一》藏起来不再还给那熟人,但我忘记了我面临的对手毕竟不是我那些对书不以为然的同学。这位熟人长者对书竟然比我还认真，不久便开始了他的索书活动，有时竟每日一趟，大有穷追不舍之意。面对我的对手，我不能再装作没事人，也不能轻描淡写说我丢了他的书。开始我只说没看完，在万般无奈时只好提议用我的一本书与他交换。他拿眼搜索着我那并不富足的小书架，竟然同意了，然后信手抽走了我从造纸厂"拖"出来的《金蔷薇》。我有些后悔，无论如何我是不愿意用《金蔷薇》与他交换的，《金蔷薇》与《第四十一》相比毕竟是厚多了。我觉得这已不是交换而是他对我的一种掠夺，我开始懊恼熟人和自己，然而熟人心满意足地走了。

我很快拿出这本眛起来的《第四十一》再次翻看，心情才平静下来，因为它终于光明正大地属于我了。我又窃喜它的分量并不亚于《金蔷薇》，干吗要在乎书的厚薄呢？作者的名字太长我很久才记住，而译者曹靖华先生的名字我却知道，那时我还读过曹老译的盖达尔的一些作品。从书的底页我还了解到这本薄薄的软精装小书是解放后国内发行的第一版：一九五七年，生我的那一年。

"五七"二字颠倒一下就是"七五"，一九七五年我去了农村插队，并且写起小说来。当我发表了一些文字回城之后，常有热情的读者来信鼓励或登门看望。去年冬天就有一位着布鞋、长年在国外任武官的中年军人来到我家，说经常读我的小说，现在是来我所居住的城市锻炼，在驻军某部任代理师长（那个造纸厂就属该驻军），于是就有了见面聊聊的想法。

我请这位师长坐下，觉得他颇具些军人风度却又不失温文尔雅，笑容里还有些许朴拙和腼腆。我们的聊天是愉快的，聊了许多,我才知道曹靖华先生便是这位师长的父亲,师长名叫曹彭龄,做武官也写散文。

我记得那天是我们所在小区的停电日,几支蜡烛反倒引发了谈天说地的灵感——假如聊天也需要灵感的话。曹彭龄使我又忆起从前我与人换来的那本《第四十一》,在烛光之下我把换书的故事告诉了他。我还告诉他在那样的年代里外国作家的作品通过一位翻译家的再创造,是怎样给了一个青年独特的感受。由此又谈及鲁迅先生曾将翻译家比作为起义的奴隶们偷运军火的人。偷运军火需要胆识和献身的意志。我不能将那个年代的自己比作要起义的奴隶,然而我的确盗用过曹老运给我们的那被封埋的军火。

曹彭龄安静地听着,并不过多地描述曹老为译《第四十一》所蒙受的苦难和各种罪名,更不去炫耀张扬曹老在翻译、介绍苏联文学方面的功绩。他腼腆地笑,只谈中国当代文学和作家。因了对文学的特殊感情,他连哪次出国时碰巧和哪位青年作家同机,都表现出天真的欣喜。告辞时他只希望我把自己的小说集送给他。

我送给曹彭龄一本新近的小说集,他非常仔细地放进他的绿帆布军挎包——就是随处可见的那种军用挎包。送他下楼后我还发现他是步行而来,而从他的师部到我家足有四公里吧。我问他出门为什么不要车,他笑笑说他喜欢走路。他背着书包很从容地走进一片黑暗里去了。

不久我收到曹彭龄从北京寄来的一本新版《第四十一》,他在扉页写道:"一九八七年冬在您家做客时,听您说起曾以一册《金蔷薇》与友人悄悄换得一册家父译的《第四十一》,并无比珍爱。我想,家父在天之灵,倘闻此事,也当笑慰的⋯⋯回京后,觅见家父留存的'文革'后新版，特代他奉赠一册，以谢知音。"扉页下方是曹老的印章。

曹老留在书橱中的这册盖过印章的新版本该不是专为赠予我的吧？是曹老听见了那个久远的换书故事，静等我去索求？我常为此不能自解。对这本译作我到底寻觅了多少年？

我将这新版《第四十一》看得非常珍贵，更感谢曹彭龄诚挚的心意。原来是他连接了活着的我与谢世的曹老的交流，使活着的我对自己从事的事业生出更多的感悟，使辞别我们的文学先辈对他从事过的神圣事业仍然能予照应。这是一个优秀灵魂对后世的照应。

使文学之树长绿，使本该需要净化的文学更加净化，不浮华颓败，不入误区，使文学更加与时代息息相通，不能没有这照应和感悟。

曹靖华老辞世一年有余了，《第四十一》的梦绵绵不绝了。

曹彭龄又有信来说他正准备去伊拉克。伊拉克——当今地球上的一个热点。与远在伊拉克的武官相比，倒显得我和长眠地下的曹老更近了。

我谨祝武官的"官"运、文运亨通。

你在大雾里得意忘形

那时的清晨我在冀中乡村,在无边的大地上常看雾的飘游、雾的散落。看雾是怎样染白了草垛、屋檐和冻土,看由雾而凝成的微小如芥的水珠是怎样湿润着农家的墙头和人的衣着面颊。雾使簇簇枯草开放着簇簇霜花,只在雾落时橘黄的太阳才从将尽的雾里跳出地面。于是大地玲珑剔透起来,于是不论你正在做着什么,都会情不自禁地感谢你拥有这样一个好的早晨。太阳多好,没有雾的朦胧,哪里有太阳的灿烂、大地的玲珑?

后来我在新迁入的这座城市度过了第一个冬天。这是一个多雾的冬天,不知什么原因,这座城市在冬天常有大雾。在城市的雾里,我再也看不见雾中的草垛、墙头,再也想不到雾散后大地会是怎样一派玲珑剔透。城市的雾只叫我频频地想到一件往事,这往事滑稽地连着猪皮。小时候邻居的孩子在一个有雾的早晨去上学,过马路时不幸被一辆雾中的汽车撞坏了头颅。孩子被送进医院做了手术,出院后脑门上便留下了一块永远的"补丁"。那补丁粗糙而明确,显然地有别于他自己的肌肤。人说,孩子的脑门被补了一块猪皮。每当他的同学与他发生口角,就残忍地直呼他

"猪皮"。猪皮和人皮的结合这大半是不可能的，但有了那天的大雾，这荒唐就变得如此可信而顽固。

城市的不同于乡村，也包括诸多联想的不同。雾也显得现实多了，雾使你只会执拗地联想包括猪皮在内的实在和荒诞不经。城市因为有了雾，会即刻实在地不知所措起来。路灯不知所措起来，天早该大亮了，灯还大开着；车辆不知所措起来，它们不再是往日里神气活现地煞有介事，大车、小车不分档次，都变成了蠕动，城市的节奏便因此而减了速；人也不知所措起来，早晨上班不知该乘车还是该走路，此时的乘车大约真不比走路快呢。

我在一个大雾的早晨步行着上了路，我要从这个城市的一端走到另一端。我选择了一条僻静的小巷一步步走着，我庆幸我对这走的选择，原来大雾引我走进了一个自由王国，又仿佛大雾的洒落是专为着陪伴我的独行，我的前后左右才不到一米远的清楚。原来一切嘈杂和一切注视都被阻隔在一米之外，一米之内才有了"白茫茫大地真干净"的气派，这气派使我的行走不再有长征一般的艰辛。

为何不作些腾云驾雾的想象呢？假如没有在雾中的行走，我便无法体味人何以能驾驭无形的雾。一个"驾"字包含了人类那么多的勇气和主动，那么多的浪漫和潇洒。原来雾不只染白了草垛、冻土，不只染湿了衣着肌肤，雾还能被你步履轻松地去驾驭，这时你驾驭的又何止是雾？你分明在驾驭着雾里的一个城市，雾里的一个世界。

为何不作些黑白交替的对比呢？黑夜也能阻隔嘈杂和注视，但黑夜同时也阻隔了你注视你自己，只有大雾之中你才能够在看不见一切的同时，清晰无比地看见你的本身。你那被雾染着的发梢和围巾，你那由腹中升起的温暖的哈气。

于是这阻隔、这驾驭、这单对自己的注视就演变出了你的得意忘形。你不得不暂时忘掉"站有站相，坐有坐相，走有走相"的人间训诫，你不得不暂时忘掉脸上的怡人表情，你想到的只有走得自在，走得稀奇古怪。

我开始稀奇古怪地走，先走他一个老太太赶集：脚尖向外一撇，脚跟狠狠着地，臀部撅起来；再走他一个老头赶路：双膝一弯，两手一背——老头走路是两条腿的僵硬和平衡；走他一个小姑娘上学：单用一只脚着地转着圈地走；走他一个秧歌步：胳膊摆起来和肩一样平，进三步退一步，嘴里得叨念着"呛呛呛，七呛七……"走个跋山涉水，走个时装表演，走个青衣花衫，再走一个肚子疼。推车的，挑担的，背筐的，闲逛的，都走一遍还走什么？何不走个小疯子？舞起双手倒着一阵走，正着一阵走，侧着一阵走，要么装一回记者拍照，只剩下加了速的倒退，退着举起"相机"。最后我决定走个醉鬼。我是武松吧，我是鲁智深吧，我是李白和刘伶吧……原来醉着走才最最飘逸，这富有韧性的飘逸使我终于感动了我自己。

我在大雾里醉着走，直到突然碰见迎面而来的一个姑娘——你，原来你也正跟跄着自己。你是醉着自己，还是疯着自己？感谢大雾使你和我相互地不加防备，感谢大雾使你和我都措手不及。只有在雾里你我近在咫尺才发现彼此，这突然的发现使你我无法叫自己戛然而止。于是你和我不得不继续古怪着自己擦肩而过，你和我都笑了，笑容都湿润都朦胧，宛若你与我共享着一个久远的默契。从你的笑容里我看见了我，从我的笑容里我猜你也看见了你。刹那间你和我就同时消失在雾里。

当大雾终于散尽，城市又露出了她本来的面容。路灯熄了，车辆撒起了欢儿，行人又在站牌前排起了队。我也该收拾起自己的心思和步态，像大街上所有的人那样，"正确"地走着奔向我的目的地。

但大雾里的我和大雾里的你却给我留下了永远的怀念，只因为我们都在大雾里放肆地走过。也许我们终生不会再次相遇，我就更加珍视雾中一个突然的非常的我，一个突然的非常的你。我珍视这样的相遇，或许还在于它的毫无意义。

然而意义又是什么？得意忘形就不具意义？人生又能有几回忘形的得意？

你不妨在大雾时分得意一回吧，大雾不只会带给你猪皮那般实在的记忆，大雾不只会让你悠然地欣赏屋檐、冻土和草垛，大雾其实会将你挟裹进来与它融为一体。当你忘形地驾着大雾冲我跟跄而来，大雾里的我会给你最清晰的祝福。

车轮滚滚

不久前,在一个聚会上,我的一位同事又说起了车。一个时期以来,我不止一次或直接、或间接地听这位同事讲起有车的种种好处和开车的种种意义。这位同事已经买了属于自己的车,可他的听众,大多是还没有私家车的群体。有车的人对没车的人讲述买车、开车其实也属正常——难道这不正是一个开口必谈"车事"的时代吗?我们的媒体广告,汽车在其中已经占据了多么显赫的比例。谈车早就是一种时尚,一种先锋,一种优越,甚至一种"派"。而我的这位同事,又从自身职业特点引申开来,说开车不仅可以开阔眼界,提高境界,并且对写小说也会产生积极意义。只可惜,迄今为止,我还没能看见有哪位作家是因为买了车、开了车而把小说写得比从前更好。倒是这位同事的"车事",让我想起了自己的"驾车"经历。

从前——三十年前——一九七五年,夏天的时候,我和一些应届高中毕业生作为下乡知识青年,被冀中平原上的一个村子接纳下来,开始了与农民一样的劳动和生活。当秋天到来,我们已经有了些许农事经验,生产队长对我们的劳作能力也基本上心中有数了。一天下午,这位队长派给我一样农活:赶着毛驴车去公社供销社拉化肥。这使我欣喜若狂,与我同行的两个女生也兴奋不已。因为,和大庄稼地里的活计相比,赶驴车又何止是个轻巧活呢,那简直是一次奢侈的时髦之旅。生产队的毛驴是头小灰驴,那驴车只是一辆小排子车。驴的秉性比起骡、马,虽然稍显滑头和懒惰,却不暴烈,通常比较好驾驭。就这样,我们赶着小驴车上了路。两个女伴坐进车厢,由我负责驾车。我坐在左侧车辕上,手持一根细荆条,并不抽打驴的身体,只在吆喝它时晃上几晃以助声威。起步要喊"驾",调整方向要喊"哦喝",站住要喊"吁"。差不多,只要学会这三声呼喊,驴车就能够正确地在路上前进。驴车在我简单的吆喝声中不快不慢地走着,车轮下的乡间土路凹凸不平,让我们的身体领略着甘愿承受的轻微颠簸;而夹挤在土路两边的高大的白杨树,在秋风中豁啷啷地响着,威严又安谧。公社离我们的村子五里,我们都希望这短暂的五里地能够无限延长——因为驾驭的欢乐初次降临到我的头上。我们的虚荣心也叫我们特别乐意被在附近地里干活的村人看见,我们乐意看见人们那吃惊的眼神:嗬,女学生也会赶驴车……几乎是一瞬间,公社就到了。我在供销社门前冲小灰驴喊了"吁",停住车,我的同伴也跳下车,跟我一起进门去买化肥。但我们出门时却发现驴车不见了,原来我忘了把毛驴拴住——或者说我根本就没有拴住它的意识。于是驴自己拉着车扭头就走了,也许它是想独自回家呢,也许它是用这种行为表示一下对我们的不屑:就你们,连拴车都不知道,还想吆喝我?我们急着在街上找驴车——驴和车可都是生产队的财产啊。幸亏好心的路人帮我们把已经走在出村路上的驴车截了回来,供销社的营业员替我们将化肥装上车,驴车才又开始正确前进。在回村的路上，我们三人不断指责着那毛驴，指责它的贼头滑脑和不听指挥。驴一声不吭地只顾走路，这就是驴滑头的一面吧，当然它也无法开口用人话与人对答。而驴在想什么就是人永远不知道的了。很久以后我想起我这初次的驾车，仍然能够感受到当初的愉悦，可也觉得我们三个人只顾了享受驾车的奢侈，似都缺少一点驾车人应有的厚道：驴已经在负重前行了，它承载的重量除了化肥，还有我们三个活人，又何必把自己忘记拴驴车的责任推到它身上呢。

我还想到，一九七五年的秋天我驾着驴车的时候，即使用尽想象力，也没去梦想有一天我还可能驾驶汽车。时间再往前推，上世纪六十年代，我的儿童时代，关于汽车的歌谣有这样两句："小汽车，嘀嘀嘀，里边坐着毛主席。"在那个时代的童谣里，小汽车连中国人遥远的梦都不是，小汽车里坐的只能是毛主席这样的伟人。普通人如我，长大后只坐过另外的一些车：火车，公共汽车，卡车，摩托车，自行车……还有马车、牛车。在乡下的那些日子里，当我们到离村很远的地块干活，收工时累得腰酸腿颤，若能在回村路上搭一辆村中的牛车，便是莫大的享受了。牛是憨厚温顺的，牛车是缓慢、从容的，车把式的脾气多半也是好的，我们很容易就蹿上车后尾，坐进车厢，一边歇息着劳累的腿，一边得意着自己的好运气。那是一个不讲速度的时代，虽然火车、飞机都在奔跑和飞翔，但在中国的乡村，牲口车仍然像千百年前一样，是重要的交通和运输工具。一九七五年的中国，自行车也仍然是重要的，是交通工具更是家庭财产的象征。一则轶事讲的是我的另一位同事，在那个年份里买了一辆产自上海的凤凰二八型锰钢自行车，却舍不得骑，放着又怕受潮，干脆将它吊在墙上。其老父从乡下来城里看病，每日步行去医院，颇感劳累，请求儿子将墙上的自行车放下来叫他骑一骑，这位儿子便说："爹呀，您还是骑我吧。"这样，孝顺和实用就都让位于对这份财产的护佑了。在今天，中国人有谁还会奔走相告自己买了一辆自行车，并把自行车挂在墙上呢。

时代在前进，我也竟然有了学习开车的机会。我初次学习驾驶汽车是在一九九〇年，那年我在河北山区一个县里生活、工作了一段时间。一位县政府的司机在拒马河宽阔的河滩里教我开北京吉普"212"。坦率地说，他教得含含混混，我学得糊里糊涂，但我居然把那吉普车开出了河滩，开上了公路。一如我当年驾着驴车，觉得一切都很简单。三天以后我就开着那车去了一趟北京，并邀请县里几位领导乘坐我开的车。今天想来，这实在是一件于人于己都极不负责的野蛮之事，真是无知者无畏啊！再后来当我真正去学习开车并考取驾照后，才知道当年我开着车不自量力地疯跑着去北京时，我其实并不会开车——虽然，车子在前进，车轮也滚滚。我在还没有资格开车的时候就上了车，不尊重自己，也不尊重他人。

接着，仿佛是忽然之间，中国大地变成了一个汽车的海洋。不是曾经有人说过，十九世纪超过了以往的一千年吗。而中国的近三十年，又一下子超过了以往多少漫长的岁月呢？就在一百年前，一位美国传教士名叫阿瑟·史密斯的，在《中国乡村生活》一书里还写道：即使中国乡村中的士人，也有人坚信西方国家一年有一千天并且天上无论何时都挂着四个月亮。今日的中国的确创造了奇迹。我们用三十年成就了先人千百年不曾想象的事业，千百年不曾有过的现代之梦。

我庆幸我生在今天的中国，我驾驶过驴车，我也有机会去驾驶汽车，甚至我也可以有属于自己的汽车。啊，车轮滚滚，中国人从前在交通上的种种苦难、尴尬和算计好像一股脑儿就被抛在车后了——很多时候我们实在是健忘。还记得许多人当年为了省下三分钱的公共汽车票钱，坚持步行着走向目的地。人问："您是怎么来的呀？"答曰："乘11路汽车来的。"就是当年这些快乐而幽默的用"11路汽车"行动的步行者，在今天已经有多少人拥有了自己的私家车啊。我也亲眼见过我的一个亲戚，当年住在四合院里一个三平方米的小屋里，有一次打开一辆某某牌车子的车门，皱着眉头说：后排座空间太窄，空间太窄……更有各种媒体为各种牌子的汽车划分了"阶级"等级：某某车是市民车，某某车是白领车，某某车是小资车，某某车是官员车，某某车是富豪车，某某车是顶级至尊车……以此来引导着购车者的消费和向往，并制造着车与车之间、车主与车主之间微妙而又难耐的矛盾。大排气量的车好像天生可以藐视小排气量的车；而小排气量的车遇见大排气量的车也喜欢故意"别"你那么一下子。当他们共同遭遇自行车和行人时，便又会结成统一战线，异口同声地诅咒自行车和行人的不遵守交通规则，专门要和开车的人过不去。他们会说：这是对有车族的嫉妒。也许是吧，因为当我不在车上的时候，我也是行人中的一员。当我走在小区安静的路上，我讨厌一辆汽车在我背后突然鸣喇叭——你坐在车里有什么了不起啊，也许我想。我不让路，就叫那车在我身后磨蹭着走。而当我开车的时候呢，我不是也经常抱怨自行车们的不守规矩吗，我也曾在不该鸣喇叭的地段大声鸣起喇叭，以威吓那个闯红灯的、阻挡了我正常行驶的骑自行车的人。这时我应守的规则上哪儿去了呢？

是啊，生活在前进，为什么车上车下的人却变得这么脾气暴躁、火气冲天？还有些时候，我也是乘车的人。我坐在出租车上，发现这个女司机并没有真系安全带，她只是把安全带斜搭在肩上用来应付警察。我说您怎么不系安全带呀？她说"累得慌"。我又发现她变道、转向时从来不打转向灯，就说您怎么不打转向灯啊？她说"累得慌"。她一路和我说着"累得慌"让我心存不悦，虽然在我眼前的车流里，变道不打转向灯的车实在挺多。此时的我作为一个坐车的人，自然又会想到开车人的素质太低什么的。"素质"，这也是近年来我们挂在嘴边的话了，且多半是用来指责他人。我还发现为了省油，这女司机常是离路口的红灯还有百米左右就提前空挡溜车，让我备感不安。可女司机是个爱说话的人，她向我诉说了很多她的家庭负担和她的累。她的话我大半没记住，只有一个细节很久不忘。她说开车累营养要跟得上，牛奶她是喝不惯的（很多国人的肠胃不能消化牛奶），她每天早晨喝一包豆奶。她会在每晚睡觉时把豆奶放在自己的肚子上焐热，她的肚子脂肪厚，一夜时间焐热一包豆奶是富富有余的。她早晨喝一包被自己肚子焐热的豆奶，人觉得很精神，也省了家里的煤气。她就那么精神着开她的出租车去了。这时我的不悦似乎又随着女司机的豆奶消失了，这是一个劳动着的人，一个节俭持家的人，我真有资格去和她讨论"素质"吗？如此，莫不是谁都有着谁的道理？

那些开着"顶级至尊"车的公民，不是也有落下车窗就冲着大街吐痰的吗？而在我听到的许多关于车的议论中，人们大多是说品牌，说欧洲车和日本车之高低，说钢板的厚度车身的自重，说自动挡和手动挡或"手自一体"，说排气量，说真皮座椅和天窗，说车内音响和电视，说安全气囊的安全系数……唯独很少听见开车人说开车的规矩，偶尔提及，竟也是说如何用不着去讲那些规矩。

二〇〇五年的岁末，我是一个乘车的人，我是一个骑自行车的人，我是一个坐"11路"而来的人，我——有时也是一个开车的人。我开着车走在山里一条狭窄的公路上，遭遇着种种不守规则的车。而当我遇到前方的某辆车在变道时打起转向灯时，便立刻觉得自己受到了格外的礼遇。我多么想告诉那辆文明的车：陌生的车啊，我感谢你！在经过一个寂静的村子时，我遇到了一辆拉着柴火的驴车。赶车人不是三十年前的我，而是一个老汉。他跳下车来，紧轰着牲口忙不迭地给我的车让路的样子使我有种受宠若惊之感。这个谦逊的山里老人，他显然还没有对汽车这物件产生敌意，他把它当成这山里的客人了吧，主人应该礼让客人的。在老人积极的避让下，我顺利通过了本是狭窄的路。我忽然心生暖意。我在空无一人一车的公路上开着车，一丝不苟地系着安全带，一丝不苟地在该打转向灯时打着转向灯，虽然，很长的一段时间里，在我的前方和后方并没有车。那我的转向灯是打给谁的呢？我是打给车轮下这清晰可辨的斑马线吧，还有虚线、实线、双黄线……我是打给这抬举着我的条条公路吧，我是打给我本该遵守的规矩吧，我也是打给我手下这跟了我的车吧。当我在空无一人一车的公路上守着自己该守的规矩、限制着自己该受的限制开车时，真正享受到了开车的愉快和自由——没有限制，又哪里来的自由呢。当你接手一辆车的时候，你要给这车什么样的教养，你准备好了吗？我不断问我。

话题还要回到开头：我的那位有着"谈车瘾"的同事也许犯

不上被我讥讽。这同事已年过六十,一个年过六十的中国人能赶上开自己的车,难道不也是一件很可爱的事吗。就算是他把自己的买车和开车变成了一个事件而不是一种纯属个人的生活,可中国的朝气,中国人的心气儿,也在其中了。车轮滚滚,势不可挡,谁也无法压抑逐渐富裕起来的中国人蓬勃的各种欲望。问题是,当车轮滚滚向前时,我们该没有丢下人类那些本该具备的种种德行吧?我们有目测前方的雄心,也该有回望心灵的能力。

车轮滚滚,而人海更是茫茫。当车在人的生活中变得那么重要时,每一个人也都更加重要,即便你还是乘着"11路"来往于人海茫茫的路上。

怀念插图

在我童年和少年的阅读记忆里，小人书和带插图的小说占有很重要的位置。比方六十年代看贺友直先生绘制的连环画《山乡巨变》，有一个中间人物名叫亭面糊的与人喝酒，画面上两人围一张破方桌，桌中央一碟下酒菜。那碟中的菜不过是贺友直先生随意画出的一些不规则的块状东西，却叫我觉得特别香，引起我格外强烈的食欲。这可笑的感觉一方面基于那个物资匮乏的年代；另一方面由于我对"吃"的特别敏感，因而忽略了贺友直先生在连环画创作上的艺术造诣本身。但不管怎样，连环画《山乡巨变》已被我牢记在心了。又比如少年时读前苏联很多带插图的惊险小说，觉得正是那些画得很"帅"的插图帮了我和小说的忙，使我能够更加身临其境，对特务和"好人"有了如看电影般的直接认识，也使小说变得更加生动而有光彩。

我第一次读孙犁先生的中篇小说《铁木前传》是在二十岁以前。这部四万五千字的小说，在一九五九年被新成立的百花文艺出版社以带彩色插图的单行本出版，且分精装和平装两种版本，这在当时是很高的规格了。我读的是平装单行本，当时除了被孙犁先生的叙述所打动，给我留下深刻印象的便是画家张德育为《铁木前传》所作的几幅插图。其中那幅小满儿坐在炕上一手托碗喝水的插图，尤其让我难忘。

小满儿是《铁木前传》里的一个重要女性，我一直觉得她是孙犁先生笔下最富人性光彩的女性形象。单用艳丽、风骚不能概括她，单用狡黠、虚荣不能概括她，单用热烈、纯真更不能概括她，因为她似乎是上述这种种形容词的混合体，而作家在表现她时也是用了十分复杂的混合情感。画中的小满儿，在深夜来到住在她家的干部屋里，倚坐在炕上毫不扭捏地让干部给她倒一碗水。深夜的男女单独相处，村人对她的种种传闻，使干部对她心生警惕。然而她落落大方地与干部闲聊，探讨怎样才能了解人的内心。这时她的眼光甚至是纯净的，没有挑逗的意味，虽然在这个晚上她美艳无比，头上那方印着牡丹花的手巾，那朵恰巧对在额前的牡丹花给整个的她笼罩上一层神秘而又孤傲的色彩，使人想到，在轻佻和随便的背后，这女人的情感深处也有着诸多的艰难和痛苦。在这插图的下方，有一行小说中的文字："了解一个人是困难的，至少现在，他就不能完全猜出这位女人的心情。"

张德育先生颇具深意地选择并刻画出孙犁先生赋予小满儿的一言难尽的深意，他作于上世纪五十年代的这幅插图的艺术价值并不亚于孙犁先生这部小说本身。我一向觉得，中国画和油画相比，后者在表现人物深度上显然远远优于前者。但张德育先生的插图，用着看似简单的中国笔墨，准确、传神地表现出一个文学人物的血肉和她洋溢着别样魅力的复杂性格，实在让人敬佩。中国至今无人超越张德育这几幅国画插图的高度，他自己也未能再作超越。

我那本带插图的《铁木前传》在几次搬家中丢失了，一次朋友相聚，我的同事、诗人刘小放听说我在寻找《铁木前传》插图，慨然将自己珍藏的精装本《铁木前传》"献"了出来借我为插图拍照。我把刘小放这本《铁木前传》带回家，除了再次重温孙犁和张德育的感人至深的艺术，也了解到一个喜爱他们的诗人的情感：这书的扉页上有一行稚嫩的钢笔小字：一九六二年购于黄骅。衬着这小字的，是他的一枚印章。翻开小说，随处可见在一些段落中，在一些他认为精彩的句子下边用铅笔画出的重点线。那时的刘小放尚是一个不到二十岁的青年，但这青年对文学的虔诚，在这本书里也略见一斑了。

前不久我终于和久未联系的张德育先生通了电话，他现居天津，因为和我父亲是多年的朋友，我称他张伯伯。从张德育伯伯那里我得知，《铁木前传》的插图原作在上世纪六十年代那场文化浩劫中全部被毁掉了，他本人也为此吃了很多苦。提起这些往事，他有些黯然，当我把话题引向当年创作这些插图的情景，他才又兴奋起来。那是五十年代末，他刚从中央美院毕业，分配到百花文艺出版社，一次读到《铁木前传》，立刻被打动，向领导提出要为这小说作插图，并专门到冀中乡村体验生活。虽然他也是出身乡村，在他心中，也存有小满儿这样的女孩子的形象的，可他还是一丝不苟地到了有别于他山东老家的冀中平原。他还讲到，作品完成之后他去孙犁家听意见，孙犁兴奋地招呼老伴出来，然后他们两人一块问张德育：你是不是见过小满儿？

张德育没有见过小满儿，但孙犁夫妇的惊讶已经把他的成功告诉了他。我很少听见作家对插图画家的认可，我也深知画家能画出作家心中珍爱的人物的不易，但是张德育做到了，他画出了孙犁心中的小满儿,不凡的《铁木前传》因此具有了更加非凡的意义。

在今天,我们生活在媒体爆炸的时代,电视、网络和各种影像让人目不暇接。插图和小人书已经离我们远去。我怀念这些在今人看来经济效益低下,又是"费力不讨好"的绘画品种,不单是对童年的追忆,那些优秀的插图和小人书永远会有它们独立的价值,它们不是机器的制造,而是出自人心的琢磨和人手的劳动,因此散发着可嗅的人间气息,也真正有作者的血肉和他所塑造的形象的血肉饱满的混合。

护心之心

一九九五年夏天我在台北访问,拜会了长久以来就敬慕的作家林海音先生。那是让我难忘的一天,先是在林海音家中与她聊天,然后她又请我们几位去一家德国馆子吃西餐,她特意为我们叫的香蒜明虾至今我还回味无穷。饭后,我们又去了林先生的纯文学出版社。当时的台北很闷热,七十三岁的林先生因为陪我们又不得午休,可是这位身着花色淡雅的中式套装的雍容端庄的小老太太,精神抖擞毫无倦意,给我印象深刻的是她还穿着一双秀气的高跟鞋。林先生的行动和思维都是敏捷的,在她的出版社里,她签名送我几部她的著作,其中就有未经删节的原版《城南旧事》。接着她说,如果我们愿意,可以随便挑选她这里的书带走。我选了套由丰子恺作画、弘一法师书诗的《护生画集》。

《护生画集》全套共六本,图文各四百五十幅。林海音在书前的序言里写道:"《护生画集》的流布,始自半个世纪前的民国十八年。丰子恺为他的老师弘一大师的五十岁画了五十幅护生画,每幅画都由弘一法师自己题词。十年后是弘一大师六十岁,丰子恺绘六十幅以祝,仍由弘一大师题字六十幅。自后他们师徒二人便相约以后每隔十年续绘一集,即:七十岁绘七十幅,八十岁绘八十幅,乃至九十、一百……以达功德圆满之愿。但是没有想到弘一大师在第二集印制后不久,便于民国三十一年六十三岁时在福建泉州去世了。这时正是对日抗战期间,虽然大家都在逃难,但是丰子恺并未因此停止已许的愿,在颠沛流离中仍继续作画……民国五十四年,即一九六五年,大陆上'文化大革命'起,文化人无一幸免,丰子恺当然也遭清算……即便如此,丰子恺一方面遭清算,一方面在暗地里,仍然继续画他的护生画,设法寄到新加坡的广洽法师处,所以第四集、第五集、第六集都在海外由广洽法师募款为之印制。当初丰子恺也曾考虑过,如果每十年一集,画到第六集一百幅时,他已经八十二岁,是否能如此长寿呢?所以他便提前作画,果然第六集的出版,是弘一大师百岁寿冥的一九七九年。但是丰子恺却已于一九七五年七十八岁时去世了。他未及见到全集的完成。"

我一向喜欢丰子恺先生的散文和漫画,一次在奥斯陆和一位丹麦汉学家闲聊,还得到他所赠一册丰子恺的散文集《缘缘堂集外遗文》,内中一篇名为《优待的虐待》的文章里那种丰子恺式的幽默真让人心生喜悦。他的画亦有他的散文的气质,那似是一种浑朴中的优美,散淡中的机智,纯正的童心里饱含大的人生悲悯,看似平凡的小角落里处处可见温暖清新的爱意。《护生画集》顾名思义便是爱护生命,其中丰子恺又着重描绘了人类对动物类的爱护或者轻视。他的命题是大的,落笔却是别致有趣。比方《生的扶持》,一只缺了足的蟹被它的两位同伴奋力抬着前行。弘一法师在旁有诗云:"一蟹失足,二蟹持扶。物知慈悲,人何不如。"丰子恺寥寥几笔,就把这三只团结向前的蟹画得充满了人情味儿,有那么一点悲凉,但你看那些舞蹈着一样的蟹爪们,摆脱困境却不是在齐心地做着最大的努力吗。再来看这幅《暗杀》,这个人类最通俗、最多见的打苍蝇场景,因为丰子恺换了视角,便足可以被叫作暗杀了,暗杀都是要蹑手蹑脚的。今天的一个时髦词汇叫作"创意",套用这个词,则类似《暗杀》这样醒人头脑的创意在《护生画集》里数不胜数。比方丰子恺画一穿棉袍者手拎一只火腿走在年关的街上,一只小猪跟在那火腿后边。画名曰"我的腿!"比方他画厨房一角,两只灶眼里扑出火苗的灶台前,一长凳上摆有一盆水和几条鱼,画名曰"刑场"。画面上一盒刚打开的鱼罐头,他冠名为"开棺";一头耕牛卧在柳树下,他把这称为"牛的星期日"。在一幅名为《盥漱避虫蚁》的漫画中,母亲在嘱咐正站在院子里刷牙的孩子,不要让漱口水袭击了地上的小虫。还有一幅蚂蚁搬家的画,孩子看见蜿蜒曲折的蚂蚁队伍,便在这队伍的上方排起一溜板凳,说这是长廊,能为蚂蚁遮挡风雨。还有一幅画叫《游山》,画中一女子骑着一只狮子悠闲地在山路上走。画意是说,人如果对猛兽善,兽也会如此柔情,也会与人和平共处的。这真是丰子恺先生的美梦。好莱坞的电影《狮子王》比丰子恺先生这美妙的梦还晚了半个多世纪呢。

　　也许有人说,因为丰子恺是佛教徒,所以他对"护生"格外有兴趣。这是有道理的。但以此涵盖他生命哲学的全部,好像还是简单了些。也曾有人在读过《护生画集》后,说这是自相矛盾的画作,作者叫我们不要杀生和伤害动物,又叫我们不要损害植物和小草。人类的生存怎么办呢,难道我们只有去吃沙土和石头吗——就是沙土石头里也可能有动物、植物啊。对此,丰子恺这样回答:"护生者,护心也。详言之:护生是护自己的心,并不是护动植物。再详言之，残杀动物植物这种举动，足以养成人的残忍心，而把这残忍心用于同类的人。故护生实在是为人生，而不是为动植物。"这就是前边我所说他的大的命题了，他的可贵在于用了最"浅显"的形式将它表达了出来，如同他的佛教观那样朴素易通，那样活泼生动。此外，《护生画集》本身所具有的艺术欣赏价值也值得读者注意。丰子恺以简洁、稚拙、不事雕琢的线条勾勒出的那些只属于他的形象，他的画风影响着中国的后辈漫画家，包括在今天已成前辈的那些大家。

幸好丰子恺先生没看见我在台北的德国馆子里吃虾的吃相，那可是在吞食动物啊。也幸好我自以为读懂了《护生画集》，便不再为此心虚。游走在丰子恺为读者创造的充满人道主义关怀的情境之中，我格外想要护好自己的心。

从梦想出发

上世纪八十年代初期,也就是二十年前,我写过一篇名叫《哦,香雪》的短篇小说,香雪是小说的主人公,一个生活在中国北方深山里的女孩子。

一九八五年在纽约一次同美国作家的座谈会上,曾经有一位美国青年要我讲一讲香雪的故事,我毫不犹豫地拒绝了他。因为在我内心深处,觉得一个美国青年是无法懂得中国贫穷的山沟里一个女孩子的世界的。但是那位美国人把持着话筒再三地要求我,以至于那要求变成了请求。身边我们那位读过《哦,香雪》的美国翻译也竭力撺掇着我,表示他定能把我的故事译得精彩。我于是用三言两语讲述了小说梗概,我说这是一个关于女孩子和火车的故事,我写一群从未出过大山的女孩子,每天晚上是怎样像等待情人一样地等待在她们村口只停一分钟的一列火车。出乎我的意料,在场的人们理解了这小说。他们告诉我,因为你表达了一

此文为作者二〇〇二年七月在加拿大华裔作协主办的第六届"华人文学——海外与中国"研讨会上的发言。该届研讨会主题为"文学作品中的文明与暴力"。

种人类的心灵能够共同感受到的东西。也许这是真实的,也许这和我们今天探讨的话题有一点关系。当我荣幸地接到这次大会的邀请时,当我得知会议的主题是"文学中的文明与暴力的关系"时,不知为什么我首先想到了香雪这个渐渐远离我们的少女。那么,就让我从她开始,进行我们的讨论。

二十年前我是一家文学杂志的小说编辑,工作之余我在小说《哦,香雪》那样的山区农村有过短暂的生活。我记得那是一个晚秋,我从京原线(北京——太原)出发,乘火车在北京与河北省交界处的一个贫穷小村苟各庄下了车。站在高高的路基向下望去,就看见了村口那个破败的小学校:没有玻璃、没有窗纸的教室门窗大敞着,一群衣衫褴褛的小学生正在黄土院子里做着手势含混、动作随意的课间操,几只黑猪白猪就在学生的队伍里穿行……土地的贫瘠和多而无用的石头使这里的百姓年复一年地在困顿中平静地守着日子,没有怨恨,没有奢求,没有发现他们四周那奇妙峻美的大山是多么诱人,也没有发现一只鸡和一斤挂面的价值区别——这里无法耕种小麦,白面被认为是至高无上的。于是就有了北京人乘100公里火车,携带挂面到这里换鸡的奇特交易:一斤挂面足能换得一只肥鸡了。这苟各庄的生活无疑是拮据寒酸的,滞重封闭的,求变的热望似乎不在年老的一代身上,而是在那些女孩子的眼神里、行动上。我在一个晚上发现房东的女儿伙同着几个女伴梳洗打扮、更换衣裳。我以为她们是去看电影,问过之后才知道她们从来没有看过电影,现在她们是去看火车,她们是去看每晚七点钟在村口停留一分钟的一列火车。这一分钟就是香雪们一天里最宝贵的文化生活了。为了这一分钟,她们仔细地洗去劳动一天蒙在脸上的黄土,她们甚至还洗脚,并穿起本该过年才拿出来的家做新鞋,也不顾火车到站已是夜色模糊。这使我有点心酸——那火车上的人,谁会留神车窗下边这些深山少女的脚和鞋呢。然而这就是梦想的开始,这就是希冀的起点。火车带来了外边的一切新奇,对少女来说,它是物质的,更是精神的,那是山外和山里空气的对流,经济的活泛,物资的流通,时装的变迁,乃至爱情的幻想……都因这火车的停留而变成可以触摸的具体。她们会为了一个年轻列车员而吃醋、而不和的,她们会为没有看清车上某个女人头上的新型发卡而遗憾的。在这时少女和火车是互相观望的,少女像企盼恋人一样地注视无比雄壮的火车,火车也会借了这一分钟欣赏窗外的风景——或许这风景里也包括了女孩子们。火车上的人们永远注意不到这些女孩子那刻意的打扮,那洗净的脚和新换的鞋,可她们对火车仍然一往情深。于是就有了女主角香雪用一篮子鸡蛋换来火车上乘客的一只铅笔盒的"惊险"。为了这件带有磁铁开关的、样式新颖的、被香雪艳羡不已的文具,她冒险跳上火车去做交易,交易成功,火车也开动了,从未出过家门的香雪被载到下一站。香雪从火车上下来,怀抱铅笔盒,在黑夜的山风里独自沿着铁轨,勇敢地行走三十华里回到她的村子。

以香雪的眼光,火车和铅笔盒就是文明和文化的象征,当火车冲进深山的同时也冲进了香雪的心,不由分说地打破了她那小小的透明的心境。而她那怀抱铅笔盒的三十华里的夜路便也可以看作是初次向着外界文明进军的行动了。这样的解释虽说浅陋,到底也还是不错的。但作为写作者的我,总觉得事情并不是这样简单。火车不由分说地带来了洋溢着工业文明气味的物质信息,还带来了什么呢?二十年之后,香雪的小村苟各庄已是河北省著名的旅游风景区野三坡的一部分了，火车和铁路终于让更多的人发现这里原本有着珍禽异兽出没的原始森林，有着可与非洲白蚁媲美的成堆的红蚁，有着气势磅礴的百里大峡谷，有着清澈明丽的拒马河，从前那些无用的石头们在今天也变成了可以欣赏的风景。而从前的香雪们也早就不像等待情人一样地等待火车，她们有的考入度假村做了服务员、导游，有的则成为家庭旅馆的女店主。她们的眼光从容自信，她们的衣着干净时新，她们的谈吐不再那么畏缩，她们懂得了价值，她们说："是啊，现在我们富了，这都是旅游业对我们的冲击啊。"而仅仅在几年前，她们还把旅游说成"流油"——"真是一桩流油的事哩"，那几年她们这样告诉我。在这些富裕起来的村庄里，也就渐渐出现了相互比赛着快速发财的景象，毕竟钱要来得快，日子才有意思啊。就有了坑骗游客的事情，就有了出售伪劣商品的事情，也有个别的女性，因了懒和虚荣，自愿或不自愿地出卖自己的身体……在这时，倘若我们跳出香雪当年仰望火车时的一片深情，我们是火车上的一名乘客或者我们就是火车，也许我们会发现火车它其实也是一种暴力。什么是暴力？暴力在很多时候可以有很多种解释，把它限制在我这篇发言里，相对于我前边描述过的农耕文明景象，暴力就是一种强制的不由分说的力量。雄壮的火车面对封闭的山谷，是有着产生暴力的资格的，它与生俱来一种不由分说的力量。虽然它的暴力意味是间接的，不像它所携带的文明那么确凿和体面。并且它带给我们的积极的惊异永远大于其后产生的消极效果。在这里，我想举出另一篇小说使我们的话题继续。

在我生活的省份河北，有位名叫水土的年轻作家写过一个短篇小说《村里有台拖拉机》。这故事的背景是上世纪七十年代初，那时中国的乡村普遍地贫穷和落后。一个偏僻小村里一对青梅竹马的男女中学生，原本一直是相互爱慕的，他们从来没有怀疑过自己必然是对方的妻子或丈夫。这时一台拖拉机出现了，在这个从来没有见过机器的村庄里，它掀起了一场轩然大波。当被告之这个巨大的"铁的牛"那神奇的功能之后，人们惊愕，人们慨叹，人们狂欢，人们奔走相告不能自已，人们拆了马棚为拖拉机造屋，生怕委屈了这生活中的新皇帝——假如拖拉机开口说话要求村人抬着它在村中观光一圈，人们也会毫不犹豫地将它抬上肩头的。拖拉机也因此成为媒人说媒时的重要优越条件：我们村可是有拖拉机的村啊。爱情也随之起了骤变：女主人公被同班一个功课不好的名叫老安的男生强烈地吸引，因为老安被选中去学开拖拉机。这老安一直在无望地暗恋着女主人公的，是拖拉机给了他得到幸福的机会。何止一个女主人公呢，整个村庄的女孩子都沸腾了，她们甚至连雪花膏的香味都不以为然了，她们贪婪地去闻拖拉机柴油的气味，这来自另一个世界的、绝不同于泥土和青草气味的柴油，唤醒了她们的欲望。对于女主人公来说，释放着柴油气味的拖拉机本身就是爱情和幸福的化身，因为驾驶着拖拉机的是老安，她必然会连老安一同接受。这真是一股不可阻挡的力量，她背弃了青梅竹马的男友，鄙视他优异的学习成绩，放弃应该继续的学业，因为在拖拉机的机房里，她和老安过早地结出了爱情的果实。许多年之后念了大学、在城市有了稳定生活的男主人公回村时偶遇初恋的女友——也就是我们的女主人公，她已经变成一个邋遢、臃肿、有着一堆孩子的地道的农妇，而且生活既不富裕，也并不如意。当年那个拖拉机英雄老安没有露面，让男主人公刻骨铭心的那台拖拉机也不见了。作者没有告诉我们拖拉机的去向，让读者不安、让读者回味无穷的是女主人公在拖拉机以后的日子。拖拉机的确如村里人最初知道的那样大大解放了生产力，它也是农业机械化在偏僻乡村最初的闯入者。但它实在不具备解放一切的能力，比方说它就没有让小说的女主人公真正得到精神上和生活上的解放，女主人公一厢情愿对它的倾心，退一步看就显得有些幼稚和蒙昧。她断然轻视功课优秀的男友，因为她还来不及知道知识的力量，或者培根那句名言："知识就是权力。"这时的拖拉机之于女主人公，说是文明，就不如说是一种粗暴吧。又因为这粗暴对人有着不可抗拒的诱惑力，便也带出了一种别样的心酸。这时我想，女主人公生活中那不自觉或者半自觉的困惑和尴尬，说是她个人的状态，不如说是整个人类都面临着的麻烦。如果说《哦，香雪》让人看到的是辛酸里的希望，《村里有台拖拉机》让人感受到的就是希望之后的困惑。

那么，火车和拖拉机在进化着乡村物质文明的同时，也扮演了暴力的角色。火车的到来，火车的"温柔的暴力"使未经污染的深山少女的品质变得可疑；而拖拉机的突现则以势不可挡的巨大威力碾碎了一对乡村男女的爱情。没有这些机械文明的入侵，贫苦的香雪们将永远是清纯透顶的可爱；后来嫁给了拖拉机手的姑娘也会在平静的日子里与她相爱的男人结婚。可我想说，这种看似文明的抵抗其实是含有不道德因素的，有一种与己无关的居高临下的悲悯。贫穷和闭塞的生活里可能诞生纯净的善意，可是贫穷和闭塞并不是文明的代名词。谁有权力不让香雪们走出大山富裕起来呢？谁有权力不许一个乡村少女狂热迷恋她从未见过的拖拉机呢？而当初她们的跳上火车，她们对柴油气味那天真而贪婪的吸吮，正体现了她们那压抑不住的活力。对新生活的希望就埋藏在这样的也许是可笑的活力里。也许人类都或多或少地滋生着这样的可笑的活力,人类才可能有不断的梦想,而世界上好多重大的科学发明最初无不基于科学家貌似可笑的梦想。比方当我们在这儿谈论火车时,蒸汽机火车已经从中国全面退役成为我们时代的一个背影;内燃机车、电气机车也不再新鲜。就在今年,上海将出现中国第一列标志着国际领先技术的磁悬浮列车。在这个人类集体钟情于速度的时代,那个仿佛不久前还被我们当成工业文明象征的蒸汽机车,转瞬之间就突然成了古董。蒸汽,这种既柔软又强大的物质,这个引发了第一次工业革命、启动了近现代文明之旅的动力也就渐渐从"暴力"的位置上消失了。当它的实用功能衰弱之后,它那暖意盎然的怀旧的审美特质才凸现出来。生活在前进,科学技术在飞奔,人类的物质文明在过去二百年里发生的变化远远超过了前五千年。一八九九年,一个名叫阿瑟·史密斯的美国传教士出版了《中国乡村生活》一书,书中言及那个年代,即使中国乡村中的士人,也有人坚持相信西方国家一年有一千天并且天上无论何时都挂着四个月亮。在今天,面对我们对世界的理解不断加深,我们生活水准的不断提高,我们的物质要求也一再地扩大,写作者原本无话可说。我愿意拥抱高科技带给人类所有的进步和幸福,哪怕它天生一种不由分说的"暴力"色彩。但我还是要说,巨大的物质力量最终并不是我们生存的全部依据,它从来都该是巨大精神力量的预示和陪衬。而这两种力量会长久地纠缠在一起,互相依存难解难分,交替作战滚动向前。作为一个写作者,我更愿意关注火车和拖拉机以后的乃至磁悬浮列车以后的人类的精神动向,怎样阻挡人在物质引诱下发生的暴力——比方富裕起来的香雪的有些同乡坑骗游客之行为即是一种新的暴力。怎样捕捉人类精神上那最高层次的梦想：唤醒这梦想或者表达这梦想，并且不回避我们诸多的焦灼与困惑。

　　为什么许多读者会心疼和怀念香雪那样的连什么叫受骗都不知道的少女？为什么处在信息时代的我们，还是那么爱看电影里慢跑的火车上发生的那些缠绵或者惊险？我不认为这仅仅是怀旧，我想说，当我们渴望精神发展的速度和心灵成长的速度能够跟上科学发明的速度，有时候我们必须有放慢脚步回望从前的勇气，有屏住呼吸回望心灵的能力。有位我尊敬的老作家说过：在女孩子们心中埋藏着人类原始的多种美德。我想，即使有一天磁悬浮列车也已变为我们生活中的背影，香雪们身上散发出来的人间温暖和积极的美德，依然会是我们的梦。我们梦想着在物欲横流的生存背景下用文学微弱的能力捍卫人类精神的健康和心灵的高贵。这梦想路途的长远和艰难也就是文学得以存在的意义。同时这也是文学的魅力——梦想使我们不断出发，而路上的欢乐一定比到达目的地之后的满足更加结实。

共享好时光

我记事以来的第一个女朋友，是保姆奶奶的一位邻居，我叫她大荣姨。

那时候我三岁，生活在北京。大荣姨是个中学生，有一张圆脸，两只细长眼睛，鼻梁两侧生些雀斑。我不讨厌她，她也特别喜欢我，经常在中午来到保姆奶奶家，自愿哄我睡午觉，同时还给我讲些啰唆而又漫长的故事，也不顾我是否听得懂。那些故事全被我遗忘了，至今只记得有个故事中的一句话："他走到了一个十字路口……"什么叫狮子路口呀？三岁的我竭力猜测着：一定是那个路口有狮子。狮子我是见过的，父母抱我去过动物园的狮虎山。但我从未向大荣姨证实过我的猜测，因为每当她讲到"十字路口"时，我就快睡着了。梦中也没有狮子，倒常常出现大荣姨那张快乐的圆脸。

我弄懂"十字路口"这个词的含义是念小学以后的事。在上学、放学的路上，每当我和同学们走到十字路口，便会想起大荣姨故事中的那句话。真是的，三岁时我连十字路口都不明白。我站在十字路口，心中笑话自己。这时我已随父母离开了北京，离开了我的保姆奶奶和大荣姨。但我仍然愿意在假期里去北京看望她们。

小学二年级的暑假里,我去北京看望了保姆奶奶和大荣姨。奶奶添了不少白头发,大荣姨是个地道的大人了,在副食店里卖酱油——这使我略微有点失望。我总以为,一个会讲"十字路口"的人不一定非卖酱油不可。但是大荣姨却像从前一样快乐,我和奶奶去她家时,见她正坐在一只马扎上编网兜,用红色透明的玻璃丝。她问我喜欢不喜欢这种网兜,并告诉我,这是专门装语录本用的。北京的女孩子,很多人都在为语录本编织小网兜,然后斜背在身上,或游行,或开会,很帅,正时兴呢。

那时的中国,已经到了人手一册《毛主席语录》的时期,我也拥有巴掌大的一本,觉得若是配以红玻璃丝网兜背在肩上,一定非比寻常。现在想来,我那时的心态,正如同今日女孩子们渴盼一条新奇的裙子或一双时髦的运动鞋那般焦灼了。我请大荣姨立刻给我编一个小网兜,大荣姨却说编完手下这个才能给我编,因为手下这个也是旁人求她的,那求她的人就在她的家里坐等。

我环顾四周,这才发现在不远处的一把椅子上,坐着一位和我年纪相仿的女孩子。大荣姨手中的这件半成品,便是她的了。

这使我有点别扭。不知为什么,此刻我很想在这个女孩子面前显示我和大荣姨之间的亲密,用现在的话讲,就是显示我们的"够哥儿们"。我说:"先给我编吧。""那可不行。"大荣姨头也不抬。

"为什么不行?"

"因为别人先求了我呀。"

"那你还是我的大荣姨呢。"

"所以不能先给你编。"

"就得先给我编。"我口气强硬起来,心里却忽然有些沉不住气。

大荣姨也有点冒火的样子,又说了一个"不行",就不再理我的茬儿了。

看来她是真的不打算先给我编,但这已不是最重要的。重要的是这使我在那陌生女孩子跟前出了丑,这还算朋友吗?我嘟嘟囔囔地出了大荣姨的家,很有些悲愤欲绝,并一再想着,其实那小网兜用来装语录本,也不一定好看。

第二天早晨,当我一觉醒来,发现枕边有一只崭新的玻璃丝网兜,那网兜的大小,恰好可装一本 64 开的《毛主席语录》。保姆奶奶告诉我,这是大荣姨连夜给我编的,早晨送过来就上班去了。我噘着嘴不说话,奶奶说我不懂事,说凡事要讲个先来后到,自家人不该和外人"矫情"。

那么,我是大荣姨的"自家人"了,我们是朋友。因为是朋友,她才会断然拒绝我那"走后门"式的请求。

我把那只小网兜保存了很多年,直到它老化得又硬又脆时。虽然因为地理位置,因为局势和其他,我再也未曾和大荣姨见过面,但我们共度的美好时光却使我难以忘怀。什么时候能够再次听到朋友对你说"那可不行"呢?敢于直面你的请求并且说"不行"的朋友,往往更加值得我们珍惜。

打那以后,直至我长大成人,便总是有意躲避那些内容空洞的"亲热"和形态夸张的"友好"。每每觉得,很多人在这亲密的外壳中疲惫不堪地劳累着,你敢于为了说一个真实的"不"而去破坏这状态吗?在人们小心翼翼的疲惫中,远离我们而去的,恰是友谊的真谛。

我想起那年夏季在挪威,随我的丹麦朋友易德波一道去看她丈夫的妹妹。这位妹妹家住在易卜生的故乡斯凯恩附近,经营着一个小农场。正是夕阳普照的时刻,当我们的车子停在农场主的红房子跟前时,易德波的小姑首先迎了出来。那是一位有着深栗色头发的年轻妇女,身穿宽松的素色衣裙。这时易德波也从车上缓缓下来,向她的小姑走去。我以为她们会快步跑到一起拥抱,寒暄地热闹一阵,因为她们不常见面,况且易德波又带来了我这样一个外国人。但是姑嫂二人都没有奔跑,她们只是彼此微笑着走近,在相距两米左右站住了。然后她们都抱起胳膊肘,面对面地望着,宁静、从容地交谈起来,似乎是上午才碰过面的两个熟人。橙红色的太阳笼罩着绿的草地、红的房子和农场的白色围栏,笼罩着两个北欧女人沉实、健壮的身躯,世界显得异常温馨和美。

那是一个令我感动的时刻,使我相信这对姑嫂是一对朋友。拉开距离从容交谈,不是比紧抱在一起夸张地呼喊更真实吗?拉开了距离彼此才会看清对方的脸,彼此才会静心享受世界的美好。

一位诗人告诉我,当你去别人家做客时,给你摆出糖果的若是朋友,为你端上一杯白开水的便是至交了。只有白开水的清淡和平凡,才能使友人之间无所旁顾地共享好时光。

每当我结识一个新朋友,总是不由自主地想起卖酱油的大荣姨和那一对北欧的姑嫂,只觉得能够享受到友人直率的拒绝和真切的清淡,实在是人生一种美妙的时光。

男性之一种

城市日渐热闹和纷忙，是因了各式各样的人穿流其间，奔波着或宏伟、或平凡的事业吧？城市的舞台，相对于人类那天然生成的表现欲望，总是显得狭小紧迫。你在这舞台上与众人拥挤着摩肩接踵，在表现自己的同时，就不免也看见了旁人的表现种种——没有这舞台便没有这眼力。

一种男性出现了。

很难说他们出现于哪年哪月，就如同你无法探究他们是否有过童年和少年。他们一经出现便是成年的样子，体态或许是孱弱的，脸上却满是饱经世故的放肆。他们的衣衫不能说十分地落伍，然而缺少必要的清洁；他们的头发也常油腻地扫着油腻的衣领，叫人觉出这长发对衣领的摩挲实在是有意为之。携了这样不整洁的衣冠，他们的情绪反而百倍地昂扬，或者，正是要昂扬自己的情绪，才拟定了这不整的装扮。

往往，仅与男性相处时，他们尚能够相安无事。在剧场，在商店，在汽车站，在饭馆，在招待所的公共餐厅，在火车站的售票窗口，在站台上，在火车停稳后车门打开的一刹那，倘若身前身后恰好有女性掺杂,他们便不再甘愿寂寞。在剧场里他们会一字排开,齐刷刷地将脚跷上前排椅背,拿沾满尘埃的鞋底蹭着人家脊背并快乐地抖腿。聪明的女性不便理睬这无端的恶作剧,多半会前倾着身体,以沉默作为对身后这举动的蔑视。对挑衅的沉默分明是对挑衅者的看不起——挑衅是要有对手的。这时他们的血液在身上的流速定是快于通常若干倍的,于是他们发现了自己那并没有闲着的手,手中多半有裹着豆类的纸包:鱼皮豆、花生豆、兰花豆、奶油蚕豆……他们开始响亮地咀嚼,并比赛着放出响亮的屁。那夹杂着污浊气味的声音颇使他们激动,他们相互对视着挤眉弄眼,又共同观察着邻近的女性。假若女性中居然有人颦眉皱鼻,掏出手绢将口掩住,那他们简直就快乐非常了:目的终究达到,他们要的似乎就是女性这充满厌恶的脸相。这脸相毕竟有别于那视而不见的身体的前倾。这脸相意味着她们对他们那一番苦心经营的感应,证明了他们对她们侵犯的反馈——他们企盼的便是由女性来证实这种侵犯的真实性。

要是碰巧公共汽车站人多,而车又久久不来,于无聊之中他们就开始比试着向马路的中心地带吐痰,比试着那痰的射程。然后车终于来了,然后当车门关住车子启动时,他们意外地发现有被丢下的女乘客正企图追上这车,那已然上车的他们就分外地开心。好风景!他们心中叹道,然后便捶胸顿足地大笑,也不顾嘴巴正对着陌生人的耳朵。这时的追车人多半是追不上这车的,因了这追不上,又因追车人的性别,更因追车者可能穿了不宜追车的高跟鞋,他们的想象会骤然丰富起来:说不定那鞋跟就要掉了呢。他们嘎嘎笑着想,他们多么愿意亲眼看见女性这无可奈何的倒霉样。日子会因此变得倍加有趣,不是吗?

遇到需要排队的事情，他们会因人而异。倘若前边有女性，他们是拼死也要抢到女性前边的。虽然他们正年轻，并赤手空拳，可那横冲直撞的样子，就好像前边不是车的一个座位，不是一件什么商品，而是他们丢掉的一半生命。也正因他们年轻，又赤手空拳，他们总能轻易将女性推搡到一旁，嘴角挂着胜利的笑，那胜利的嘴角有硬撑出来的蛮横。他们分明知道他们的不受欢迎：既不受男人的欢迎，也不受女人的欢迎。他们分明知道他们做派的不雅，索性就以这不雅卖不雅。"女人算什么！"当他们遭到女性白眼时便高声说。语气十分地洒脱，神情十分地凛然。他们是决意要与女性作对到底了，就仿佛要用这万分的作对来引起女性万分的注意；要用这自己对自己的夸张来引发女性夸张的惊异。

在招待所公共餐厅的餐桌上，每当那公共的汤盆端上桌时，首先抢走那公共汤勺的定是他们。因为多少知道了一点这抢的无礼，于是他们脸上索性就带出加倍的无礼；因为知道同桌的女性也在等待盛汤，他们索性就放慢这盛汤的速度。他们握住那硕大的婴儿头颅般的汤勺，在本来就寡淡的汤盆里翻江倒海，追赶着如凤毛麟角的鱿鱼丝、鸡蛋花、青菜叶……企图将这些精华丝丝不剩地捞进自己的碗，并且特别乐意让同桌女性看明他们的这种企图。餐桌上那众目睽睽的视线也曾令他心中发讪，就因了这心中的发讪，他们便愈加持久地攥住那汤勺，坚持着手下这勇敢的表演。

当你在大街上行走时，如果身后出现了他们，又如果他们的近旁正行走着些许漂亮的女性，你便会听见他们那忽然放大了的笑谈声。那笑谈的内容似是彼此的对骂，骂出口的自然是不洁的字眼，赤裸地暗示着性行为的含义。声音很高，并且如传接力棒一般地不断在彼此口中重复。于是他们坚信近旁的女性必然听进了那骂，这坚信使他们自得，使他们更加意气风发。于是攒足了气力，等待着下一次的出击。

目睹着他们这吃力的表演，女性常为他们感到难过。他们这种彻底不管不顾的自我糟蹋，或许也算一种"伟大"的勇气。当然，比之那些道貌岸然的风雅之士，他们还称不上真正的恶劣，也许他们只是过早地否定了自己，断然将一条生命逼上了绝路。

每当我将自己投入滚滚的人流，在感叹人类那高于动物的种种优越之时，也每每觉出人类自身还有诸多的方方面面亟待于进化。是什么演绎出了这男性之一种？我愿意相信，他们的身心原本是健全的，他们的欲望与普通人并无两样。多么盼望他们对自己不要这样残忍，自然地走进人群，真切地尊重自身。

伟人的名言讲得好：不尊重别人的人也得不到别人的尊重。近来我却老是感到，尊重自己比尊重他人更不容易。这仿佛是一个无须思考的问题。如同我们常常接受这样的询问："人是什么？"你说出的也许是最准确的答案，但你经历的，却将是那没有答案的一生。

人类的弱点并非独属男性中的一种，高尚与不高尚的临界点也并非那样清晰、分明。当我们正因窥见了他人的不高尚而愤愤然不可自制时，我们自身的弊病兴许正为他人所窥见。我下一篇文字的题目便是《女性之一种》。

女性之一种

忘记了从什么地方，读到过一支歌的名字，歌名叫作《享受你自己》。我不曾听过这支歌，却执拗地认为，歌里唱的一定是关于女性。

"享受"一词令我想起"欣赏"一词，欣赏自己的过程也是一种享受自己的过程吧。自赏意识其实是不分男女的。我常常感到，懂得欣赏自己，并敢于公开这欣赏的人，原本是可爱的。当你面对着一位满怀抱负的男性，这男性郑重地告诉你"我觉得自己有一种伟大感"时，你不觉得他可爱吗？当你面对着一位情窦初开的少女，这少女坦率地向你宣布"我长得多好看"时，你不觉得她可爱吗？当年轻的女同事自信地对你说，完全是因了她的到来，办公室的男人们变得整洁了，你不觉得她可爱吗？

懂得欣赏自己本不是件坏事，你在这欣赏之中享受到自己的价值，于人生的旅途上你才知道倍加珍重这价值。你渐渐地明白了怎样去爱惜自己，怎样凭了你已经具备的价值，去创造于人类的光明前景，于民族的生生不息，于你的家庭、亲朋、爱你和你所爱的人们有益的财富。倘若欣赏自己和享受自己循了这样的轨迹去深入人心，请让我引用一个朋友的诗句：

"为什么不呢？"

我又知道，人们通常的看法是，女性的自赏意识终归强烈于男性。身为女性，我不免也受了这通常看法的传染，读到"享受"便想起"欣赏"，想起"欣赏"则认定与女性有关了。那支歌该不是为女性的自赏正名的吧？因为，人们习惯于给自赏冠以贬义，那被贬的对象又常是女人。

我不是社会学家，对历史也少有研究，仅凭了微薄的感受，觉出或许正是漫长的人类社会发展史，造就了女性的自赏意识强烈于男性呢。在人类历史的舞台上，女性领衔主演的剧目又有多少呢？且不说中国几千年的封建岁月淹没着女性的本相，一句"金屋藏娇"谁又知蕴藏了女人的多少悲哀。即使如尼采、叔本华这样的洋人，也对女性充满鄙夷。叔本华声言女性是无法感悟艺术的；而尼采则说，和女人交往时要带着一条鞭子。男性的自赏，可以有广阔的天地去发挥表现，那自赏就化作了行动去同整个社会碰撞；女性的自赏则只能在镜前、在井边、在灶间、在怀中的婴儿脸上。要是你稍不小心将你的自赏流露于大庭广众之下，那么你便是轻佻，便是张狂，便是大不规矩了。你那自赏，也因此变得格外碍眼，格外不合路数。而你那自赏意识，却因这种种限制与压抑，反倒倍加强烈、执着起来，好比一个无可扼制的恶性循环。

今日的女性，当然已用不着靠着一支歌来为自我的欣赏正名，如我在前边所讲。她们大胆地欣赏自己，也将这欣赏化作了行动，在各自的位置上，为人类的文明与进步，放出璀璨的光芒。更有那走向极端的"彻底解放者"，在公开的场合，与某些男性比赛着骂街,一样地猜拳行令,一样地捧着大碗狂饮。这样的女性,不是我在本文将要谈及的。我要讲的,到底还离不开女性的自我欣赏。

记得读中学时,同年级的一个女生告诉她的班主任,每天早晨她在上学的路上,都要碰见一个截住她不放的男人,这使她感到非常害怕。这女同学的处境,博得了班主任的同情。班主任从那天起,就派两名男生和这女生同路上学。这一行动,顿时使那女生成了班级里的新闻人物。大家想着,她与别人到底是有不同之处吧,不然为什么会有男人截住她要交朋友?那两名被派了任务的男生,在每日的清晨很庄严地尽着自己男性的义务,那天然生成的保护弱小的责任感被激发出来,他们倍感自豪。从此在他们护送女生的路上,再也没有出现过什么男人,许多年之后有一次我碰见了那长大成人的女生,闲聊中对她提起这件事,她哈哈笑着对我说,她上学的路上其实从来就没有出现过截住她的男人。我问她为什么要骗班主任呢?"好玩啊。"她说。

我并不觉得这女生无聊,那本是青春期的少女渴望引人注目的小花招吧。假如这样的花招里尚有天真的成分,使成人能明白地会心一笑,那么,成年之后依然地有意为之呢?

在我们的生活里,有时会遇见这样的女性,她们的外表大多顺应时尚,她们的神经每每敏感于常人。她们对待本职工作的态度还算认真,业余时间也读小说逛商店。她们的手提包里常有话梅和影视杂志,她们坦率地崇拜某个女明星,并固执地认为自己与那明星长得非常相似。她们的口中没有什么不文明的言辞,也谈时局,谈社会上的不正之风。只是,当周围有男性相聚时,她们便相当频繁地调整自己的身姿和发式,并高声地笑——绝不粗俗、相当女性化的笑。她们也常做些弱不禁风之态，比如在办公室需要她们提着暖壶打开水的时候，在机关里分了西瓜需要她们用自行车驮回家的时候，在与男性同路而自己又提着沉重的旅行袋的时候。这样的时刻，知情达理的男性总会及时走在前边，为她们排忧解难。要紧的不在此，因为弱不禁风之态与调整身姿、发式其实也无可非议。要紧的在于，她们企盼着男性相助，而男性友好的相助又使她们坚信那男性正在打着她们的坏主意。

她们的神经确是敏感于常人的，她们的想象也确比常人丰富百倍。她们的自信力每每超出真实景况许多，但这样的女性最为固执己见，她们觉得所有见过她们的男性均会为她们打动而心怀叵测。她们继而会因了这叵测的心怀而惴惴不安，仿佛自己的分秒都处在男性的危险中。

假使这固执的己见只埋藏在心里，男性倒还安全。但往往这样的女性对自己的信念常有不吐不快之感，她们把这信念当作事实讲给熟人、同事，伴着楚楚动人的无奈和疏远那男性的愤慨。她们对这样的讲述不厌其烦，叫人觉得这讲述的过程真正是享受的过程，是她们在享受自己的风采和愤慨。

假使仅仅是讲述，是要用这讲述来证实自己的魅力与男性的没出息尚能使人谅解。如果将这习性发展成欺诈男性的手段，就不免叫人毛骨悚然。

她们似乎无师自通地明白女性那最原始的威力，当自己的要求不能被满足（你尽可以想象当代女性有着多少要求），而那被求者又是男性时，她们会大声疾呼她们受了这男性的欺侮。她们知道，全社会都会起来保护被欺侮的女性的，因了女性是弱小的象征，社会舆论定而无疑要为她们伸张正义。她们以她们自己那混乱不堪的价值观和畸形的自赏心态,将女人和男人逼上了尴尬的境地。她们在抬高自己的时刻,也彻底贬低了自己。

女人和男人的"战争",是古老漫长的话题,而在人类这古老漫长的话题里,又每每延续着男女之间无尽的和平。我不要听尼采"和女人交往要带着一条鞭子",也不要看上述的女性折磨男人也折磨自己。我相信战争与和平其实是同一轨道上的两极,善意地面对人生,你的内心就会获得宁静。

那支《享受你自己》唱的究竟是什么呢?有发现自己的乐趣吧?有自尊自爱的张扬吧?还会有女性与男性之间那健康、纯净的友爱之心。

孩子之一种

记得我们在儿时，总觉得只有通过劳动才能被大人重视起来。周末从寄宿小学归来，倘若双亲吩咐我一件与劳动有关的事，我那响应的心情也会因此而自豪。有一回正在做饭的母亲让我替她剥一棵葱，我拿起葱来就剥。但葱的层次是太多了，而我实在不知剥到哪一层才算是剥好了葱，结果把一棵白生生的大葱给剥没了。母亲看看满簸箕的葱白没有责备我，只给我讲了剥葱的要领。从此家里凡需剥葱时我必定抢在前边，我乐意让母亲看见我学会了剥葱这样一种劳动。

假如我生在二十世纪九十年代，我想既没有人吩咐我剥葱，我也不可能因为掌握了剥葱的要领就兴高采烈。二十世纪九十年代的孩子对生活的判断和对自身价值的评估，自有他们的眼光，他们对剥葱本身嗤之以鼻也说不定。

在从前的一些年代里，我们曾经对"人之初，性本善"争论得昏天黑地，但不管结论如何，人之初性不恶是可以说得过去的。因此孩子才是爹娘掌上的明珠，才是祖国的花朵，才是民族的希望，才是人生大厦未来的栋梁，才是牢固夫妻关系的柱石，才是一个家庭可以成立的标志。孩子还是什么？是太阳，是春风，是人间一切美好词汇的总和，是一切活得疲惫不堪的成年人梦想回归的状态——不是常听人说吗："多么希望我还是个孩子！"即使是在刚刚举行的第二十二届奥运会开幕式上，虽然我们已被如多明戈这样的歌坛巨匠富丽、热烈的歌喉所陶醉，但真正令我们怦然心动的，还是那个率领着多明戈们演唱贝多芬《欢乐颂》的金发男孩。当那孩子不加修饰的清纯童音在巴塞罗那的蒙维克体育场响起，有哪一位成人胆敢愧对这圣洁的童声呢？

没有孩子世界便没了希望，没有孩子人类的生存也丧失了意义。特别是二十世纪九十年代的中国孩子，因了国家控制人口的举措，因了优生优育的确实必要，因了父母望子成龙、望女成凤的心意，更因了有些父亲和母亲为了在孩子身上补偿从前他们未曾得到的一切，这些孩子便成了全世界的举足轻重。于是他们深知了自己的分量，就不知什么叫作"不行"。他所要的，立刻就有；他说往东，你不能往西；他讨厌你时，你须尽快避开；他沉默时，你便不可喧哗。如此，从前的情形就颠倒了一下：从前是大人喜欢议论谁是他宠爱的孩子；如今孩子可随时挑选哪个大人能够得到他的宠爱。我曾在街头冷饮店门前见到这样一幕情景：一位白发老者手推童车，躬身问车内一个三岁左右儿童："你吃雪糕还是喝汽水？"三岁儿童低垂眼皮，似听非听。白发老者将身子躬得更低些，再次问道："你吃雪糕还是喝汽水？"三岁儿童把眉毛皱起，仍是似听非听。白发老者用了几乎是谄媚的温婉音调第三次问道："你吃雪糕还是喝汽水？"这次儿童终于开了口，口气之骄蛮、之不耐烦，宛若某些对下属发令的上级。他皱着久未松开的眉头说："急什么，让我想想呀！"若此时白发老者再不知趣地打断他的"思路",车内儿童定会瞪眼断喝一声"讨厌"了——这使我想起孩童的以眼睛瞪人之习惯,似乎在二十世纪九十年代也特别地发达。有位记者朋友出差数月回到家中,他那未满两岁的女儿就用狠狠瞪他的方式向他表示了"欢迎",好比某些文学作品里惯常的描述:"××用眼睛狠狠地剜了他一下。"瞪和剜也许还有区别,但瞪和剜都足能引起大人的感慨。这记者叙述时便带出得意的感慨,说如今的孩子到底比我们那时聪明,小小年龄居然已学会利用眼珠传达情绪,简直不可思议、简直成精了!

若在公共场合,瞪人、"剜"人则显出逊色了,因为瞪和"剜"毕竟是无声的,他们愿意弄出点翻天覆地来。有一次乘火车,我与一位学龄前男孩为邻。显然这男孩对于这列火车除载着他和他的父母以外居然还装载着其他人颇为不满,而这些旅客又不曾对他表示出如他父母对他那般的热忱,就更使他倍觉孤独。于是他便决定闹出点什么来,于是父母便成了他磨难的对象。他一会儿光脚在车厢走道奔跑,一会儿又返回座位将踩脏的脚丫瞪他母亲的腿;他一会儿指挥他的父亲下车买烧鸡,父亲买回一只他还要他去再买一只,因为他要吃三个鸡爪;吃完三个鸡爪便是无数次地要求吃西瓜吃蜜桃吃泡泡糖喝饮料,紧接着就是母亲无数次地陪着他去无数次的厕所。厕所终于去完了,而他一时又想不出别的闹法,只好骑上他父亲的脖子,揪他父亲的头发挖他父亲的鼻子扇他父亲的耳光。当他的父亲半是玩笑、半是严肃地问他"你知道我是谁"时,孩子马上回答:"你是大坏蛋!"

这样的孩子,若只对自己的父母如此倒还罢了,正所谓周瑜打黄盖——打的愿打,挨的愿挨。自家人好算账,不是吗?可是,大人总不能启发孩子去扇别人的耳光，骂别人是大坏蛋。在别人面前，大人总愿意展示一下孩子的聪明伶俐乃至必要的礼貌。例如碰见熟人，大人多半会启发孩子"叫叔叔""叫阿姨"之类，至于叫与不叫要看孩子此时此刻的兴致。倘他正逢高兴，也许会大叫一声叔叔或者阿姨，即便那叫声里充满着心不在焉，这叔叔阿姨也会以高涨的热情来夸赞孩子的乖巧和仁义。可惜下回，还是这叔叔还是这阿姨，还是这孩子还是这孩子父母的启发，孩子则死活不再开尊口。他望着眼前的叔叔阿姨，一副不屑一顾的姿态，接着还会不耐烦地扭动身子并辅以跺脚、摇头。若此刻父母再对他施以启发，他会愤怒地拿眼"剜"起叔叔阿姨（这会儿可真叫剜了），叫着："就不！就不！"不止一位叔叔阿姨对我谈及他们在这种孩子面前的尴尬。因了这尴尬，再逢这样的孩子，他们便预先识趣地躲开，且唯恐避之不及。

这孩子之一种固然不叫人喜欢，然而这一切又实在怨不得孩子——毕竟人之初，性不恶。他们那过早掌握的以眼珠"剜"人的本领，他们那颐指气使的行为做派，他们那无视他人存在的专横言辞，有哪一样不是从成年人身上学得的呢？

我们亦不止一次地看到，有些尚被成年人称为孩子的年轻父母，因了自己手中更幼小的孩子，就认定自己的一生已经圆满；就认定他们之所以还能活下去，完全是因为这手中的孩子。他们甘愿蓬头垢面，衣衫不整，饮食饥一顿饱一顿，工作有一搭无一搭——只要能寸步不离他们的孩子。母性的光辉确有震撼人心的力量，这样的父母在走进厨房时，也决不会劳子女的大驾为他们剥葱。但我仍然怀疑在这种光环笼罩下的孩子，当他们长大成人后，真的能够感激并爱戴他们的父母吗？

假如父母与孩子之间的平等关系是人类一种美妙的关系，二十世纪九十年代的平等绝不意味着让大人变成孩子的奴仆。

在您的孩子面前您是大人；在您的大人面前您是孩子。所有的孩子都是人类的希望，因此您必得有雄心学会同您的孩子一道美好地成长。这样的成长其实需要更多的勇气和智慧，以及正视自己的耐心，我想。

第二辑

忆旧怀人

惦　念

一九九〇年冬天，我曾经在一个名叫娄村的乡里住过些天。

娄村乡地处保定西部山区和平原的接壤处，属于丘陵地带。安静的公路时有舒缓的起伏，公路两旁，是土质肥厚的麦地和错落有致的青石板铺顶的砖房，这些农民的房子大都很新，有些房主刻意在门面上做些"雕梁画栋"般的装饰，显示着这里富裕，也给冬天里沉寂的原野平添了许多颜色。

我被安排在乡政府，占了乡文化站的一间屋子。这屋的主人是个年轻女孩子，因为我的到来，她暂回家去住了。幸好她家离乡政府不远，只一里地。我走进我的临时小屋时，那女孩子显然刚刚离开：桌椅都很明亮，打扫过的砖地上还散布着泼洒均匀的水痕，使这陈设简单的小屋充满湿润的馨香。我想那女孩子定是用香皂洗了脸，又就势将洗脸水洒上地面的。在乡下，很有些勤快、利索的女性喜欢用这种方法保持房间的干净和空气的清新。我把随身带来的行李解开，铺在女孩子为我腾空的铺板上，这时院里响起钟声，晚饭时间到了。

乡党委书记和乡长领我去食堂吃晚饭，我就势将这院子看了一个大概：几排坐北朝南的平房，院子正中有水管一个，厕所在东南角，墙外便是大片的野地了。房子不新，大约建于五六十年代，每排房前都有些落尽了叶子的杨树、榆树，像许多北方乡间的院子一样。

食堂在院子的西南角，由一名姓姜的师傅主持。我被领进食堂，书记微微猫下腰，把脸凑在打饭的小窗口，把我给正在里间卖饭的姜师傅作了介绍，我也招呼了姜师傅。

姜师傅是一位高个子、长脸的老头，穿一身褪了色的军裤军褂，头上是一顶耷拉着帽檐的旧军帽。对于我的招呼，姜师傅并没有过于热烈的反应，只说："闺女，有馒头，有糖包，你吃什么？"我说吃什么都行。姜师傅说："吃个糖包吧，把碗伸进来，闺女们都爱吃甜的。"他把一个热气腾腾的糖包放进我的碗，又为我的另一只碗盛上同样是热气腾腾的粉条豆腐菜。

人不论在哪里，肚子里有了甜的热的，心里就会踏实下来。我吃着糖包和热菜，院子里也跟着黑了。入冬以后，天黑得很快，黑得很透。我打着手电和书记、乡长回我的小屋，在门口，书记指着一堆煤面和一堆黄土说，每晚睡觉前我应该和些煤泥封火。这时我才想起，我的屋里是有一个红砖盘就的自来风煤灶，那么，我还得学会封火。乡长绰起铁锹，为我示范了和泥要领，并告诉我说，煤面和黄土的比例是三比一。

书记和乡长走了，一切都安静下来。我坐在我的铺上，望着因年头久远而发黄发脆的顶棚，顶棚是用报纸糊的，报纸上罗列着七十年代末的一些新闻，看了顶棚我又环顾四壁，四壁贴满了从杂志上剪下来的电影明星剧照和生活照，照片也因时间久了而褪去许多颜色，比如那些本来涂着口红的唇们都一律地苍白着，使她们看上去睡眠不足，精神委顿。我端详着明星们，猜测着哪一位是这房间的主人最最崇拜的。我无法说清为什么我会在这样一个小小的空间长时间地东瞅西看，似是排遣这突然到来的寂寞，又似是为了消除这近在眼前的陌生——这确是一种陌生，尽管四周有一大群公众熟识的电影明星相伴。

也许陌生感最容易调动起人的警觉了吧？我想起挎包里的手枪。这手枪是行前一位友人借我的，他告诉我这是防身用的电击手枪，不会致命，充其量也就是壮胆。真有用时，一定要等歹徒靠近，将枪口抵住他的皮肤，才能把对方击倒。友人的介绍反倒增加了我的害怕，试想，当一名歹徒真的出现在眼前，我怎么可能有时间等待他靠近呢？等待歹徒的靠近，需要耐心和胆量，我自信自己缺乏这样的耐心和胆量，手枪于我，或许就真是个壮胆的摆设了。我从挎包里掏出枪来，模仿着某些电影里的场面，将枪压在枕下，开始了我在娄村第一夜的睡眠。

半夜里我要去厕所，于是穿衣起床，把自己武装起来：披上军大衣，衣兜里放好手枪，手中再亮起手电，推门出来，走进伸手不见五指的黑暗。从我的屋子到厕所要穿过整个院子，想到厕所与野地只一墙之隔，我甚至觉得歹徒说不定就潜伏在墙根暗处，我一边用想象出来的危险恐吓自己，一边又攥住大衣兜里的枪柄壮自己的胆，盘算着当意外发生时我应该先闭手电还是先掏手枪。

除了寒冷而又寂静，什么意外也没有发生。我走出厕所，发现这院子不像刚才那么黑暗了。西南角有灯光，那便是姜师傅主持的食堂了。大半夜他在食堂干什么呢？

我没有再回屋睡觉，打着手电拐进食堂。厨房里暖烘烘的，有热气从焐着的锅里冒出来，姜师傅正坐灶前抽烟。他告诉我说，他正等人回来吃饭。

原来这季节税收工作正紧，乡里的干部们编成十几个小组下去收税，常常早出晚归。这种晚，晚到了没有时间，有时一天要开二十几顿饭。为了叫人们回来就能吃上热饭，姜师傅索性昼夜坐在灶前。我出主意让姜师傅回去睡觉，谁回来谁再去叫姜师傅。姜师傅却说，做饭的理应等着吃饭的，不能让吃饭的去叫做饭的。转悠一天，再遇见点不顺心，一顿热饭菜一吃，也就过去了。

税收是件麻烦事，大约顺心的时候总是不多。在以后的几天里，有时候我碰巧和收税干部同路归来，他们一边向我唠叨着这差事的艰辛，一边又说："幸亏回去能吃上口热饭，姜师傅等着咱们呢。"

姜师傅坚持着他的等待，食堂的灯光彻夜长明。白天的时候他照旧做饭、洗菜、敲钟——这时我知道，挂在食堂前榆树上那口招呼人吃饭的钟，一直由他亲自敲响。哪怕这院里的干部倾巢出动去收税，哪怕只剩下我一个人等待吃饭，姜师傅也要单为我把那钟按时敲起来，他敲得有力，从不潦草。

有一天全体乡干部因事出门，我也要去附近一个村子采访。这天的午饭，只有姜师傅一个人吃了。中午，当我盘腿坐在那村里一个乡村医生的炕上吃饭时，却听见一阵钟声。这钟声悠远，但听起来依然有力，且不潦草。这，当是姜师傅。

晚上回到乡政府我问姜师傅，是不是中午又来了吃饭的人，姜师傅说只他一个人。

我说您一个人吃饭还自个儿给自个儿敲钟？

姜师傅说我是敲给你听哩，虽在村外，也能听见，派饭也得按时候吃。你们这种人爱和人聊天，别聊起来没完忘了吃饭。

我忽然觉出娄村的一切于我已经很亲切了，我甚至将手枪送回了挎包。半夜再穿过院子时，脚步也从容自如起来，有时连手电也扔在床上不拿。

在文化站我那临时小屋里，我开始了我的写作，体味着被人惦念就有幸福，品尝着惦念别人时内心的丰富。或许姜师傅不识太多的字，或许姜师傅终生不读我的小说，但作为写小说的我，每每提起笔来，却常惦念起姜师傅。

人类的生存是需要相互的惦念的。最高尚的文学也离不开最平凡的人类情感的滋润。

又过了一段时间我才问清姜师傅的简单历史，他是个复员军人，在乡里做了四十年饭。

想象胡同

少年时,由于父母去遥远的"五·七"干校劳动,我被送至外婆家寄居,做了几年北京胡同里的孩子。

外婆家的胡同地处北京西城,胡同不长,有几个死弯。外婆的四合院是一所坐北朝南的两进院子,院落不算宽敞,院门的构造却规矩齐全,大约属屋宇式院门里的中型如意门。门框上方雕着"福""寿"的门簪,垂吊在门扇上作敲门之用的黄铜门钹,以及迎门的青砖影壁和大门两侧各占一边的石头"抱鼓",都有。或者,厚重的黑漆门扇上还镌刻着"总集福荫,备致嘉祥"之类的对联吧。只是当我作为寄居者走进这两扇黑漆大门时,门上的对联已换作了红纸黑字的"四海翻腾云水怒,五洲震荡风雷激"。

这样的对联,为当时的胡同增添着激荡的气氛。而在从前,在我更小的时候来外婆家做客,胡同里是安详的。那时所有的院门都关闭着,人们在自家的院子里,在自家的树下过着自家的生活。外婆的院里就有四棵大树,两棵矮的是丁香,两棵高的是枣树。五月里,丁香会喷出一院子雪白的芬芳;到了秋日,在寂静的中午我常常听见树上沉实的枣子落在青砖地上溅起的噗噗声。

那时我便箭一般地蹿出屋门，去寻找那些落地的大枣。

偶尔，有院门开了，那多半是哪家的女主人出门买菜或者买菜回来。她们把用一小块木纸包着的一小堆肉馅托在手中，或者是一小块报纸裹着的一小绺韭菜，于是胡同里就有了谦和热情、啰唆而又不失利落的对话。说她们啰唆，是因为那对话中总有无数个"您慢走""您有工夫过来""瞧您还惦记着""您哪……"等等等等。外婆隔壁院里有位旗人大妈，说话时礼就更多。说她们利落，是因为她们在对话中又很善于把句子简化，比如：

"春生来雪里蕻啦。"

"笔管儿有猫鱼。"

"春生"是指胡同北口的春生副食店，"笔管儿"是指挨着胡同西口的笔管胡同副食店。猫鱼是商店专为养猫人家准备的小杂鱼，一毛钱一堆，够两只猫吃两天。为了春生的雪里蕻和笔管儿的猫鱼，这一阵小小的欢腾不时为胡同增添着难以置信的快乐与祥和。她们心领神会着这简约的词汇再道些"您哪、您哪"，或分手，或一起去北口的春生、西口的笔管儿。

当我成为外婆家长住的小客人之后，也曾无数次地去春生买雪里蕻，去笔管儿买猫鱼，剩下零钱还可以买果丹皮和粽子糖。我也学会了说春生和笔管儿，才觉得自己真正被这条胡同所接纳。

后来，胡同更加激荡起来，这样啰唆而利落的对话不见了。不久，又有规定让各家院门必须敞开，说若不敞开院中必有阴谋，晚上只在规定时间门方可关上。外婆的黑漆大门冲着胡同也敞开了，使人觉得这院子终日在众目睽睽之下。

那时，外婆院子的西屋住着一对没有子女的中年夫妇——崔先生和崔太太。崔先生是一个傲慢的孤僻男人，早年曾经留学日本，现任某自动化研究所的高级工程师。夫妇二人过得平和，都直呼着对方的名字，相敬如宾。有一天忽然有人从敞开的院门冲入院子抓走了崔先生，从此十年无消息。而崔太太就在那天夜里疯了，可能属于幻听症。她说她听到的所有声音都是在骂她，于是她开始逃离这个四合院和这条胡同，胳膊上常挎着一只印花小包袱，鬼使神差似的。听人说那包袱里还有黄金。她一次次地逃跑，一次次地被街道的干部大妈抓回。街道干部们传递着情况说：

"您是在哪儿瞧见她的？"

"在春生，她正掏钱买烟呢，让我一把就攥住了她的手腕……"

或者："她刚出笔管儿，让我发现了。"

拎着酱油瓶子的我，就在春生见过这样的场面——崔太太被人抓住了手腕。

对于崔太太，按辈分我该称她崔姥姥的，这本是一个个子偏高、鼻头有些发红的干净女人。我看着她们扭着她的胳膊把她押回院子锁进西屋，还派专人看守。我曾经站在院里的枣树下希望崔太太逃跑成功，她是多么不该在离胡同那么近的春生买烟啊。不久崔太太因肺病死在了西屋，死时，偏高的身子缩得很短。

这一切，我总觉着和院门的敞开有关。

十几年之后胡同又恢复了平静，那些院门又关闭起来，人们在自己的院子里做着自己的事情。当长大成人的我再次走进外婆的四合院时，我得知崔先生已回到院中。但回家之后砸开西屋的锈锁他也疯了：他常常头戴白色法国盔，穿一身笔挺的黑呢中山装，手持一根楠木拐杖在胡同里游走、演说。并且他在两边的太阳穴上各贴一枚图钉（当然是无尖的），以增强脸上的恐怖。我没有听过他的演说，目击者都说，那是他模拟出的施政演说。除了做演说，他还特别喜欢在貌似悠然的行走中猛地回转身，将走在他身后的人吓那么一跳。之后，又没事人似的转过身去，继续他悠然的行走。

我曾经在夏日里一个安静的中午，穿过胡同向大街走，恰巧走在头戴法国盔的崔先生之后，便想着崔先生是否要猛然回身了。在幽深狭窄、街门紧闭的胡同里，这种猛然回身确能给后面的人以惊吓的。果然，就在我走近笔管儿时，离我仅两米之遥的崔先生来了一个猛然回身，于是我看见了一张黄白的略显浮肿的脸。可他并不看我，眼光绕过我，却使劲儿朝我的身后望去。那时我身后并无他人，只有我们的胡同和我们共同居住的那个院子。崔先生望了片刻便又返回身继续往前走了。

以后我再也没有见过崔先生，只不断听到关于他的一些花絮。比如，由于他的"施政演说"，他再次失踪又再次出现；比如，他曾得过一笔数额不小的补发工资，又被他一个京郊侄子骗去⋯⋯

出人意料的是，当时我却没有受到崔先生的惊吓，只觉得那时崔先生的眼神是刹那的欣喜和欣喜之后的疑惑。他旁若无人地欣喜着自己只是向后看，然后便又疑惑着自己再转身朝前。

许多年过后，我仍然能清楚地回忆起崔先生那疾走乍停、猛向后看的神态，我也终于猜到了他驻步的缘由，那是他听见了崔太太对他那直呼其名的呼唤了吧？院门开了，崔太太站在门口告诉他，若去笔管儿，就顺便买些猫鱼回来。然而，崔先生很快又否定了自己，带着要演说的抱负朝前走去。

母亲在公共汽车上的表现

这里要说的是我母亲在乘公共汽车时的一些表现，但我首先需交代一下我母亲的职业。

我母亲退休前是一名声乐教授。她对自己的职业是满意的，甚至可以说热爱。因此她一开始有点不知道怎样面对退休。她喜欢和她的学生在一起；喜欢听他们那半生不熟的声音是怎样在她日复一日的训练之中成熟、漂亮起来；喜欢那些经她培养考上国内最高音乐学府的学生假期里回来看望她；喜欢收到学生们的各种贺卡。当然，我母亲有时候也喜欢对学生发脾气。用我母亲的话说，她发脾气一般是由于他们练声时和处理一首歌时的"不认真""笨"。不过在我看来，我母亲对学生的发脾气稍显那么点煞有介事。我不曾得见我母亲在课堂上教学，有时候我能看见她在家中为学生上课。学生站着练唱，我母亲坐在钢琴前弹伴奏。当她对学生不满意时就开始发脾气。当她发脾气时就加大手下的力量，钢琴骤然间轰鸣起来，一下子就盖过了学生的嗓音。奇怪的是我从未被我母亲的这种"脾气"吓着过，只越发觉得她在这时不像教授，反倒更似一个坐在钢琴前随意使性子的孩童。这又何必呢，我暗笑着想。今非昔比,现在的年轻人谁会真在意你的脾气?但我观察我母亲的学生,他们还是惧怕他们这位徐老师(我母亲姓徐)。他们知道这正是徐老师在传授技艺时没有保留没有私心的一种忘我表现,他们服她。可是我母亲退休了。

我记得退休之后的母亲曾经很郑重地对我说过,让我最好别告诉我的熟人和同事她的退休。我说退休了有什么不好,至少你不用每天挤公共汽车了,你不是常说就怕挤车吗,又累又乏又耗时间。我母亲冲我讪讪一笑,不否认她说过这话,可那神情又分明叫人觉出她对于挤车的某种留恋。

我母亲的工作和公共汽车关系密切,她一辈子乘公共汽车上下班。公共汽车连接了她的声乐事业,连接了她和教室和学生之间的所有活动,她生命的很多时光是在公共汽车上度过的。当然,公共汽车也使她几十年间饱受奔波之苦。在中国,我还没有听说过哪个城市乘公共汽车不用挤不用等不用赶。我们这座城市也一样。我母亲就在长年的盼车、赶车、等车的实践中摸索出了一套上车经验。有时候我和我母亲一道乘公共汽车,不管人多么拥挤,她总是能比较靠前地登上车去。她上了车,一边抢占座位(如果车上有座位的话)一边告诉我,挤车时一定要溜边儿,尽可能贴近车身,这样你就能被堆在车门口的人们顺利"拥"上车去。试想,对于一位年过六十岁的妇女,这是一种多么危险的行为啊。我的确亲眼见过我母亲挤车时的危险动作:远远看见车来了,她定会迎着车头冲上去。这时车速虽慢但并无停下的意思,我母亲便会让过车头,贴车身极近地随车奔跑,当车终于停稳,她即能就近扒住车门一跃而上。她上去了,一边催促着仍在车下笨手笨脚的我——她替我着急;一边又有点居高临下的优越和得意——

对于她在上车这件事上的比我机灵。她这种情态让我在一瞬间觉得，抱怨挤车和对自己能巧妙挤上车去的得意相比，我母亲是更看重后者的。她这种心态也使我们母女乘公共汽车的时候总仿佛不是母女同道，而是我被我母亲率领着上车。这种率领与被率领的关系使我母亲在汽车上总是显得比我忙乱而又主动。比方说，当她能够幸运地同时占住两个座位，而我又离她比较远时，她总是不顾近处站立的顾客的白眼，坚定不移地叫着我的小名要我去坐；比方说，当有一次我因高烧几天不退乘公共汽车去医院时，我母亲在车上竟然还动员乘客给我让座。但那次她的"动员"没有奏效，坐着的乘客并没有因我母亲声明我是个病人就给我让座。不错，我因发烧的确有点红头涨脸，但这也可能被人看成是红光满面。人们为什么要给一个年轻力壮而又红光满面的人让座呢？那时我站着，脸更红了，心中恼火着我母亲的"多事"，并由近而远地回忆着我母亲在汽车上下的种种表现。当车子渐空，已有许多空位可供我坐时，我仍赌气似的站着，仿佛就因为我母亲太看重座位，我便愈要对空座位显出些不屑。

　　近几年来，我们城市的公共交通状况逐渐得到了缓解，可我母亲在乘公共汽车时仍是固执地使用她多年练就的上车法：即使车站只有我们两人，她也一定要先追随尚未停稳的车子跑上几步，然后贴门而上。她制造的这种惊险每每令我头晕，我不止一次地提醒她不必这样，万一她被车刮倒了呢，万一她在奔跑中扭了腿脚呢？我知道我这提醒的无用，因为下一次我母亲照旧。每逢这时我便有意离我母亲远远的，在汽车上我故意不和她站在（或坐在）一起。我遥望着我的母亲，看她在找到一个座位之后是那么的心满意足。我母亲也遥望着我，她张张嘴显然又要提醒我眼观六路留神座位，但我那拒绝的表情又让她生出些许胆怯。我遥望着我的母亲，遥望她面对我时的"胆怯"，忽然觉得我母亲练就的所有"惊险动作"其实和我的童年、少年时代都有关联。在我童年、少年的印象里，我母亲就总是拥挤在各种各样的队伍里，盼望、等待、追赶……拥挤着别人也被别人拥挤：年节时买猪肉、鸡蛋、粉条、豆腐的队伍；凭票证买月饼、火柴、洗衣粉的队伍；定量食油和定量富强粉的队伍；买火车票长途汽车票的队伍……每一样物品在那个年月都是极其珍贵的，每一支队伍都可能因那珍贵物品的突然售完而宣告解散。我母亲这一代人就在这样的队伍里和这样的等待里练就着常人不解的"本领"而且欲罢不能。

我渐渐开始理解我母亲不再领受挤车之苦形成的那种失落心境，我知道等待公共汽车挤上公共汽车其实早已是她声乐教学事业的一部分。她看重这个把家和事业连接在一起的环节，并且由此还乐意让她的孩子领受她在车上给予的"庇护"。那似乎成了她的一项"专利"，就像在从前的岁月里，她曾为她的孩子她的家，无数次地排在长长的队伍里，拥挤在嘈杂的人群里等待各种食品、日用品一样。

不久之后，我母亲同时受聘于两所大学继续教授声乐。她显得很兴奋，因为她又可以和学生们在一起了，又可以敲着琴键对她的学生发脾气了，她也可以继续她的挤车运动了。我不想再指责我母亲自造的这种惊险，我知道有句老话叫作"江山易改，禀性难移"。

可是，对于挤公共汽车的"爱好"，难道真能说是我母亲的秉性吗？

面包祭

你的脑子有时像一团飘浮不定的云，有时又像一块冥顽不化的岩石。你却要去追赶你的飘浮，镌凿你的冥顽。你的成功大多在半信半疑中，这实在应该感谢你冥顽不化、颠扑不灭的飘浮，还有相应的机遇和必要的狡黠。

于是，你突然会讲一口流利的外语了，你突然会游泳了，你突然会应酬了，你突然会烤面包了。

我父亲从干校回来，总说他是靠了一个偶然的机遇：庐山又开了一个什么会，陈伯达也倒了，影响到当时中国的一个方面，干校乱了，探亲的、托病的、照顾儿女的……他们大多一去不复返，慢慢干校便把他们忘了。父亲的脱离干校是托病，那时他真有病，在干校得了一种叫作阵发性心房纤颤的病，犯起来心脏乱跳，心电图上显示着心律的绝对不规律。父亲的回家使我和妹妹也从外地亲戚家回到了他身边，那年我十三岁，妹妹六岁。母亲像是作为我家的抵押仍被留在干校。

那时的父亲是个安分的人，又是个不安分的人。在大风大浪中他竭力使自己安分些，这使得军宣队、工宣队找他谈话时总是说"像你这样有修养的人""像你这种有身份的人"当如何如何，话里有褒也有贬。但因了他的安分，他到底没有受到大的磕碰。关于他的"大字报"倒是有过，他说那是因为有人看上了他那个位置，其实那位置只是一家省级剧院的舞美设计兼代理队长。于是便有人在"大字报"上说他不姓铁，姓"修"，根据是他有一辆苏联自行车，一台苏联收音机，一只苏联闹钟，一块苏联手表。为了证明存在的真实性，"大字报"连这四种东西的牌子都做了公布，它们依次是："吉勒""东方""和平""基洛夫"。

"也怪了。"事后父亲对我说，"不知为什么那么巧，还真都是苏联的。"

这"大字报"震动不大，对他便又有了更具分量的轰炸。又有"大字报"说：干校有个不到四十岁的国民党党员，挖出来准能把人吓一跳，因为"此人平时装得极有身份"。"大字报"没有指名道姓，父亲也没在意。下边却有人提醒他了："老铁，你得注意点，那'大字报'有所指。"父亲这才感到一阵紧张。但他并不害怕，因为他虽有四件"苏修"货却和国民党不沾边。当又有人在会上借那"大字报"旁敲侧击时，他火了，说："我见过日本鬼子见过伪军，就是没见过国民党。"他确实没见过国民党，他生在农村，日本投降后老家便是解放区了。鬼子伪军他见过，可那时他是儿童团长。

"大字报"风波过去了，父亲便又安分起来。后来他请病假长期不归也无人问津，或许也和他给人的安分印象有关。

父亲把我们接回家，带着心房纤颤的毛病，却变得不安分起来：他刷房，装台灯，做柜子，刨案板，翻旧书旧画报，还研制面包。

面包那时对于人是多么的高不可攀。这高不可攀是指人在精神上对它的不可企及，因此这研制就带出了几分鬼祟色彩，如同你正在向资产阶级一步步靠近。许多年后我像个记者一样问父亲："当时您的研制契机是什么？"

"这很难说。一种向往吧。"他说。

"那么，您有没有理论或实践根据？比如说您烙饼，您一定见过别人烙饼。"

"没有。"

"那么您是纯属空想？"

"纯属空想。"

"您为什么单选择了面包？"

"它能使你有一种莫名其妙的冲动。"

父亲比着蜂窝煤炉盘的大小做了一个有门、门内有抽屉的铁盒子，然后把这盒子扣在炉上烧一阵，挖块蒸馒头的自然发酵面团放进抽屉里烤，我们都以为这便是面包了。父亲、我和妹妹三人都蹲在炉前等着面包的出炉，脸被烤得通红。父亲不时用身子挡住我们的视线拉开抽屉看看，想给我们个出其不意。我和妹妹看不见这正被烘烤着的面团，只能重视父亲的表情。但他的表情是暧昧的，只煞有介事地不住看表——他的"基洛夫"。半天，这面包不得不出炉了，我和妹妹一阵兴奋。然而父亲却显不出兴奋，显然他早已窥见了那个被烤得又煳又硬的黑面团。掰开闻闻，一股醋酸味儿扑鼻而来。他讪讪地笑着，告诉我们那是因为炉子的温度不够，面团在里边烘烤得太久的缘故。妹妹似懂非懂地拿起火筷子敲着那铁盒子说："这炉子？"父亲不让她敲，说，他还得改进。过后他在那盒子里糊了很厚一层黄泥说："没看见吗？街上烤白薯的炉里都有泥，为了增加温度。"再烤时，泥被烤下来，掉在铁抽屉里。

后来他扔掉那盒子便画起图来。他画了一个新烤炉，立面、剖面都有，标上严格的尺寸，标上铁板所需的厚度。他会画图，布景设计师都要把自己的设计构想画成气氛图和制作图。他画成后便骑上他的"吉勒"沿街去找小炉匠，后来一个小炉匠接了这份活，为他打制了一个新炉子。新烤炉被扣在火炉上，父亲又撕块面团放进去。我和妹妹再观察他的表情时，他似有把握地说："嗯，差不多。"

面包出炉了，颜色真有点像，这足够我们欢腾一阵了。父亲嘘着气把这个尚在烫手的热面团掰开，显然他又遇到了麻烦——他掰得很困难。但他还是各分一块给我们，自己也留一块放在嘴里嚼嚼说："怎么？烤馒头味儿。"我和妹妹都嘎嘎嚼着那层又厚又脆的硬皮，只觉得很香，但不像面包。我们也不说话。

后来父亲消沉了好一阵，整天翻他的旧书旧画报，炉子被搁置门后，上面扔着白菜土豆。

一次，他翻出一本《苏联妇女》对我说："看，面包。"我看到一面挂着花窗帘的窗户，窗前是一张阔大的餐桌。桌上有酒杯，有鲜花，有摆得好看的菜肴，还有一盘排列整齐的面包。和父亲烤出的面包相比，我感到它们格外地蓬松、柔软。

也许是由于画报上面包的诱发，第二天父亲从商店里买回几个又干又黑的圆面包。那时，我们这个城市有家被称作"一食品"的食品厂，生产这种被称作面包的面包。不过它到底有别于馒头的味道。我们分吃着，议论、分析着面包为什么称其为面包，我们都发言。

那次的议论使父亲突然想起一位老家的表叔。二十世纪四十年代,这表叔在一个乡间教堂里,曾给一位瑞典牧师做过厨师,后来这牧师回了瑞典,表叔便做起了农民。父亲专程找到了他,但据表叔说,这位北欧传道者对面包很不注重,平时只吃些土豆蘸盐。表叔回忆了他对面包的制作,听来也属于烤馒头之类。这还不是父亲的追求。从表叔那里他只带回半本西餐食谱,另外半本被表叔的老伴铰了鞋样。面包部分还在,但制作方法却写得漫无边际,比如书中指出:发面时需要"干酵母粉一杯"。且不说这杯到底意味着多大的容积,单说那干酵母粉,当时对于一个中国家庭来说大概就如同原子对撞,如同摇滚音乐,如同皮尔·卡丹吧?再说那书翻译之原始,还把"三明治"翻作"萨贵赤"。

一天,父亲终于又从外面带回了新的兴奋。他进门就高喊着说:"知道了,知道了,面包发酵得用酒花,和蒸馒头根本不是一回事。真是的。"我听着酒花这个奇怪的名字问他那是一种什么东西,他说他也没有见过。想了想他又说:"大概像中药吧。"我问他是从哪里听说的。他说,他在汽车站等汽车,听见两个中年妇女在聊天,一个问一个说,多年不见了,现时在哪儿上班;另一个回答在"一食品"面包车间。后来父亲便和这个"一食品"的女工聊起来。

那天,酒花使父亲一夜没睡好。第二天他便远征那个"一食品"找到了那东西。当然,平白无故从一个厂家挖掘原料是要费一番周折的。为此他狡黠地隐瞒了自己这诡秘而寒酸的事业,只说找这酒花是为了配药,这便是其中的一味。有人在旁边云山雾罩地帮些倒忙,说这是从新疆"进口"的,以示它购进之不易。但父亲总算圆满了起初就把这东西作为药材的想象。

"很贵呢。"他举着一个中药包大小的纸包给我看,"就这一点,六块钱。"

那天他还妄图参观"一食品"的面包车间,但被谢绝了,那时包括面包在内的糕点制作似都具有一定的保密性。幸好那女工早已告诉了他这东西的使用方法,自此他中断一年多的面包事业又继续起来。他用酒花煮水烫面、发酵、接面、再发酵、再接面、再发酵……完成一个程序要两天两夜的时间。为了按要求严格掌握时间,他把他的"和平"闹钟上好弦,"和平"即使在深夜打铃,他也要起床接面。为了那严格的温度,他把个面盆一会儿用被子盖严,一会儿又移在炉火旁边,拿支温度表放在盆内不时查看。

一天晚上他终于从那个新烤炉里拽出一只灼手的铁盘,铁盘里排列着六个小圆面包。他垫着屉布将灼手的铁盘举到我们面前说:"看,快看,谁知道这叫什么?早知如此何必如此!"我看看他那连烤带激动的脸色,想起大人经常形容孩子的一句话:烧包。

父亲是烧包了,假如一个家庭中孩子和大人是居平等地位的话,我是未尝不可这样形容父亲一下的。我已知道那铁盘里发生了什么事,放下正在写着的作业就奔了过去。妹妹为等这难以出炉的面包,眼皮早打起了架,现在也立刻精神起来。父亲发给我们每人一个说:"尝呀,快尝呀,怎么不尝?"他执意要把这个鉴定的权力让给我们。那次他基本是成功的,第一,它彻底脱离了馒头的属性;第二,颜色和光泽均属正常。不足之处还是它的松软度。

不用说最为心中有数的还是父亲。

之后他到底又找到了那女工，女工干脆把这位面包的狂热者介绍给那厂里的一位刘姓技师。他从刘技师那里了解到一些关键所在，比如发酵后入炉前的醒面，以及醒面时除了一丝不苟的温度，还有更严格的湿度。后来，当父亲确信他的面包足以超过了"一食品"（这城市根本没有"二食品"）所生产的面包时，他用张干净白纸将一个面包包好，亲自送到那面包师家去鉴定。

父亲回忆当时的情景说，那个晚上刘技师一家五六口人正蹲在屋里吃晚饭，他们面前是一个大铁锅，锅里是又稠又黏的玉米面粥，旁边还有一碗老咸菜，仅此而已。一个面包师的晚餐给他留下了终生印象。

面包师品尝了父亲的面包，并笑着告诉他说："对劲儿。自古钻研这个的可不多。我学徒那工夫，也不是学做面包，是学做蛋糕。十斤鸡蛋要打满一小瓮，用竹炊帚打，得半天时间。什么事也得有个时间，时间不到着急也没有用。"他又掰了一小口放在嘴里品尝着，还把其余部分分给他的孩子，又夸了父亲"对劲儿"。

父亲成功了，却更不安分起来，仿佛面包一次次的发酵过程，使他的脑子也发起酵来，他决心把他的面包提到一个更高阶段。

那时候尼迈里、鲁巴伊、西哈努克经常来华访问，每次访问不久便有一部大型纪录影片公映，从机场的迎接到会见、参观、到迎宾宴会。父亲对这种电影每次必看，并号召我们也看。看时他只注意那盛大的迎宾国宴，最使他兴奋的当然莫过于主宾席上每人眼前那两个小面包了。他生怕我们忽略了这个细节，也提醒我们说："看，快看！"后来他干脆就把国宴上那种面包叫作"尼迈里"了。那是并在一起的两个橄榄型小面包，颜色呈浅黄，却发着高贵的亮光。父亲说,他能猜出这面包的原料配制和工艺过程,他下一个目标,便是这"尼迈里"。

为烘制"尼迈里",他又改进了发酵工艺及烤炉的导热性能。他在炉顶加了一个拱形铁板,说,过去他的炉子属于直热式,现在属热回流式。

他烤出了"尼迈里"说:"你面对一个面包,只要看到它的外观,就应该猜到它的味道、纤维组织和一整套生产工艺。"自此我也养成了一个习惯,便是对面包的分析。多年之后当我真的坐在从前尼迈里坐过的那个地方,坐在纽约曼哈顿的饭店里,坐在北欧和香港那些吃得更精细的餐馆里,不论面前是哪类面包,我总是和父亲的"尼迈里"做着比较,那几乎成为我终生分析面包的一个标准起点。也许这标准的真正起点,是源于父亲当年为我们创造的意外的氛围。我想,无论如何,父亲那时已是一位合格的面包师了。

这些年父亲买到了好几本关于面包烘制法的书籍,北京新侨饭店的发酵工艺、上海益民厂的发酵工艺、北京饭店的、瑞典的、苏格兰的……还买了电烤箱。我们所在的城市也早已引进了法式、港式、澳大利亚式面包生产线,面包的生产已不再是当年连车间都不许他进的那个秘密时代了。然而父亲不再烘制了,他正在安分着他的绘画事业。只在作画之余,有时随意翻翻这些书说:"可见那时我的研究是符合这工艺的。"后来我偶然地知道,发酵作为大学里的一个专业,学程竟和作曲、高能物理那样的专业同样长短。

一只生着锈的老烤炉摆在他的画架旁边,作为画箱的依托。也许父亲忘记了它的存在,但它却像是从前的一个活见证,为我们固守着那不可再现的面包岁月。

擀面杖的故事

当我成为人们所说的作家之后,虽然写作是我最重要的一部分生活,却不是我生活的全部。写作之外,我还必须承担我所应承担的一切,像所有普通居家过日子的人一样,采买,洗衣,做饭,打扫卫生,浏览时装,定期交纳水电费煤气费有线电视费以及其他各种费,关注物价以利于在自由市场和商贩讨价还价……写作之外,也有一些非我必须承担的,可我乐于参与其间。比如以外行的耳朵欣赏音乐;比如看画(好画家的原作和印刷品);比如看电影——一九九五年在美国期间,因为喜欢汤姆·汉克斯(《阿甘正传》主演),就花几天时间看了他的全部电影。再比如,悉心揣摩我父亲的某些收藏品,有时也同他一道去"搜罗"它们。

我父亲作为一个长于西画的画家,特别喜爱中国民间的"俗物"。许多年来,他搜集油灯(从汉代直至当今)、火镰、织布梭、粗瓷大碗、大盘、铁匠打制的各式老笨锁、硬木工匠手下的全套凿雕工具、农人腰间的鱼形小刀(简称鱼刀)、牲口脖子上的木"扣槽"……大到碾盘、床子,小到石头捣蒜臼和火柴棍长短的藏针筒,他还搜集擀面杖。他搜集的擀面杖,多半来自乡间农户,木质、长短和粗细各有不同,他对它们没有特别的要求,他的原则是有意思就行。当他有机会去农村的时候,他喜欢串门。那时主人多半是好客的,他们通常会大着嗓门邀他进屋。他进了屋,便在灶台、水缸、案板之间东看西看起来。遇有喜欢的,或直接买到手,或买根新的来以新换旧。如若主人既不要钱又不愿意给他擀面杖,我父亲便死磨活说地动员人家,并许以高出原价几倍乃至十几倍的钱。有一次他为了"磨"出一根他看上的擀面杖,在一个村子耽搁了大半天。而他进村的时候,不过是想画些钢笔速写。这样,画速写用去二十分钟,"求"擀面杖却花了五个小时。为了达到目的他能忍住饥饿忍住焦渴。他的顽强以至于惊动了那村的全体村干部。而看热闹的村人越发以为那家的擀面杖是个稀有的宝贝,便撺掇着主人将价格越抬越高。最后还是村干部从中说合,我父亲以近二百元人民币的价格将擀面杖买下。我没有问过父亲这值不值,我知道"喜欢"这两个字的价值有多高。还有一次,父亲从山里回来,拿出一根两尺来长的黑色擀面杖给我看,说是铁木的,很沉,不信你试试。我握在手中试试,果然。父亲告诉我,这擀面杖的主人是满族,蓝旗吧,祖上是给皇陵看坟的。擀面杖传到他这一代,有一百年了。父亲还说,这个人家实在仁义,见他真喜欢这擀面杖,夫妻俩异口同声地说:"是什么好东西哟,喜欢就拿走吧!"父亲并且对我模仿着他们那绝对不同于当地农民的旗人口音——虽然一百年后的他们,早已是地道的当地农民。他们的口音,他们的善良,都给他留下了深刻的印象。

去年初秋,我随父亲去太行山西部写生,走了一些大大小小的村子,在农民的院里屋里,和他们聊过日子的琐事。一些妇女见父亲带着相机,便请求父亲为她们拍照。父亲为她们照相,还答应照片洗出后寄给她们。父亲在这方面从不食言,尽管他可能终生不会再与她们见面。有个下午我们走进了一个整洁的小院,我像往常那样先打声招呼:"家里有人吗?"一个利索、和善的中年妇女应声从屋里出来站在门口,她笑着对我说:"吃桃吧。"我这才发现我正站在一棵桃树下。抬头看看,桃子尚青,小孩拳头大。我说:"谢谢您,我不吃。"妇女向我走来说:"来,吃个,谁让你走到了桃树底下呢。"她伸手摘下几个桃子,放在衣襟上擦净,递给我。我吃着略生涩的桃子,心想也许她就要请求我父亲为她拍照了。但是没有,这个妇女,她仅仅是愿意让一个走到她桃树底下的生人尝尝桃子。于是我又想,这样的妇女若有一根父亲喜欢的擀面杖,她定会毫不犹豫地送给父亲的。我们进了屋,父亲并没有看中她家的擀面杖。

　　第二天上午,父亲在另外一家发现了他中意的擀面杖。照我当时的看法,这根擀面杖其貌不扬,木质也一般。但也许正是它那种不太圆润的样子吸引了父亲,他小声对陪同我们前来的镇长(年轻的镇长是父亲的朋友)说了买擀面杖的企图。镇长说这也叫个事?这也用买?先拿走,回头我让人上供销社给他们送根新的来!这个上午,这家只有一位年近五十的妇女,她告诉我们,她丈夫上山割山韭菜去了,大闺女正在地里侍弄大棚菜。当她得知我们要买她的擀面杖时,显然觉得这是一件不可思议的事。她明确表示了她的不情愿,她说其实那不是地道的擀面杖,那年她当家的和兄弟分家的时候,他们家没分上擀面杖,他当家的在院里捡了根树棍,好歹打磨了几下权做了擀面杖,其实这擀面杖不过是个普通的树棍子。这位妇女想以这擀面杖的不地道打消父亲想要它的念头，我却接上她的话说："既是这样，就不如让我买一根真正的擀面杖送给您。"哪知妇女听了我的话，立刻又掉转话头，说起这擀面杖是多么好使，说再不地道也是用了多少年的家什了，称手啊，换个别的怕还使不惯哩……这时镇长不由分说一把将擀面杖抓在手里，半是玩笑半是命令地说这擀面杖归他了，他让妇女到镇供销社拿根新的，账记在他身上。妇女仍显犹豫，却终未敌过镇长的意愿。我们自是一番千谢万谢。一出她的院门，镇长便将擀面杖交与父亲。父亲富有经验地说，应该尽快离开这个村子，以防主人一会儿翻悔。

我们随镇长来到镇政府，在他的办公室，镇长对我们讲起了他的一些宏伟计划。比如他要拓宽门前这条公路，然后在公路两旁盖起清一色二层楼商店，便利了交通，也让这个山区小镇更适应商品经济的发展。为此他正同林业部门交涉，因为现在公路两旁长着参天的杨树。拓宽公路便要刨树，刨树就须林业部门的批准，而林业部门却迟迟不批。镇长说就门前这几棵树啊，让他头疼。后来我们的聊天被一阵高声叫嚷打断，原来是刚才那家的闺女（那个侍弄大棚菜的闺女）前来讨要擀面杖了。

这是一个二十几岁的女性，她满头热汗，一脸愤怒，站在镇长的门口，很响地拍着巴掌，她叫着："把我那擀面杖还给我！把我那祖传的（明显与其母说法不符）擀面杖还给我！"镇长上前想要制止她的大叫，说我们又不是白要，不是让你娘去供销社拿根新的嘛。但这女性显然不吃镇长那一套，她哼一声冷笑道："别说是新的，给根金的也不换！快点，快把擀面杖拿出来，正等着擀面呢（也不一定），莫非连饭也不叫俺们吃啦……"她的音量仍未降低，四周无人是她的对手。我和父亲只感到很惭愧。毕竟这其貌不扬的擀面杖是一户人家用惯的家什,用惯了的家什,确能成为这家庭的一员。那么,我们不是在"掠夺"人家家中的一员吗。我父亲不等这女性再多说什么,赶紧从屋里拿出擀面杖交给她,并再三说着对不起,我也在一旁表示着歉意。谁知这女性接了擀面杖,表情一下子茫然起来,有点像一个铆足了劲儿挥拳打向顽敌的人突然发现打中的是棉花;又仿佛她并不满意这痛快简便的结局。她是想索要更高的价码,还是对我们生出了歉意?又愣了一会儿,她才攥着擀面杖骑车出了镇政府。

过后父亲对我说,这没什么,比这艰难的场面他也碰见过。我知道他要说起一个名叫走马驿的山村,两年前他就在那儿看上了一根擀面杖,却未能得手。两年之间他又去过几次走马驿,并且间接地托了朋友,每次都是败兴而归。但父亲在概念里早已把那擀面杖算成了他的,有时候他会说:"走马驿还有我一根擀面杖呢。"

我经常把父亲心爱的擀面杖排列起来欣赏,枣木的,梨木的,菜木的,杜木的,槟子木的……还有罕见的铁木。它们长短参差着被我排满一面墙,管风琴一般。它们的身上沾着不同年代的面粉,有的已深深滋进木纹;它们的身上有女人身上的力量女人的勤恳和女人绞尽脑汁对食物的琢磨;它们是北方妇女祖祖辈辈赖以维持生计的可靠工具。正如同父亲收藏的那些铁匠打制出的笨锁和鱼刀,那些造型自由简朴的民窑粗瓷,在它们身上同样有劳动着的男人的智慧和匠心。每一根擀面杖,每一把铁锁,都有一个与生计依依相关的故事。在"信息高速公路"时代,在物欲横流的今天,正是这些凡俗的生产工具、生活用具,它们能使我的精神沉着、专注,也使我能够找到离人心、离自然、离大智慧更近的路。

父亲有雄心要创办一个由他的藏品构成的小型民俗博物馆,这使我也不断地生出些雄心,我愿意帮助父亲实现他这个美梦,梦想将来的那一天。

这便是我写作之外的一些生活,这生活同文学不曾发生直接的关联,但是属于我的写作却从来没有将它们排斥在外。

二十二年前的二十四小时

一九七六年初秋的一天上午,我正在河北博野县张岳村第十生产队干活,好像是在棉花地里喷农药,地头一个推自行车的社员、我的乡村好友素英对我高喊着:"铁凝,你看看谁来啦!"我向地头望去,见一个身穿红黑方格罩衣的小女孩站在素英身边正对我笑,是我妹妹。这个小学五年级女生,就这么突然地、让人毫无准备地独自乘一百多里长途汽车,从我们的城市来村里看我了。

张岳村离县长途汽车站还有八里,我妹妹下了汽车本是决心步行八里独自进村的,路上正巧碰见进城办事的素英,素英便用自行车将她带回了村。

我走到地头,望着我妹妹汗津津的脑门和斜背在身上的鼓鼓囊囊的军用挎包,我想这是一个多么胆大的人哪,而我的父母居然能够同意她独自一人出远门。我妹妹对我说,没有素英的自行车她也能找到张岳村,她已经听我说过许多遍这村的位置了——城东八里。我妹妹还告诉我,她身上的挎包里都是带给我的好吃的,她要看着我吃好吃的,然后和我玩一天——她说她就是来和我玩的。

我和我妹妹已经半年多没见面了,春节离家回村时,她抱住我不放我走,坚决要求为我把票退掉。那是我插队之后回城度过的第一个春节,和村里潮湿的凉炕、苦涩的干白菜汤相比,我实在不愿抛开家里的温暖:干净明亮、琐碎踏实的一切,还有我那与我同心同德的妹妹。当我一次又一次买回返村的长途汽车票时,是她一次又一次毫不犹豫地为我退掉。对于退票,开始我的态度是半推半就,有点矫情,有点阿Q,好像我本是要走的,是我妹妹她偏不放我离开啊。到了后来,便是我主动请求我妹妹了:"你能不能给我再退一次票?"那时我妹妹先是一阵欢呼,然后从我手里夺过票,眨眼之间就奔出了家门。在家的日子一天天拖下去,暗暗计算一下,原来我妹妹已经为我退了八次票。这个春节的八次退票,是我和我妹妹之间的一个小秘密。之所以没有第九次退票,是因为我想到了我的知青副组长的身份,虽然乡村并无部队那样严格的纪律,可也不能超出返村的日期太久。

现在我妹妹来了。目的单纯而又明确——和我玩一天。可是我正在干活啊,我的农药还没喷完呢,我怎么能在这广阔天地里,在这大忙季节和我妹妹"玩"一天呢。那时的我们,本能地提防这个"玩"字。社员们却围拢过来了,这群善良而又乐观的人,在那个禁玩的时代,他们是依然懂得人情世故、家长里短的人。他们要我放下喷雾器领我妹妹回知青点,他们说,这老大一片地,不缺你这一半个劳动力。谁知他们越是劝我,我越是不肯离开,仿佛在逞能,又好像要利用我妹妹到来这件事接受考验:看看我的大公无私吧,看看我革命的彻底性吧,看看我铁心务农的一片赤胆忠心吧……我把我妹妹扔在地头,毅然决然地在棉花地里干到中午收工。

当我领着我妹妹回到村里的知青点时，她已经有些不高兴了，一遍又一遍地问我："为什么你不跟我玩呢？为什么你不跟我玩呢？"我只是反复对她说："我太忙了。"在知青点食堂吃过午饭，我们刚回到宿舍就下雨了，我妹妹期待地说："下雨了你们就不出工了吧。"我说："是的，不过我们要开会，我们一向利用下雨的时间开会。"我妹妹气急败坏地说："我来了你还开会啊！"我训导她说："这是在村里不是在家里，你应该懂事。"我妹妹悲哀地说："早知道这样我才不来看你呢。"我说："好了，别耍小孩脾气，现在你先躺在炕上睡个午觉，你不是没有睡过炕吗？"

这个下雨的中午，我们十几个知青集中起来开始在食堂里开会，我心乱如麻。我多么希望这会快点结束，好让我有空陪陪我妹妹，可乡村里的会议都是漫长而缺少实效的，我们的会议也不例外。会开了近两个小时，又有人开始读报——一篇很长的社论。这时我发现我妹妹站在门口。她挑衅似的冲着我们全体、也冲着我说，要我陪她出去玩。她这种不管不顾的态度使我有点下不来台，我跑到门口把她领出门去，我说："开不完会我就不能和你玩。"我妹妹说："你开完会就再也看不见我了！"我并不重视我妹妹的气话，只一心想着怎样保持自己在众知青中的形象，让大家看看我并不是一个因家人来探亲就不顾集体的人啊。于是我坐得更加安稳，甚至当主持者宣布散会时，我还故意要求再读一段报纸。

会终于散了，我回到宿舍发现我妹妹不见了。这时我才真的害怕起来：天下着雨，她能到哪儿去呢？我披上雨衣就跑上了街，同院知青也随后帮我去寻人。

我们找遍村子又找出村子，最后在旷野上，我看见一个朦胧的小红点在跳动，那就是我的妹妹，她正向县城的方向跑着。我大声叫着我妹妹，她在雨中大步跑得更快了。当我就要追上她时，她又钻进了一片玉米地。我也钻了进去，一边拨开茂密而又刺人的玉米叶，一边央求她跟我回村，并答应从现在开始就和她玩儿。她的头发和衣服都被雨淋湿了，却头也不回地跑着，边跑边报复似的大声说："我要揭发你八次退票的事！我要揭发你八次退票的事！"那个时代的孩子都会使用"揭发"这词的。

我追赶着我的妹妹，心想我是多么应该被揭发啊，和我妹妹的仗义、真挚相比，我是多么自私自利，虽然我是那样的"大公无私"。玉米叶划破了我的手脸，我想它们也正刺伤着我妹妹的皮肤。我哭起来，我妹妹就在这时停住了脚，是我的眼泪使她妥协了。我把雨衣披在她身上，拉着她出了玉米地。我的知青战友们也赶到了，素英听说我丢了妹妹也骑车从家里赶了来。她不由分说把我妹妹放在车大梁上带着她就走，她说她回家要给我妹妹烙白面饼煎腊肉。

这晚我妹妹在素英家领受了贵宾的礼遇：素英一家将她围在炕上，给她说笑话解闷儿，她喝了姜糖水祛寒，吃了平时农家很少动用的白面烙饼卷腊肉。不幸的是吃喝完毕她便发起高烧说开了胡话，万幸的是素英急中生智从隔壁请来一位会针灸的老汉。这老汉上得炕来，先照着我妹妹的脑门吐了一口唾沫，然后从怀中一个脏污的布包里抽出一根粗长的大针，照着那唾沫处猛然就扎。这一切是如此地迅雷不及掩耳，让你来不及怀疑、恐惧和哭。可是奇迹发生了，我妹妹渐渐安静下来、安睡过去，第二天清晨她居然退了烧，又是活蹦乱跳的一个人了。

我骑着自行车把我妹妹送到县长途汽车站,送上回家的车,她上车时正是头天素英带她进村的时间,整整二十四个小时,这乱糟糟的二十四小时让我心里很难过,却不知该对我妹妹说些什么。她倒很豁达,隔着车窗对我挥挥手说:"放心吧,我什么也不会告诉爸妈!"

二十二年过去了,我们早已长大成人,她也去了美国。我从来没有为那年秋天的二十四小时向我妹妹道过"对不起",我知道"对不起"这三个字用在亲人身上是多么没有分量。

今天是五月二十八日,我妹妹的生日。她从美国打来电话,我问她还记得那位乡村老汉给她扎针吗,她在电话里大笑着说:"我一直觉着他那口唾沫到今天还在我脑门上哪!"

告别伊咪

一

这家的父亲从熟人家回来,对这家的母亲说,熟人家有一只白猫,一只他从来没见过的好看白猫。只是他们养猫的方法有些特别:用根破草绳将猫拴在厨房门口,猫浑身沾满灰尘。猫眼前是一个糊满嘎巴的空饭碗,叫人觉得这猫若有手,手里再有一根打狗棍,猫的处境就更不一般了。母亲说父亲想象力丰富,居然能把猫想作一个乞讨的人。女儿说,也许是猫的美丽和他那粗陋的生活方式对比之鲜明,才给父亲留下了深刻印象。全家感叹一阵,就转了话题。

数日后的一个晚上,熟人来到这家,手提一只不大不小的纸箱,对父亲说:"上次您去我家,不是夸过这猫好看吗,我给您送来了。"说着也不看这家人的眼色,就把纸箱打开将猫放了出来。

熟人的言行令父亲和母亲有些尴尬,因为父亲虽然夸奖过这猫的好看,却并没有养猫的打算。这家人从未养过猫,再说他们住楼房,女儿也极爱干净。一家人望着那猫,猫蹲在熟人脚边,蓬头垢面，眼神躲闪，宛若逃学之后斗殴归来的一名顽童。

一时无人对猫的去留发言。

熟人有些沉不住气，便竭力向这家人证明眼前的猫原不是这猫的本色。为使猫显出本色，他请求母亲立刻备盆备水，他要当场将猫洗净。

用温水清洗过的猫果然焕然一新，当他那通身雪白的长毛变得光润、蓬松之后，他也自觉无愧于这世界了。他并紧健壮的双腿，闪烁着一双圆而大的眼睛好奇地打量起生人。他那淡蓝色眼睛配以淡粉色鬓角，显得格外娇媚。熟人观察着父亲和母亲，那眼光像在说：你们不会为难了吧？世上难道还有不喜欢这猫的人吗？

接着，熟人又趁热打铁地诉说了他将这猫送来的原因：父亲去世了，他要结婚了，于是便要给猫找一家最好的新主人。

熟人讲的尽是实情，新主人便决定收下这猫。难道还能再让这只干净猫钻进纸箱，让熟人拎着去找主儿吗？那就仿佛是他们全家一道抛弃了这猫。

这是四年前的事。

二

女儿给猫起了个名字叫作伊咪。邻居们都称赞伊咪的出众，却又提醒说：这猫大了点。养猫可是要自小养。

这时全家人才发现自己并没有大猫小猫的概念。记得熟人送伊咪来时说他六个月，而明眼人却告诉母亲说，这猫肯定有一岁多。如此说，熟人送猫时，显然是瞒了岁数的。

无论伊咪是否被瞒了岁数，无论他是否已一岁有余，在这家人已不是最重要的，重要的是他们看重了伊咪的品格。这是一只仁义且憨厚的猫，他不肯轻易向人邀宠，也不随便感谢人对他的好意。来这家之后，他很花了些时间观察、体味和思索周围。他常常与家人拉开些距离，独自凝视着一个地方，似乎不愿太快地忘记从前那"破草绳、打狗棍"的生活，虽然现在的日子比从前要优越得多。首先新主人不再拴他，他尽可自由出入每个房间，并在晚上，走进父母房里，跳上床在母亲的脚边睡觉。他的饮食也从此规律起来，每日两餐，饭盆和水碗被女儿洗刷得干干净净。在逐渐地有了安全感和舒适感之后，他还为自己找到了鏧爪的地方：饭桌的桌腿。他常在一觉醒来之后走近饭桌，双"手"抱住桌腿开始他的鏧爪运动。有人说猫的鏧爪，大约是对爪的磨砺吧。他后腿拄地，前爪紧抱起桌腿，咯咯挠着，那爪子"刮"下的木屑落在地上，地上常有一小片淡黄色的木屑。日久天长，桌腿显出坑洼，那坑洼的桌腿就好比枯瘦老人的那站不直的腿。

在伊咪的鏧爪过程中你才能窥见家猫血液里那一点原始的野性：总要有备无患吧，总要为着意外的自卫而磨砺自己吧。这使得主人一直没有为他剪去指甲——像有些养猫人家常做的那样。既然强大的人类都有自卫的权利，猫的一副指甲又有什么不可容忍呢。他们也没有为他去势，女儿听一位养猫行家说，去了势的猫虽然温和顺随，但只要与他的同类相遇，便要受到奚落和羞辱。他（她）们会一拥而上地嘲弄他并任意厮打他，因为他已不属于他（她）们中任何性别的一员。主人愿意让伊咪自然地活着。

当伊咪经过了慎重的观察与思考，认定这确是一家真心待他的好人，便尽心尽意地与家人配合，决心为自己树立些更优良的品格。首先，他无师自通地学会了小便时上马桶，他很为自己能学得这一本领感到自豪，常在有客人来访时一次又一次跑进厕所，跳上马桶摆正自己，微微梗着脖子，神色庄严地开始撒尿。每当清晨和晚上，卫生间利用率最高的时刻，伊咪便也不失时机地表现他的紧迫和慌张。如果家中哪一位要进卫生间，他必定在你脚下一路磕绊着跑在前边，抢先冲进去，虽然那一刻他并没有什么好排泄的。如果碰巧他被关在了卫生间之外，他便煞有介事地或在门口来回踱步，或扬起巴掌拍门，示意他的等待是有限的，他的迫切感早已胜过了里面的人。

伊咪希望全家和睦相处，反对各行其是。比如全家的看电视，永远使伊咪激动。他激动着自己卧在全家人前，眯起双眼从始至终，那电视内容对他却无关紧要。他为难的是家人有时对电视节目的分歧：父亲津津有味地把住客厅的电视看足球赛，母亲和女儿到另一房间看电视剧。这时的伊咪先是遗憾地在两个房间奔跑一阵，最后便坐在两房之间的过厅里，以此来联络全家的感情。

幸亏明天又是个团聚的时刻，那时伊咪会无限欣慰地选择自己的位置——他常用一种极其虔诚的办法卧在全家面前。那是一种自己把自己的摔倒在地，胸膛里还会发出一个"噢"的声音。他摔得忠实，摔得无所顾忌，他故意用自己的憨态，引来全家的高兴。

女儿说，也许伊咪的母亲没有来得及教会他怎样卧倒吧。

父亲说，这正是他要提起全家的注意——有我在难道你们还各行其是吗？

三

伊咪的祖父是纯种波斯猫。到了伊咪这一代，只几分波斯成分了。但他的性格里，却几乎包含了波斯猫的全部特征：聪明、胆小、敏感。

当他确认了自己是这家庭当之无愧的一员时，对家中的新鲜事物总是表现出极大的好奇和兴奋。从新添置的家具到篮子里应时的蔬菜，他从不放过对它们热烈的鉴赏。当母亲坐在厨房择芹菜时，伊咪会凑上前去，伸出小巴掌拍打着菜叶，就像在说，芹菜呀，我对这味道可不讨厌。女儿在一本关于养猫的书上确实看到，猫对芹菜味儿的特殊喜好，就也给他在饭里加些芹菜吃。伊咪吃着、品着。有时他也斗胆去闻葱头，立刻被呛得打起喷嚏——原来葱头不是芹菜。伊咪躲开了。

这家的钢琴是母亲的。每当母亲弹奏时，伊咪必定凝神屏气地坐在远处倾听。当他第一次听见钢琴发出的声音，居然兴奋地在沙发上奔跑了好几个来回。他感到疑惑不解，又为这奇特的音响不能自制。那么，我能使它发出声响吗？从此，他创造了一个新节目，便是趁人不备时一遍又一遍从钢琴上跑过。他那踩在琴盖上的步子细碎、匆忙却非常坚定，好像在模仿人的手指，琴也会发出轻微的共鸣。但母亲是严禁他上琴的，为此她严厉地批评着他，他们面对面坐着。开始伊咪不动声色地听，当母亲的絮叨没完没了时，他便闭起双眼，微颦着眉头，下巴向里紧收着，那神情分明在示意母亲：除了我之外，谁还能忍受你如此的絮叨呢。在以后的日子，这姿势成了伊咪准备忍受强大不耐烦时的代表性神情。

这家的父亲是画家，有一次从山里归来，带回一只野山羊头骨的标本。这是一只矫健的公羊，两只深棕色的犄角向两边翻卷着，显得十分威武。父亲将羊头挂在客厅的墙壁上，伊咪立刻就发现了客厅的气氛不同寻常。

像所有的波斯猫一样，伊咪也是短腿，弹跳能力之差，使他没有向高处攀登的兴趣，但他能很快发现高处的一切。现在墙壁上出现了一个长犄角的家伙。他坐下来，仰起脸，端详着那于他来说十分古怪和陌生的东西，目光里有一点愕然，有一点敬畏。莫非这是家中一个新成员？我今后该如何与他相处？伊咪的仰望持续了很久，那静默的时间几乎超出了猫力所及的程度，像等待那家伙跌下墙来，但羊头始终在墙上静穆着。之后他便将脸猛然转向父亲，在父亲和羊头之间又作了三番五次的审视研究后，才向父亲发问般地歪起脑袋：现在我知道了，这东西是你带回来的，看上去神气活现，其实呢，死的！

一架吸尘器却给伊咪带来了恐惧。无论它的外形和它的声音，都使伊咪有种世界末日来临之感。只要家人一搬出那家伙，伊咪便望风而逃。这时他选择的安全去处是前阳台，他常常跌撞着一路狂奔，奋力拽开阳台纱门将自己藏好。有一次昏头昏脑竟被纱门边缘一块破损的铁纱挂破了嘴角，致使他自造的这恐怖景象更加具有了真实感。但吸尘器到底没有敌过伊咪对它的研究，当他慢慢发现它那隆隆的声音、它那红白相间的身子、它那长长的"大鼻子"以及它那沉着缓慢的移动都是为了一个目的时，伊咪不再躲藏。吸尘器在前面吼着，他便迫不及待地在它旁边打起滚来，而他选择的地方，正是吸尘器经过之后的一块"净土"。

然而一些最细小的动物，却永远使他不知所措。伊咪常常独自蹲在门厅的桂树花盆跟前，显出一脸的紧张。他盯住花盆忽而蹑手蹑脚地向前逼近，忽而又一步一步地向后退却。后来有人发现，令他退却的是从花盆里爬出来的蚂蚁。

他能面对公山羊头骨的威武，能面对吸尘器的轰鸣，却对付不了一只蚂蚁的蠕动。

四

每一年的雨季到来之前，油漆工都要来家里油漆门窗。

这天上午，两位油漆女工来了，提着淡绿色和乳黄色油漆桶。这本是伊咪睡觉的时间，但油漆工的到来使他一下提高了警惕，他一定觉得此时看守住这家，比睡觉更重要。谁知她们是干什么的？她们那斑斑点点的衣着，手里那颜色刺人的油漆桶，以及桶内那放射性的气味，都超出了一般客人的轨迹。于是当来人开始了她们的涂抹时，伊咪也就开始了对这家的监护。一个房间被涂抹完了，他便紧随她们走向另一个房间。他选准合适的位置坐定，一丝不苟地注视着来人的行为，这使得主人反倒不好意思起来，好像伊咪的出现是应了主人的派遣。女工们却很开心，因了一只猫对她们的陪伴，并如此关心她们手下这枯燥的劳作。她们笑着，笑伊咪对眼前事情的专注，笑他强撑着一双困倦的眼皮却仍不肯离去。直到近中午女工终于告辞，伊咪才松懈了全身迈上床去，倒头大睡起来。

对待电话，伊咪一向持积极态度。每逢电话铃响，他总是第一个朝铃声奔去，然后再焦急地去找主人。他一路蹭着主人的腿，朝主人高高仰起头，像是对你说：为什么不能快一点，电话可是响了半天的。有一次来了个修电话的师傅，那师傅因试验电话的打铃系统，使铃声响了好久。这下可急坏了伊咪，他在电话桌前团团转着，疑惑万分：为什么谁都不来接电话？这么说，非我不可了。于是他勇猛地跳上桌面，向话筒伸出了手。修电话的师傅很为伊咪的壮举所打动，对父亲说："这猫可挺忙，就差拿起话筒开口了：喂，请问您找谁呀？"

女儿的妹妹在几年前去了国外，临走前她和伊咪之间发生了一点不愉快：就在她离家的那天早晨，伊咪不知为什么毫不客气地冲着妹妹的后腰撒了一泡尿，妹妹正穿着行前的新衣服。而头天晚上，妹妹和姐姐还不辞辛劳地从附近一个工地上，为伊咪抬回一麻袋沙子——那是伊咪的便盆中所不可少的铺垫。伊咪辜负了妹妹的一片心意，致使妹妹每次从国外来电话，总不免诅咒一阵伊咪。但伊咪对那电话却听得津津有味，好像妹妹的电话是专为了想念伊咪才打来的，每次他必定从头听到尾。即使那电话在深夜打来，伊咪也会睡眼惺忪地爬起来，和家人一起聆听这大洋彼岸的声音。

这家的女儿是作家，那年在写作一部长篇小说。夜深人静，才是她思维敏捷的时刻。在温存的灯光下，女儿手里的笔在纸上轻轻画动着，那细微的声音明晰可辨。她常在这样的时刻生出感恩的情怀，感激上苍拉开这道帷幕，放她走进这样一种生活。她常想，在纸与笔之间从来就没有什么孤单和寂寞。纸与笔的结合产生了许多的故事，有些故事使她欣喜，有些故事也会把她弄得悲痛。这时她就放下笔，让笔歇息，让自己尽情欣喜或悲痛。

一次，伊咪走了进来，适逢女儿在流泪。他先站在她背后沉思片刻,然后轻轻跃上她的书桌,在她眼前的稿纸正中坐定。他探询地端详她,往日那淡蓝色眼睛在这深夜的灯下变作灿烂的金红,而他那通身的长毛逆着台灯的光亮,分外夺目。他望着女儿,似乎在说:既然这是一件让你如此伤心的事,那么就不要再做了。女儿受了伊咪的感动,抱起他离开了桌子。

第二天女儿的钢笔不见了。全家人齐心协力搜遍了犄角旮旯,最后母亲突然想起了伊咪说,该不是伊咪的事吧?女儿叫来伊咪,对他说了很多话,央求他不要开这种玩笑。起初伊咪不以为然地在女儿房间踱步,企图用这不以为然来洗白自己与此事无关。女儿十分沮丧,便呆坐在椅子上不知如何是好。而踱步的伊咪这时却忐忑不安起来,他万没料到,他的一番好意会给主人带来这么大麻烦,他记起了昨天晚上的事。他想,钢笔的事情是我干的,可是假如没有这支能写字的笔,你又怎么会掉泪呢?谁知笔没了,你却沉闷起来。人类终归是琢磨不定的,也许她们情愿握住一支笔去掉泪吧,掉泪总比就这么沉闷下去好吧。那么,还是还给她为好。于是伊咪就在女儿和一个衣柜之间跑了几个来回。这几个来回终于引起了女儿的注意,她向衣柜底下望去:呵,钢笔。

钢笔正安静地躺在衣柜下边的暗处。

女儿是多么感激伊咪,她坚信动物和人的相通并非玄虚。她感激着伊咪,把他抱起来,而伊咪却急急地挣脱了她,慌慌张张地躲到一个不为人知的地方去了。若真是朋友,感谢便是多余。

五

这家的院墙以外是一片农民的菜地。夏日的黄昏时分,站在后阳台向外望去,空气里满是泥土的馨香。如今城市一天天吞食着乡村,这菜地的四周已围满新起的居民楼。但菜地仍然固执地坚守着自己,任你高楼的俯视。暮色苍茫中,你仍能看见菜农们忙碌的身影。一些半大男孩正坐在空中楼阁般的小窝棚内玩耍嬉戏,快乐的欢笑声不时从那里飘来。也有结伴的男孩,跃出窝棚穿过菜地,爬上这城市居民的院墙,在墙头上一字排开,倾诉他们内心的秘密。也许这倾诉不再是对这片土地的眷恋,而是对一种全新生活的憧憬。

伊咪喜欢在这样的时刻跃上后阳台,静静地凝望院墙上那一排男孩。他坐得沉稳,望得专注,听得仔细。当夜色渐渐模糊了那些孩子,只剩下风儿送来的一些稚嫩声音,声音仍能唤起伊咪对他们的留恋。仿佛他们的秘密也就是伊咪的秘密,正因了这共同的秘密,他们就要来邀请他了。但他们谁也没有注意他的存在,看来他就是再望上他们一百年,他们也不会注意到他吧,伊咪对外界的过分关注,倒使得家人把伊咪想成是在"作风"上的不安分了。

家人决定为伊咪请请女伴。女伴来了,母亲总是挑剔一阵,说这个像小市民,那一个则是"二百五"。而伊咪向来是以他那温和的习性对待她们,有时温和得近似窝囊。有一次,一只女猫在与伊咪过了一夜之后,不仅独吞了他的全部饭食,临走还扬手给了他一个耳光。伊咪默默地看着她,像是说:这没什么,我知道你经常吃不饱,我看见一星期你的主人也不过用张脏报纸给你托回两个干鱼头。我盆里有梭鱼,有猪肝,有白米饭。至于你为什么要扬手给我一个耳光,那是你自己的事。猫么,也是百猫百性百脾气。再说既然咱俩过了一夜,我就没个差错? 后来听说那女猫跳楼自杀了,从五楼上跳下来,还怀着伊咪的孩子。她的主人说这猫嫉妒心极强,嫉妒一切比她条件优越的猫。

伊咪始终不知道这件事。他也没必要知道吧,对那女伴,他已做到了仁至义尽。当她抢夺他的饭时,他是那么主动地闪在一旁,甚至还把饭盆给她向前推推。

六

伊咪健康而酷爱清洁,如同得了洁癖。假如卫生间的地板上被家人不慎洒了水,而伊咪正巧要从这地方经过,那么他便开始夸张他的为难。他皱起眉头,犹豫地抬起一只前爪试探,又谨慎地将爪子收回。他用这姿势给主人难堪:这真是一块无从下脚的地方啊,看来我只有踮着脚尖绕过去。他踮着脚尖绕过有水的地方,便拼命抖着沾在脚上的水珠,再把自己很是整理一番:舔手舔脚,舔他那未曾沾过水的全身,直到他认为过得去为止。

只有一次他在家人面前出了丑。一个下雨的晚上,或许他在阳台上着了凉,肠胃有了异常感,便慌张着跑回来找他的便盆。不幸的是他没能按照以往的排泄习惯如愿,他有生以来第一次把大便拉在了便盆之外。那确是一个狼狈的时刻,当女儿最先闻见气味不对时,伊咪正企图从盆里掏出些沙子埋住他那份难堪。猫有掩盖自己排泄物的天性,有教养的猫就更在意。

也许在伊咪的一生中，他把这件事看作最使他丢脸的事吧，因为那一刻在他的脸上是家人从未见过的惊恐和羞愧。他的神情里有某种凄然的绝望，他决心向主人解释清楚这一切，于是便开始了他那绝无仅有的一次诉说。他的眼睛盯住全家人，一连串的"啊呜"声从喉咙里发出来，时而低沉，时而急促。那长达几分钟的诉说使家人终于明白了他的内心，那实在是一份震慑人心的明白，一份掺杂着恐怖的明白。全家人蹲下来温和地小声叫着伊咪，告诉他，他决不会因此受到惩罚和歧视，因为他们相信这是一件谁都无法料到的事。终于，伊咪安静下来，在休息了一夜之后，他的肠胃恢复了正常。早晨，他又特意表演了通常那排泄和掩埋的技术。

据说动物的语言系统是一套复杂而又完备的系统，从昆虫的鸣叫到野狼的长嚎，这其中永远有着人类所不可知的秘密。当一只猫突然决定用语言与人交流时，好像是动物给了人走进生命中一个新领域的机会。

一位著名电影摄影师告诉这家的女儿，若干年前，知识分子正实行"三同"的时候，他和他的同事在乡下住过几年。一天深夜，他们路过村口一座荒芜的破庙，听见院子里有一种奇怪的声音。他们胆怯着推开虚掩的庙门，原来在洒满月光的院子里，是猫们在开会。在一大片席地而坐的猫们前面，一只苍老的狸猫正发表演说，他声音苍凉而喑哑，还配以果断的手势，令那场面极为肃穆、神秘，好像是一次非同小可的动员会或者誓师会。是人的到来打断了这会议，老狸猫一声短促的吼叫，猫群四散开去，只剩下一院子月光。这位摄影师说，猫的会议使他终生难忘，他还常常为无意中搅散了猫的会议而内疚。

人类的确在无意中就伤害了动物,虽然人类正逐渐地努力,以自己对动物愈加周到的爱心来不断印证人的文明。女儿因为观察那晚伊咪的异常,读了一本名叫《猫的饲养与猫病的防治》的小书。这书的前半部讲的尽是如何养猫爱猫,甚至连给猫洗澡时勿忘在猫耳里塞上棉球都特意提醒了读者。待到书的后半部,作者却将笔锋一转,大谈起人应该怎样杀猫和怎样剥猫皮。

这便是人类对动物永远的随意吧。有时人好像是某种动物的奴仆,那终归是一种假象。

七

假如人能够公正、客观地看待与他们相处的动物,就不会有意隐藏这动物的缺点。

实际上,当年熟人把伊咪送来不久,全家人就发现了伊咪的缺点。伊咪是那样在意自己的大小便,但有时却会突然失去控制地随便撒尿。还是那本怎样养猫和怎样杀猫的书上讲,从猫的生理特征分析,男猫一向比女猫对自己的生存环境有更强烈的占有欲,为了确认这种占有,他们常爱将尿撒在他们的所到之处,好比古代边塞盛行的"跑马占地"。当那些地方充满了他们自己的气味,他们才会安然地生活其间。这说法或许十分在行,然而伊咪那令人头疼的"跑马占地"却是无穷无尽地发展起来:墙根、桌腿、报纸、纱窗、冰箱、洗衣机……毫不在乎。只待尿出之后,伊咪才恍然大悟地再跑进卫生间,跃上马桶重做第二次排泄,就像有意告知人们:随地便溺,我可不是故意的啊,那不过是一时糊涂。你们看我这不是到厕所来了吗?他的这套行为逻辑叫人觉得他特别糊涂又特别清楚，叫人哭笑不得。可尿毕竟是充满着尿味儿的，主人要跟在他身后迅速清除这"劣迹"。

于是在日常的采买中便多了一项内容：购买除臭剂。为买除臭剂，女儿曾经多次领受过售货员的白眼。当她站在柜台跟前指名叫售货员拿给她除臭剂时，售货员多半会用鄙夷的神色反问："什么？"她要听的是女儿的重复，以这重复使女儿无地自容：你这么衣冠楚楚，可为什么要买这种东西？好像这专治不洁的东西倒成为真正的不洁了。你说着这不洁，便是你的不洁。人大凡有一点市场经验，就会有这种体验：所有的产品原都是为着出售而制造，可你在购买那产品时，却又被出售产品的人百般鄙视。也许这不能算作售货者的"以貌取人"，而是"以货取人"吧。女儿终于习惯了这"以货取人"的遭遇，再进商店，她会有意大声地告诉售货员："喂，我买除臭剂！"一种迫不得已的锻炼吧。

可是伊咪却不顾女儿的忘情忘我精神，竟发展到在女儿的小说稿上撒尿了，这是女儿所不能容忍的。为此她真痛打过他，并假意要把他扔掉。那时伊咪在她怀里和她撕扯着嚎叫，结果还是被她抛至墙头。墙下许多人都关心起伊咪的命运，在众说纷纭中，伊咪决心当众作一次忏悔。他匍匐在墙头，拿眼的余光扫着众人，喉咙里发着"咕咕"的声音，有人说那是他在哭。于是为他讲好话的人越来越多。

听着众人的劝解，女儿终于向伊咪张开了两臂。家人把这次的事称为"墙头事件"。

但"墙头事件"之后，伊咪并没有痛改前非，那难以控制的排泄习惯却愈演愈烈。原来猫尿对金属是有着一种不可忽视的腐蚀力的，这家的许多金属器具大都不同程度地遭到了伊咪的摧残。洗衣机的半侧已锈斑累累,一条腿即将断裂;冰箱一侧也濒临斑驳;台历座、闹钟已出现坑洼;母亲花镜的金属框架上,隐约可见绿锈斑点……

一个本无风浪的家庭,因此便出现了不平静,伊咪的去留开始成为这家每日的争论内容。父亲坚持要扔掉伊咪,母亲和女儿则永远站在一边,替伊咪说着好话,举出伊咪的种种优点企图说服父亲。

父亲说可事实上他已经妨碍了人的正常生活。人又怎么样?人犯了罪还要送走劳教劳改呢。

女儿说伊咪又不是罪犯,他不过是一个难以控制自己的病人。

父亲说正因为他得了不治之症,才没有必要再养。

女儿说正因为他是不治之症才不能将他推出家门。

气氛日趋紧张,伊咪对这气氛非常敏感。那时他多半会坐在一个黑影里发愣,悲观得要命。有一回母亲在无理可辩时,竟责怪起父亲,说,一切的一切,都是因为起初父亲发现了伊咪的好看。父亲说好吧好吧,既然我是罪魁,那么一切就由我处理好了。说着他就开始寻找伊咪。

也许伊咪明白了这"处理"意味着什么,他不见了。

所有的房间,所有的阳台,所有的旮旯,都没有伊咪。全家人找完家里又找院里,楼道内,小花园,每一丛灌木,每一个黑影,都没有伊咪。连父亲也着慌了。

午夜时分,他们疲惫不堪地回到家里,只有坐在客厅发愣。

就在这时,客厅那厚厚的窗帘背后,发出了一个轻轻的声音:"喵——"女儿跑过去掀开窗帘一角,伊咪就端坐在窗台角落里。

伊咪是在对这一家人进行考验吧,为了进行一次真正的考验,他必得进行一次真正的模拟失踪。

八

伊咪的模拟失踪,竟然使父亲做出了暂时的让步,从此不再有人提起伊咪的离家。全家人同心协力,配合默契,顽强地开始了对伊咪的教育。

曾经有兽医告诉母亲,伊咪的毛病属神经性的失控,可能与幼年的生活有关,照理说这样的猫的确不能再养。可是这一家人更相信"诚则灵",更相信奇迹能在伊咪身上发生。

不计其数的说教,不计其数的痛打,不计其数的好转,不计其数的反复。伊咪每次那甘心情愿全身伏在地上挨打的神情,也证明着他本人的决心。

想必是上苍有眼,奇迹终于发生了:经过一年多的努力,伊咪走出了深渊,他拯救了自己,或许付出了比人类更为艰难的控制力。从此他可以无所顾忌地面对世界了,他的崭新形象,是对主人最好的报答。

一切一切都证明了,伊咪的小便失控,确系幼年时受过惊吓所致。原来在伊咪还未满月时,因为他不知到哪里去尿曾把尿撒在被子上,为此遭到过熟人的痛打,而后这熟人却不懂得给伊咪设便盆。于是在撒尿的问题上,人使猫不知所措了。

九

最终决定把伊咪送人是四年以后的事。这一年,女儿要出远门,父亲和母亲因为工作的缘故,也常不在家。于是全家开始平心静气地商量应该如何面对现实。他们仔细为伊咪选择着新的环境,最后决定还是让他回到从前的熟人那里,回到那个他曾经生活过的地方。

看来别无选择了,因为养猫的人都知道,一只将近六岁的猫是难以更换主人的。而那位熟人,毕竟和伊咪有过最初的感情。母亲去找熟人商量,熟人说,送回来吧,从前我是对他缺乏耐心,可我知道,那可真是只好猫,仁义,不刁。我就喜欢他那股憨实劲儿。

初夏的一个傍晚,伊咪走了。带着他的饭锅饭盆和水碗,带着他的褥子和枕头。父亲承担了送走伊咪的任务,仿佛他还记得从前母亲对他的"埋怨",说是他最初引来了伊咪。那么,这迎来和送往当由他一人完成吧。父亲为伊咪准备了一只旅行袋,母亲和女儿不由想起有一次把伊咪装进旅行袋的事。

那年暑期,全家外出度假,把伊咪暂时寄养在母亲的同事家。当母亲企图把伊咪装进旅行袋送走时,伊咪宁死不屈地撒起泼来,并踢翻了他的饭盆以示抗议。数天之后,家人度假归来,母亲接回了伊咪。那位同事告诉母亲,伊咪在她家一连几天不吃不喝,而且拒绝同前来找他的女猫们亲近。他的到来,几乎招来了同事家附近所有的女猫,然而他孤傲地望着她们,就像在说,你们以为我的不吃不喝仅仅是缺少了你们吗?你们这些女人啊,怎么可能理解一个真正男子汉的心呢。

此刻,一只旅行袋又摆在了伊咪眼前,母亲和女儿已做好他大闹一场的准备。出人意料的是,伊咪一声不吭地走进了那袋子。他的神情是沉静的,他的步态也很坚定,他就仿佛用这沉静和坚定来告慰家人他已成年,他能够以成年的样子来分担家人的心事,他能够承受在他生命旅途中一个全然陌生的内容。

泪水模糊了女儿的眼睛,她多么希望他哭出来,如同人们常常劝慰那些被哀伤惊呆了的人:你哭一哭吧,哭一哭就好了。

父亲回来说,伊咪安静了一路。

十

母亲和女儿伺机寻找去熟人家看望伊咪的理由。第一次她们想起伊咪没有带走他的便盆,于是她们就带着伊咪的便盆来到熟人家。

伊咪又过起了幼年的生活,他被熟人绑在沙发角落的暖气管上,几乎动弹不得。当熟人因这家母女的到来把他松开让他们亲近时,伊咪狂奔过来,蹭着她们的腿,不停地在地板中间打滚。他的娇态使熟人的妻子大为惊讶,她原是不爱猫的,当初熟人送走伊咪就是因了她的出现。

现在连她也说没想到这猫是这么好玩,她怀中一个一岁的孩子也咯咯笑着看伊咪的表演。

那时女儿多么感激这尚不会讲话的孩子,她暗想着,就因了这孩子喜欢伊咪,熟人夫妻定会好好地待伊咪吧。难道她们不该为孩子买一件漂亮的小衣服带去吗?于是母女便有了第二次看望伊咪的理由。

她们带着一件小衣服和一饭盒煮梭鱼又一次来到熟人家,伊咪已被移至屋外了。他脖子上拴着一段粗电线,正蹲在刚刚下过雨的脏墙角。他满身黑灰,连身子底下的褥子也变成了一个泥饼。女儿叫着他的名字,他却漠然地看着她。女儿给他解着绳子,试想着绳子松开后,他一定又会跑来同女儿亲热相处。谁知绳子解开了,伊咪仍是原地不动。他不屑地扫视了一下女儿,索性紧闭起双眼。女儿发现他面前那只空饭碗,才想起把带来的煮鱼拿出来。

当女儿刚刚把煮鱼倒进饭盆,伊咪睁开了眼睛——显然他那灵敏的嗅觉又苏醒了。他一个箭步蹿到饭盆跟前,拱开女儿的手,把嘴扎进饭盆,刹那间把鱼吃了个精光,然后又溜之大吉了。当女儿试图再唤他回来时,他早已躲进一个黑夹道,只露出两只金红的眼。

民以食为天。女儿想起了这句话。猫更如此吧,但当人和猫只为着眼前的食才活着时,还能讲什么恩怨吗?昨天,昨天在哪里?昨天你曾为我煮鱼、切猪肝,有时还在饭里为我加芹菜和味精,女猫们吃我的饭,我还来个温良恭俭让。难道真有过这等事吗?反正现在我眼前只是这个四壁如洗的空饭碗。

女儿试图劝熟人按时喂伊咪吃饭,熟人的妻子说:"谁有工夫呀。"女儿又劝熟人不如把伊咪放了生,让他到自由的天地里去自觅生路。熟人说:"丢了怎么办,这么憨的猫。"

于是女儿发现,人和人之间原本是最难展开一个共同话题的,那话题越是细小、琐碎,那展开就越是艰难,就像你本无法去劝那位写"猫书"的人不要把养猫和杀猫写在一本书里。在动物面前，人是多么看重自身的权利。在动物面前，人也确有无限的权利。

母亲和女儿从熟人家出来，共同想起了中国一句俗话：事不过三。她们决定永远不再看望伊咪。再去看望就变成了对人的说三道四，说三道四，不就是无故干涉别人家内政吗？

然而这家人却永远记住了和伊咪的相处，永远记住了他们之间的一切欢悦和烦恼。他们的相处使人类那愈来愈粗糙的灵魂变得细腻了，动物有时的确比人更像人。

岁月或许使伊咪真的已经忘记爱过他的人们，但这并不重要，重要的是人们曾经爱过他。一首歌不是唱过"爱是无私的奉献"吗？

没有告别，怎会有永远的纪念？

没有纪念，人类的情感便空旷了大半。

真挚的做作岁月

难言的母女共学

一九七五年我高中毕业时,知识青年上山下乡运动已近尾声,一些城市的政策也开始灵活起来。比如我所居住的城市河北保定,就规定了老大可以免下。我是老大,我唯一的妹妹正读小学,似也不存在我留、她下的危险。我的同学都羡慕我的好运,然而我却报名要求去农村落户了。

因了我的行动,保定市曾经不大不小地热闹了好一阵。我先被邀请到许多单位去"讲用",我根据当时两个最著名的口号,联系实际作着发挥,讲着。那口号叫作:坚持无产阶级专政下的继续革命,限制资产阶级法权。当地报纸和广播也作些"插科打诨"的报道,说我母亲曾反对我去农村,我便与母亲共同学习"毛选",后来母亲终于搞通思想同意了我的革命行动。对这则无中生有的报道,我母亲至今还耿耿于怀,非常之不满意。当时我对这报道却并不在意,既是革命就得有对立面,这似是报道的规律,也是人活着的规律。再说这"对立"也并不伤大雅,不是一学也就通了吗？但我始终不忍心把这"母女共学"的情节加进我的"讲用"内容，不是没有人这样提示过我。

行前我还作为知青代表，在昔日的直隶总督府（市委）门前，面朝一街欢送的车队和红花发言。这热闹一直延续到我插队的县，延续到我的"点"上。

那时我常被自己的热情所鼓动，它鼓动着我从热情中又生出热情，在农村没有虚度四年。然而从那时起我实在又有着难言的不安，我那被社会称道的行为，实在还有着难言的隐秘之处，这便是我和文学过早的不解之缘。我的决定和我文学的启蒙老师徐光耀有着藕断丝连的渊源，那时他就肯定过我的文学开端。

徐光耀和女高尔基

保定有座名胜古迹叫作古莲池，面积不大，有亭台楼榭，有很好的碑文：米芾、怀素、乾隆都有。这里明时为书院，清时曾做过行宫，几经沉浮的作家徐光耀就住在它的一个角落里。他似是刚被从农村召回，参加一个报告文学集的编写，那集子要以文学的形式报道一个部队的卫生科，前不久他们刚刚从一个乡村妇女肚里挖出一个九十斤的大瘤子，被上级命名为"全心全意为人民服务的先进卫生科"。那位卸掉瘤子的妇女，也因被这先进卫生科卸掉瘤子而成了大队支书和当地知名人士。写这样的集子需要高手。

徐光耀被安置在古莲池一个荒芜的角落里，房子大约只八平方米吧，但门前有影壁，有几丛微黄的毛竹和营养不良的玉簪。我第一次走进那里，总觉着是走进了"聊斋"，后来仍然能从那里联想到《聊斋志异》里那些神秘伤感的故事。

我揣着两篇作文,由我父亲带领来拜见徐光耀了。那时我十六岁,念高一,我盼望从他那里得到什么是小说、怎样写小说的答案,父亲则更多地希望他为我的作文(我的文学才能吧)做出些鉴别。因为在此之前父亲对我的文学兴趣也产生了朦胧的信念,他是画家,家里也残存着几本中国的和外国的小说。

我向徐光耀出示了我的作文,他有些漫不经心地把它们搁置在一张大而坚实的硬木写字台上,然后就和父亲谈起了别的,关于时局发展的预测,还有郑板桥和陈老莲什么的。我只盯着那块被作为写字台面的大理石,和桌下那块与写字台可分可合的镂花踏板,想着历尽沧桑的徐光耀是怎样保护下他这张桌子的,它那么大,那么重。我盯得时间越长,就更能证明我是被冷落一旁的。后来他总算没有让我把作文带走,于是就有了第二次的见面。这次他谈话的中心是我的作文,他非常激动,连着说了两个"没想到",还说你不是问什么是小说吗?你写的已经是小说了。

我的两篇小说写了两个孩子,一篇是写一个爱动爱闹的女孩子在"批林批孔"运动中是怎样生动地讲起了批判孔老二的故事;另一篇是写一个乡下男孩和几个学农的城市女学生的友情,这便是《会飞的镰刀》。徐光耀建议我把《会飞的镰刀》寄给一个编辑部,我按照他的意见先寄给了《河北文艺》,但他们没有用,当时做着编辑部主任的肖杰同志却给我写了一封热情洋溢的亲笔信。许久我才从那信中悟出了道理。他们之所以不用,是因为那里没有阶级敌人,作为主人公的那个乡村少年也不高大,且有缺点。这篇小说一年后却被北京出版社收入一个小说集里,后来我一直把它作为我的处女作。对于北京出版社和对于当时这小说的责编、现在的中国少年儿童出版社总编庄之明,我永远存有感激之情。

我受了一位作家的鼓动,十六岁的心立时被激荡起来,在古莲池里故意多穿几个亭台走着、想着,或许我也能成为一个作家吧?那么就该发誓去追求作家所应具备的一切,包括我朦胧中所了解到的关于深入生活什么的。但我唯独没想到我这追求又是多么冒险。

父亲却支持了我的冒险。在那些日子里,他的议论也总离不开中国农村。他用不懂得中国农民就不懂得中国社会这个道理来启发和安抚我,那启发和安抚是毫不犹豫的。直到十几年后我当真成了一个作家,父亲才常常为那时的行动而后怕起来。"也真有些后怕,万一要上不来呢?我们又没有任何后门。"他说。我也常常把这看作是一个知识分子那难以克服的"傻天真",作家、文化当时对于他不也是海市蜃楼吗。倘稍有世故,这一切又何必呢,保定又有了可下可不下的政策。

母亲和我一起学"毛选"的故事虽是杜撰,但对于乡村她一向是惧怕的,这或许和她自小生活在城市有关。她深信当时一切关于女学生下乡碰到厄运的传闻,我临走前,她手拿刚注销了我姓名的户口簿还热泪满面地说:"难道你真能成为中国的女高尔基?"然而这已不是在劝我回心转意,仅是母性那种无奈心绪的流露。

我盯住这个少了我的户口簿想:原来一切都是真的了。难道非要去了解中国农村不可吗?你这个"女高尔基"。

我的农村日记和日记中的我

大约因为我是热闹着而来的,所以我进点后(或许进点前)便被指派为这个点上的副组长了。

我所在的点是距保定一百多华里的博野县张岳村,这是一个四周有着平原和沙丘的中等村庄,村里多榆树、柳树。坐北朝南的平顶土房和砖房永远沐浴着平原上的阳光,家家房前都有一个木梯子,房顶上常年摊晒着应时的农产品。到冬天不再有东西摊晒时,玉米和薯干便就近堆入玉米秸编起来的圆囤里。开始我们这十几名学生就分散住在这种窗前有梯子、房上有圆囤的农家里,直到后来我们也有了一个两排红砖瓦房和每个房间都配有桌子和水缸的真正的"点"。但"点"的房子很潮,冬天铺在床板上的麦秸被我们的体温暖得长出麦苗,纤细的麦苗在潮湿的麦秸里蜿蜒着生长。房东家的老炕则干燥,炕席被火炕烘烤得乌金乌金。

我到底没有白白面对一街车队一街红花表决心,我努力把到农村去坚持无产阶级专政下的继续革命、限制资产阶级法权变得真实。面对这个豪迈的口号,有时我真的忘却了我那个显得萎缩的个人动机。原来一个高深莫测的口号不是不能被人理解运用。我得知戈培尔说过的"谎言重复一百次便是真理"是很晚的事,但我又不能把这一切形容成谎言的重复,那是中国历史进程中的一个环节。后来我的一切变得更加自觉自愿,连自己的容貌也愿意过早地去酷似农民,那就要把自己晒出来。为了这"晒出来",在八月的正午我竟坐在棉花垄里晒太阳,致使我的脸颊疼痛难忍,层层爆皮。我愿意使手上的血泡越多越好,我愿意让农村的女友捧着我的手把麦秸秆编成的戒指套上我的手指，看到这双手上有十二个血泡。那正是我过十八岁生日时。我十八岁的生日也因有了这十二个血泡才变得分外辉煌。直到我的一个名叫素英的农村女友捧着我的手哭起来时，我的心才有了得到回报的满足。

素英是个小巧玲珑的农村姑娘，很会整理、爱惜自己，也格外爱惜我。我们的友谊保持了很久，直到我回城后，素英出嫁去北京办嫁妆还住在我家。我为她铺好一个临时折叠床，她睡觉脱衣时仍习惯地站上床去。像平日踩在炕头上那样，这使得她像踩钢丝那般东摇西晃。我妹妹暗中为她的举止发笑，我便斥责妹妹，想着素英是怎样捧着我的手哭。

妹妹笑，那是因为没有一个真正的农民朋友将热泪洒上她的手吧？至今我总觉得城市女孩子的热泪是少了些魅力和打动人的分量的。

在我的农村日记里，我不止一次地提到过素英和她那灵巧、短小、粗糙的手。

我的农村日记几乎没有中断过，下乡四年我差不多写了近五十万字的日记、札记。许多年后当我再翻看它们时，虽然其中不少崇高与空洞、激进与豪迈，一些描写甚至令我汗颜，但我对那个点上的回味，对那时的我的回味，对一个时代的回味，也正是靠了它。那是一个现在的我在审视一个过去的我，其实那个被审视的我也许更真实。

一九七五年七月，队里让我们回保定换季。我在家里住了几天，家里像迎接国宾一样迎接了我。离家时，母亲含着眼泪把我送上长途汽车。做了几天"国宾"的我回到村里，立即写下了一篇日记：

一九七五年七月二十三日

今天，妈妈含着眼泪把我送下楼梯，我却笑着把她劝回家去，怀着一种逃出保定的心情进了长途汽车站。

这两天，我吃着大米饭、肉包子，却总觉着它们比不上我们亲手摘的西葫芦、大北瓜做成的熬菜，亲手拉着风箱做出来的卷子、饭汤香甜。睡着平整、松软的大床，却总是翻来覆去，脊梁底下像有石子硌着，这使我更留恋婶子、大娘那铺着金席的火炕。躺在这炕上，听着半导体里祖国四方的声音；围坐在炕上，讨论过中央文件的精神，想着我们张岳的未来，直到三星西落、窗纸发亮……我在城里走着看不见土星儿的柏油马路、松木地板，却更贪婪那一处土窝儿、一片土坷垃、一条条铺严"竹帘子""星星草""刺儿菜"的张岳的土道。我和多少城里人握手，却更渴望握一握张小爱大娘的粗手、善增大叔的硬手和素英的巧手。喝着消过毒的白开水吃着冰棍，却更馋那打一桶水要摇一百下辘轳的井水和垄沟里飘着狗尾巴草的流水。

张岳，你的女儿终于回来了！

我每每读着这篇日记，就仿佛看见一个昧着良心从家里溜走、吃得肥头大耳、放下筷子就骂娘的小贼。但我怎么也择不清这里到底有几分真意几分虚假，甚至每每因了它内含着的那无边无际的虔诚而自我感动。然而这虔诚实在又包容着连自己听来也战栗的做作，它虽然做作得一切都合情合理、天衣无缝，然而日记以外的我却常常有着不能自圆其说的破绽。

我念小学的妹妹来张岳村看我,她最喜欢骑我们生产队的毛驴,她也愿意来农村和我做伴。我也向她表示,为她从小就知道热爱社会主义新农村而高兴。后来她真郑重其事给我写了一封信,说:

亲爱的姐姐:

我现在已下了决心,毕业以后向你学习,听毛主席的话,到农村去,到边疆去,到祖国最需要的地方去。

现在,全国正在开展痛击右倾翻案风、大赞新生事物的轰轰烈烈的革命运动。我们学校人人争当回击右倾翻案风的闯将,争当开门办学、走"五·七"道路的促进派。

姐姐,我再次向你表决心,毕业以后,一定响应毛主席的号召,扎根农村,干一辈子革命,让我们团结起来,沿着毛主席指引的金光大道奋勇前进吧!此致敬礼!

接信后我一阵心酸,一股凄凉之情油然而生。我实在不愿相信这是一个小学五年级学生的来信。我特别害怕我妹妹的决心,还很为这信流了些眼泪,之后急忙写信询问家里这是怎么回事(虽然妹妹离中学毕业尚为遥远),直到家里来信说,这是语文老师给学生布置的一篇作文,还要求学生们把这篇作文真的寄给他们在农村插队的哥哥姐姐,我这才放下心来。

那时村里小学正缺老师,大队书记和我商量让我去补上这个令人羡慕的差事,那书记便是我在前面提到过的善增。他为人厚道,从来都是管知青叫学生,给学生派活时专拣轻活。有一次竟让我去推车卖豆腐,悄悄对我说那活不出苦力,出工也不论个时响。我真去卖了一次,结果因驾驭不了那豆腐车而告终。

善增让我去当老师,我却拒绝了。我在日记里说:"我可不能出了校门又进校门,在农村我永远是一名小学生!"

有时我们也敲八林的门

这文章开始时我就说,我插队时上山下乡运动已是尾声,政策也灵活起来,各地甚至都为自己的儿女能侥幸归来创造些更活的政策。但口号照样是豪迈和光明磊落的,比如"厂社挂钩"——我们就是学着这个口号的方式被"挂"下来的,据说这口号是湖南株洲创造的。

我的履历和"厂"并无任何关系,父母都是知识分子,当时都过着飘摇欲坠不安定的生活。可正如我们村主管知青的党支部委员进钢常说的:"政策是死的,办法是活的。"看来这句话也并非他的发明,当他咏诵着这句话为自己的村子、自己的臣民在死政策下找些活办法时,城里也早有人咏诵着它在做了,我不知这是不谋而合还是这活办法的不胫而走。但这"厂社挂钩"的经验也莫名其妙地使我和保定一家工厂的子弟们共同就近插队在张岳,至今我也弄不清这是因为哪个环节的松动。和我性质一样的还有两个女友,一个叫刘元梅,一个叫王陶。刘元梅的父母属于政府系统的哪个厅局,夫妇都是"民盟"的盟员;王陶是大学教师的女儿。如今刘元梅正学着她的父母那样,在省里一个民主党派机关工作,王陶则已是华北电力学院的教师,她是在一九七七年大学刚恢复招生时考进这所学院的。那时的王陶举止利索充满着朝气,刘元梅却像个善静而又不多嘴多舌的好大嫂。我们三人那时同住一室，一直保持了友好的关系。

我们既是被一个厂"挂"下来的，又是少数，总有些名不正言不顺之感。尽管我正以一个副组长的身份，在"统帅"着一群名正言顺的年轻同伴，但"人以群分"的道理还是把我和刘元梅、王陶联得更紧些。再说多数派的同伴也确有些名正言顺的气势呢。比如当我们的新点建成、院子尚无一个大门时，与张岳村"挂"着"钩"的保定那家厂方，就毫不吝啬地把用铁棍焊好的两扇铁门送进了村。那铁门高大，有着"巴洛克"的风格样式，它使我们的点显得格外有气魄。安装大门时曾招来全村许多老少，如同过年。我也总觉得，我们点在县里一直处于先进，来点参观乃至开现场会的人不断，好像很和这两扇门有关。当时全县比我们寒酸的点还有几处，寒酸对上面而言怎么也不能算件好事，当时的大寨社员不是也住着青砖楼房吗？当然，厂社挂钩的经验还远远不在于保定的某厂仅能给张岳的点做两扇铁门。有些知青能比我们早回城，显然也沾了这挂钩的光。

我和我的两位女友通过这铁门出入着，下地，开会，挑水，拉煤，买菜……有时晚上也从这门里溜出去干些不宜记入日记的事。在日记里我一边歌颂着张岳浑黄的井水，锅里那灰暗的干菜汤，而我的肠胃却不顾我的歌颂，总向我提出些奢侈的要求。后来我从一些讲男女有别的知识小册子里也读到，奢吃零食的习惯女性是甚于男性的。说白点，面对一些零食，女孩子常表现得十分地没出息。闲着两手捏几个瓜子，反映在文艺作品里甚至成了那些不正经女人的经典形象。然而大多数女人不顾这些，还是盼望着抓挠一点零食，哪怕是一把瓜子。

那时的农村尚无被搞活了的经济，街里有个供销社，是全村人唯一的经济中心，里面有属于官方专营的盐、铁，只在做工潦草的货架上也摆些红烧带鱼、糖水红果罐头和七八角钱一瓶的葡萄酒。那罐头我们是望尘莫及的，然而酒我们却喝过。有一年元旦，我、刘元梅和王陶插起门来就着柿子喝酒，致使刘元梅起了一身猪皮模样的疙瘩，且伴有呼吸短促、瞳孔扩散。在惊恐之中我想起酒精中毒这四个字，才猛醒这酒是酒精兑水而合成的。那晚，我和王陶整折腾了一夜。我记得热敷法可以消肿，就烧了一大锅开水，把所有的毛巾、枕巾都摁在锅里，再将这一锅毛巾一次次地摁在刘元梅身上，天亮时刘元梅居然消了肿并恢复了正常的呼吸。

许多年后，有一次我在美国时，东道主请我们在旧金山一家著名的海鲜酒家吃牡蛎，喝一百八十美元一瓶的法国干白葡萄酒。我向一位汉学家讲起那次刘元梅酒精中毒的事，他说，酒精兑成的酒全世界都有，然而人们都在喝。这里卖者和买者都有明知故犯的味道。而我们那时不懂这些，以为酒就是酒，天下的酒都一样，如同就懂得全世界人民心中只有一个红太阳，地球上四分之三的人民都等着我们去解放人家。

和村里这个盐、铁专营的供销社相抗衡的唯一一家商店（如果能称其为商店的话）就是八林老头的地下商店。

八林从名字到他的"店"都似带有土匪和匪窝的味道。在他的小黑门里，有一毛钱一斤的酱油和八分钱一斤的醋，也有更属非法经营的国家绝对的统购物资——花生米。八林的地下商店当时为什么不被取缔，我始终不得而知，也许连支书善增有时也到八林的"店"里买酱油接短吧。大家都需要接短，都知道他那酱油、醋里掺着大量的水，如同全世界所有人都知道有酒精兑成的酒，然而人们都买、都喝。

八林卖酱油不光掺水，且自有一套操作方法。他的酱油缸被隐藏在他里屋的黑炕边，缸盖被几件衣服遮严，只待有人来买时，他觉出来人可靠才揭缸。缸揭开后他也并不忙于用"提"，而是先将"提"在缸里狠搅一阵，使缸里的液体随着"提"的搅动充分旋转起来，然后才猛下"提"，猛提起，再将那仍然旋转着的液体倒进顾客的容器。开始我们不解其意，后来一个名叫春生的聪明男生才将其中的奥秘告诉我们：酱油在"提"内旋转着被提起时，总要旋出一些在"提"外的，一种离心作用吧。春生用一只盛满水的缸子在手里旋转着。然而我们还要去和八林做这种既非法又上当的交易。"上当受骗就一次"，是需要有一个繁荣、合理的经济环境的，你才能有挑选的余地。那时没有这余地。

我和我的两个女友不光"出差"为点上买酱油买醋，慢慢也受了他那稀罕珍品花生米的吸引，诡秘、谨慎地去敲八林的小黑门了。吱嘎，小黑门在诡秘中打开了，八林一张永远拖着鼻涕、木刻似的长脸审视着我们，我们也在他的审视下懊恼着自己，直到八林愿意接待我们。

八林领我们在黑暗中穿插进屋，在油灯下将一些什么东西移开，把正在淌着的鼻涕"拧"净，手在鞋底上蹭蹭，才去抓花生米。他这种先净身后取货的程序，常常使我们觉得他的货更娇贵。

一把花生米揣进了口袋，我们在黑暗中走着，一粒粒摸着吃，计算着吃完它应用的时间，力争在进门前吃完，不留痕迹。当点上那两扇铁门横在眼前时，身上正好是"弹尽粮绝"，财物两空，才想起原来这要花去半个月的工分呢。然而又觉得这实在值得，因为这里不光有女人的奢侈，还有冒险的愉快。

我对杨贵和毛泽东的悼念

一九七六年,我在村里悼念了两个人:一位是杨贵,一位是毛泽东。

杨贵是村贫协副主席,革委会委员,贫管校长。党支部派我为杨贵写悼词,开始我很为难,因为我没写过这类文字。支书说你就拣着好的说吧,别忘了结合形势。我仿照耳闻目睹过的广播、报纸写起来。在追悼会上我亲自朗诵,收到了难以想象的效果。我在日记里翻到了这悼词:张岳大队党支部全体党员、团员、民兵连、妇联会、贫协、全体贫下中农、知识青年以极其沉痛的心情哀悼:张岳大队贫协副主席、革委会委员、贫管校长杨贵同志,因患脑溢血,于一九七六年六月十日下午七时在博野医院逝世,终年六十岁。

杨贵同志是中国共产党的优秀党员,是中国人民忠诚的革命战士,是我村久经阶级斗争、两条路线斗争考验的领导……接着,我在简要记述了他的事迹后,又写道:"他的一生是为共产主义奋斗的一生,是坚持继续革命的一生。他的逝世使我党失去了一位优秀党员,是我党我国人民的重大损失,引起了全村贫下中农的极大悲痛……"

当时我想,凡是该配上悼词而被送终的人,这些字眼对于他们都不会过分吧?既然至死都保持了共产党员的称号,那么他必然是继续革命着活下来的。许多半途而废的党员,当然都是不善于继续革命的缘故。有了这个先决条件,"损失"和"悲痛"都似乎成了合情合理、可多可少的形容词。

现在我重读着这悼词，想着杨贵和我们的交往。

杨贵和我们点是对门，大约抗日和解放战争时他曾打过仗，后来由于负伤而退役，现在是一位尖脸、缺牙、有着轻度颠脚的瘦小老人，人们都叫他杨贵。杨贵瘦小，却有着功臣般的霸气。他那瘦高的老伴和七个参差不齐的儿子也因之显得自负，在村里他们大有说一不二之势。当年的我们和许多张岳人一样，对这家人充满着预先准备好的、无条件的敬重。比如他家人随时可来我们伙房拿葱拿蒜，拿馒头、烙饼，我们必得表现出些热烈欢迎；谁都知道杨贵家偷电，然而谁都得"包涵"着。当他家明明把电线挂在我们点上时，我们也必得生出几分他偷得应该的大度：难道他不该偷吗？他因战争负伤腿脚不好，你能让他在黑灯瞎火中摔跟头吗？杨贵也许是审度出我们的觉悟了，便更加打着我们点上的主意。那年我们养了一口猪，大家费劲拔力地把它养到了一百三十斤，但离年节尚远，还没有杀猪过年的打算。杨贵来了，端详着猪在打主意，这主意显然不是立时"打"出来的，对这猪，杨贵似早有预谋。他端详一阵说："这猪有病。"那风度酷似一个阴阳先生在相看这宅院的风水。

"给治治吧，没准儿您有手艺。"有人答道。

"治不好。"杨贵说。

"那可怎么办？"又有人问。

"杀了吧。"杨贵说。

"离过年还早着呢，多可惜呀！"有人说。

"杀了总比死了好。"

杨贵说要杀猪，那么，猪得杀。谁杀？当然是杨贵。这时杨贵不但成了我们的救命恩人，而且还真要为我们付出点什么了。至于猪为什么非杀不可,猪病到底能不能治好,就不再有人追究,因为这是杨贵的倡议,杨贵的指点。

于是猪在一片欢腾中被宰割了。杀了也罢,人们已经在为点上能拥有这一百多斤猪肉而兴奋起来。但人们却忽略了一个关键问题,便是这杀猪人的报酬。现在面对眼前这口白净的猪,杨贵却毫不掩饰地把条件提了出来,那条件是苛刻的。当我们都觉出这条件难以接受时,杨贵却已下手了。他先把猪的上水下水(五脏六腑)归入自己早已备好的盆中,又割下那个硕大的猪头,再则是四个肘子(那肘子所带走的肉也足使我们目瞪口呆),最后是将这猪拦腰斩断割下尺把宽的一块正肋,并割下那个几乎被遗忘了的猪尾巴。

那时我们站在一旁真有点自己被解肢的感觉,心疼啊!但当时我们谁都没有把这和掠夺联系在一起,还侥幸地想:也许除了那块正肋,杨贵拿走的都不是猪肉的珍贵之处吧,难道他能掠夺我们吗?一个打过仗的功臣。然而心疼还是难以缓解。

杨贵运走自己的所得,还不忘回来告诉我们,煮肉时别忘了放一把花椒。

杨贵杀猪一个月后,杨贵本人死了。

在杨贵的追悼会上,我念着悼词,哭着,许多人都哭着。也许是我那悼词当真打动了人,若配以哀乐,我想人们还会表现出些更大的悲痛。我哭着,还看见了他那最小的脸色青黄的儿子,这小儿子才七岁。于是我哭得更加凶猛起来。

哭有时并不完全依靠你的真情实感,还应依靠些贴切的氛围吧。如同人的恐惧感,有时你听到一个关于鬼的细致详尽的故事并不害怕,然而一个扔在路边正在焚烧的死人枕头,倒能令你毛骨悚然。

距杨贵的死两个多月后,毛主席去世了,我却没有表现出比杨贵的逝世更大的悲痛。至今我仍然为那些日子里的我而惶惶不安,尽管我在我的日记里记载过我那悲痛着欲罢不能的心情,记载过自己将悲痛化为力量的誓言:"今天啊,您一定能听见远在辽阔的冀中平原悼念您的知识青年的心声。那如林的臂膊,那万水千山中传递的誓言,摇颤了宇宙,震荡着太空……"

在很长一段时间里,我仿佛真能看见一个伟岸的身影在空中俯视和谛听着这群知青如林的臂膊和誓言。然而我始终没有涌泉似的眼泪。

一九七六年九月九日下午,我拉着一辆小车,去玉米地装玉米秸,刚出村,一个女生就追了上来。她显得神色慌张,一副不知所措的样子,迫不及待地对我说:"听见广播了吗?""什么广播?"我问。"毛主席死……死了。"她说。她把"死"尽量说得含糊,但那神色又执拗地告诉我,是死了。我说:"广播错了吧?"她说:"没错,是死了。"

我们俩互相看看,一刹那都觉出有些尴尬。我想,我们都是因为没有立刻抱头痛哭而尴尬。然而心是慌乱的,慌乱一阵做出决定:只有改变行动不再去地里拉玉米秸,才能抵消这尴尬时刻。不是有那么一句话吗:"都什么时候了。"对,都什么时候了,你还去拉玉米秸。再说当时我那行动的改变并非因为明确的理智,完全是感情的驱使。是感情支配着我,我不能再到地里去,应该掉回头去点上做些和这个时刻相称的事。在回去的路上,我突然觉得我像是一个无家可归的孩子,一切都变得空旷起来。我愿意把那时刻想成"眼泪往肚里流",我以为我应该把自己想成这样,凭了我对领袖的崇敬和诚实。

晚上我们做起花圈。男生们从很远的地方采来柏树枝，我们全体知青不分男女坐在一起，把柏枝和白花绑在秫秸扎成的框架上。谁都没有言语，不久都哭了起来。我也真的掉出了眼泪，虽仍不似同伴们那样汹涌，但已不再是流在肚里了。我以为这是借助了这柏枝的缘故，如同你看到杨贵儿子的黄脸，看到路边一个死人枕头。也就是在这个有眼泪的时刻，我才记住了柏枝的清香和苦涩味。

至今当人们在谈论毛泽东这个巨人的种种失误时，我倒愿意抛开这些去回忆一下那柏树枝的清香和苦涩味。虽然从理性上我也知道，是他老人家的挥手才使我做了四年农民，才亲眼得见杨贵是怎样以他的权威和心计掠夺着我们。但也正是有了我在生活中和杨贵的巧遇，才了解到四只肘子的价值。与此相反，人越来越聪明、越来越世故却并非只因你认识了四只肘子的价值。

素英遇见 "庄客"

我不愿把那时的岁月形容成一个做作的岁月，做作的应是我们那种要岁月认可的心态。难道一切都是因了杨贵割走的那四只肘子，才使得我们学会了聪明？当我在了解着农民、了解着中国农村时，到底是谁俘获了谁？这像是一本永远没完没了的糊涂账。我庆幸我到底没有枉做四年农民，我毕竟是为着以一个真实的自己去认识那些农民的真实而来的，因此在做作的背后就有了一个不曾做作着的我。比如我在用"坚持无产阶级专政下的继续革命"武装自己时，也曾相信人间有鬼。

在一个初冬的早晨，素英请我到她家去吃饺子，我刚进门她就一头栽到炕上不省人事了。接着便是口吐白沫伴着浑身的抽搐，牙齿紧咬着舌头。我被吓得呆立在炕前。素英的母亲，一个四十多岁的大娘却不慌不忙，她胸有成竹地对我说，这是遇到"庄客"了，素英昨天就从坟地里走过。

庄客是鬼的一种，张岳这一带都知道庄客这东西，他们平时潜伏在坟地里，你走过时趁你不备附上你的身，直跟回你家中取闹。他们的形象被人形容得可丑可美，出入甚大。

我说："这该怎么办？"大娘说："不着急，咱们把他赶走。"她一面说着从炕席底下摸出一沓纸钱，划火柴点着，两条胳膊抡打着便唱起来，意思是请庄客把钱带走，宽恕素英。但庄客一时不走，他还在折磨着素英，素英已将自己的舌头咬出了血，血沫在四周喷溅着。于是气氛更加紧张起来。也许大娘懂得庄客的活动规律，她指示我赶快上炕将窗扇打开。我按照她的指示连忙跳上炕打开窗扇，并学着她的样子张开手臂在屋内轰赶着，深信那庄客就在屋里和我们周旋。大娘又烧了些纸钱，唱的调门更加高昂起来，我也加快些轰赶。很过了些时候，大娘看看素英，终于松了口气说："走了，从窗户里走了。"素英得救了，我也停止轰赶回头看素英，她真的浑身松软下来，松了舌头睁开双眼也连忙说："庄客走了我得救了。"我抱起素英激动得失声痛哭起来，为我的女友得救而痛哭。

很久以后我想，素英患的也许是癫痫吧，癫痫病人在发作时大都抽搐着咬舌头，病重者犯起来可以致死。比如来华援助过中国抗日的柯棣华大夫，就是患了癫痫而死。然而每每想起那时的情景，我从来没有讥嘲过大娘和我的愚昧，因为那时我是真实的，我只相信着，做着。

但人类并不是有了相信着的真实就有了一切。你那么真实地相信着，这真实却偏偏正和你开着不大不小的玩笑。来到人间的庄客不是每次都可以轰走的吧。

然而人类的一切文明还是起源于相信着的真实，才有了一切学说，才有了金字塔和长城，才有了人原本是可以不随地吐痰的设想，才有了解放了的新中国，才有了知识青年的上山下乡，才有了知识青年的回城。

一九七九年初春一个晴朗的早晨，一辆马车拉着我和我的行李离开了张岳，从此我再也没有回到那里。临走时，领导过我们的那些领导都已更换，人们说他们都是"四人帮"的爪牙。我去看望被关进牲口棚的主管知青的支委进钢大伯，想着"时过境迁"这句俗话。那时为了我们，他用的"活办法"从来都是细致入微：冬天我们潮湿的屋子里很快就能生起奢侈的煤火，连每屋配备一把新壶他都想到了。而当他生病，我们给他送去红烧带鱼罐头之类时，他却要他的小孙子将东西退回供销社，把钱又还给我们。现在他扒住窗棂对我说："走你们的吧，别惦记我，我没事。政策是死的，办法是活的。"

我坚信这句话做起来的艰难，也坚信这句话的真实性。因此每当我听见、看见关于新时期生动、活泼的农村政策在哪个地方开花结果时，便想起张岳和领导过我们的那些把死政策变成活办法的大队干部们。辛兴大队，在全国都享有很高声誉的、以办乡镇企业出名的河北蠡县辛兴大队离张岳村才几十华里。我总仿佛看见进钢大伯正在和什么人签署着什么文件、合同，装卸着什么货物，于是又记起罗马尼亚诗人索雷斯库一首名叫《遗产》

的诗:

> 从古代到中世纪,
> 从全部历史,
> 一列列
> 满载错误的列车,
> 纷纷而至。
> 战术与战略错误,
> 政治错误,
> 各种荒谬的言论
> 和愚蠢的行为,
> 细小的疏忽
> 或根本性的错误,
> 沿着每一条铁路运来,
> 不分白天和黑夜,
> 直至扳道工精疲力竭……
> 而我们,这些幸运的继承者,
> 只能忙着卸车,
> 并且签署收据。

一首耐人寻味的诗。但我唯独不愿轻信我们只有装卸错误和疏忽。

怀念孙犁先生

上世纪六十年代后期,因为时局的不稳定,也因为父母离家随单位去作集体性的劳动改造,我作为一个无学可上的少年,寄居在北京亲戚家。"革命"正在兴起,存有旧书、旧画报的人家为了安全,尽可能将这些东西烧毁或者卖掉。我的亲戚也狠卖了一些旧书,只在某些照顾不到的地方遗漏下零星的几册,比如床缝之间,或角落里的一张桌子腿底下……我的身高和灵活程度很适合同这些地方打交道,不久我便发现了丢落在这些旮旯里的旧书,计有《克雷洛夫寓言》《静静的顿河》、连环画等等,还有一本书脊破烂、作者不详、没头没尾的厚书,在当时的我看来应属于长篇小说吧。我胡乱翻起这本"破书",不想却被其中的一段叙述所吸引。也没有什么特别,那只是对一个农村姑娘出场的描写。那姑娘名叫双眉,作者写她"哧哧的笑声",写她抱着一个小孩用青秋秸打枣,细长身子,乌黑明亮的头发披在肩上,红线白线紫花线合织的方格子上衣,下身是一条短裤,光脚穿着薄薄的新做的红鞋。她仰头望着树尖,脸在太阳地里是那么白,眼睛是那么流动……细看,她脸上擦着粉,两道眉毛那么弯弯的,左边的一道却只有一半,在眼睛上面,秃秃地断了……以我当时的年龄,还看不懂这小说的时代背景是土改时期,不知道这双眉因为相貌出众,因为爱说爱笑,常遭村人的议论。吸引我的是被描绘成这样的一个姑娘本身。特别是她的流动的眼和突然断掉一半的弯眉,留给我既暧昧又神秘的印象,使我本能地感觉这类描写与我周围发生的那场"革命"是不一致的,正因为不一致,对我更有一种"鬼祟"的美的诱惑。那年我大约十一岁。多年以后我才知道这本"破书"的作者是孙犁先生,双眉是他的中篇小说《村歌》里的女主人公。

我产生要当作家的妄想是在初中阶段。我的家庭鼓励了我这妄想。父亲为我开列了一个很长的书目,并四处奔走想办法从已经关闭的市级图书馆借出那些禁读的书。在父亲喜欢的作家中,就有孙犁先生。为了验证我成为作家的可能性,父亲还领我拜会了他的朋友、《小兵张嘎》的作者徐光耀老师。记得有一次徐光耀老师对我说,在中国作家里你应该读一读孙犁。我立即大言不惭地答曰:孙犁的书我都读过。徐光耀老师又问:你读过《铁木前传》吗?我说:我差不多可以背诵。那年我十六岁。现在想来,以那样的年龄说出这样一番话,实在有点不知深浅。但能够说明的,是孙犁先生的作品在我心中的位置。

时至今日,我想说,徐光耀是我文学的启蒙老师,他在那个鄙弃文化的时代里对我的写作可能性的果断肯定和直接指导,使我敢于把写小说设计成自己的重要生活理想;而引我去探究文学的本质、去领悟小说审美层面的魅力,去琢磨语言在千锤百炼之后所呈现的润泽、力量和奇异神采的,是孙犁和他的小说。

那时还没有"追星族"这种说法,况且把孙犁先生形容成

"星"也十分滑稽。我只像许多文学青年一样,迷恋他的文字带给我们的所有愉悦,却没有去认识这位大作家的奢望。但是一个机会来了。一九七九年,我从插队的乡村回到城市,在一家杂志做小说编辑,业余也写小说。秋天,百花文艺出版社准备为我出版第一本小说集,我被李克明、顾传菁两位编辑热情请去天津面谈出版的事。行前已故作家韩映山嘱我带封信给孙犁先生。这就是我的机会,而我却面露难色。可以说,这是我没有见过世面的本能反应;也因为,我听人讲起过,孙犁的房间高大幽暗,人很严厉,少言寡语。连他养的鸟在笼子里都不敢乱叫。向我介绍孙犁的同志很注意细节的渲染,而细节是最能给人以印象的。我无法忘记这点:连孙犁的鸟都怕孙犁。韩映山看出了我的为难,指着他家镜框里孙犁的照片说:"孙犁同志……你一见面就知道了。"

我带了信,在一九七九年秋日的一个下午,由李克明同志陪同,终于走进了孙犁先生的"高墙大院"。这是一座早已失却规矩和章法的大院,孙犁先生曾在文章里多次提及,并详细描述过它的衰败经过。如今各种凹凸不平的土堆、土坑在院里自由地起伏着,稍显平整的一块地,一户人家还种了一小片黄豆。那天黄豆刚刚收过,一位老人正蹲在拔了豆秸的地里聚精会神地捡豆子。我看到他的侧面,已猜出那是谁。看见来人,他站起来,把手里的黄豆亮给我们,微笑着说:"别人收了豆子,剩下几粒不要了。我捡起来,可以给花施肥。丢了怪可惜的。"

他身材很高,面容温厚,语调洪亮,夹杂着淡淡的乡音。说话时眼睛很少朝你直视,你却时时能感觉到他的关注或说观察。他穿一身普通的灰色衣裤,当他腾出手来和我握手时,我发现他戴着一副青色棉布套袖。接着他引我们进屋,高声询问我的写作、工作情况。我很快就如释重负。我相信戴套袖的作家是不会不苟言笑的,戴着套袖的作家给了我一种亲近感。这是我与孙犁先生的第一次见面。

其后不久,我写了一篇名叫《灶火的故事》的短篇小说,篇幅却不短,大约一万五千字,自己挺看重,拿给省内几位老师看,不料有看过的长者好心劝我不要这样写了,说"路子"有问题。我心中偷偷地不服,又斗胆将它寄给孙犁先生,想不到他立即在《天津日报》的《文艺》增刊上发了出来,《小说月报》也很快作了转载。当时我只是一个刚发表几篇小说的业余作者,孙犁先生和《天津日报》的慷慨使我对自己的写作"路子"更加有了信心。虽然这篇小说在技术上有着诸多不成熟,但我一向把它看作自己对文学的深意有了一点真正理解的重要开端,也使我对孙犁先生永远心存感激。

我再次见到孙犁先生是次年初冬。那天很冷,刮着大风。他刚裁出一沓沓粉连纸,和保姆准备糊窗缝。见我进屋,孙犁先生迎过来第一句话就说:"铁凝,你看我是不是很见老?我这两年老得特别快。"当时我说:"您是见老。"也许是门外的风、房间的清冷和那沓糊窗缝用的粉连纸加强了我这种印象,但我说完很后悔,我不该迎合老人去证实他的衰老感。接着我便发现,孙犁先生两只祆袖上,仍旧套着一副干净的青色套袖,看上去人就洋溢着一种干练的活力,一种不愿停下手、时刻准备工作的情绪。这样的状态,是不能被称作衰老的。

我第三次见到孙犁先生,是和几位同行一道。那天他没捡豆粒,也没糊窗缝,他坐在写字台前,桌面摊开着纸和笔,大约是在写作。看见我们,他立刻停下工作,招呼客人就座。我特别注意了一下他的袖子,又看见了那副套袖。记得那天他很高兴,随便地和大家聊着天,并没有摘去套袖的意思。这时我才意识到,戴套袖并不是孙犁先生的临时"武装"。一副棉布套袖到底联系着什么,我从来就说不清楚。联系着质朴、节俭?联系着勤劳、创造和开拓?好像都不完全。

我没有问过孙犁先生为什么总戴着套袖,若问,可能他会用最简单的话告诉我是为了爱护衣服。但我以为,孙犁先生珍爱的不仅仅是衣服。为什么一位山里老人的靛蓝衣裤,能引他写出《山地回忆》那样的名篇?尽管《山地回忆》里的一切和套袖并无瓜葛,但它联系着织布、买布。作家没有忘记,战争年代山里一个单纯、善良的女孩子为他缝过一双结实的布袜子。而作家更珍爱的,是那女孩子为缝制袜子所付出的真诚劳动和在这劳动中倾注的难以估价的感情,倾注的一个民族坚忍不拔、乐观向上的天性。滋养作家心灵的,始终是这种感情和天性。所以,当多年之后,有一次我把友人赠我的几函宣纸精印的华笺寄给孙犁先生时,会收到他这样的回信,他说:"同时收到你的来信和惠赠的华笺,我十分喜欢。"但又说:"我一向珍惜纸张,平日写稿写信,用纸亦极不讲究。每遇好纸,笔墨就要拘束,深恐把纸糟蹋了……"如果我不曾见过习惯戴套袖的孙犁先生,或许我会猜测这是一个名作家的"矫情",但是我见过了戴着套袖的孙犁,见过了他写给我的所有信件,那信纸不是《天津日报》那种微黄且脆硬的稿纸就是邮局出售的明信片,信封则永远是印有红色"天津日报"字样的那种。我相信他对纸张有着和对棉布、对衣服同样的珍惜之情。他更加珍重的是劳动的尊严与德行,是人生的质朴和美丽。

我第四次与孙犁先生见面是二〇〇一年十月十六日。这时他已久病在床，住医院多年。我知道病弱的孙犁先生肯定不希望被频频打扰，但是去医院看望他的想法又是那么固执。感谢《天津日报》文艺部的宋曙光同志和孙犁的女儿孙晓玲女士，他们满足了我的要求，细心安排，并一同陪我去了医院。病床上的孙犁先生已是半昏迷状态，他的身材不再高大，他那双目光温厚、很少朝你直视的眼睛也几近失明。但是当我握住他微凉的瘦弱的手，孙晓玲告诉他"铁凝看您来了"，孙犁先生竟很快做出了反应。他紧握住我的手高声说："你好吧？我们很久没有见面了！"他那洪亮的声音与他的病体形成的巨大反差，让在场的人十分惊异。我想眼前这位老人是要倾尽心力才能发出这么洪亮的声音的，这真挚的问候让我这个晚辈又难过，又觉得担待不起。在四五分钟的时间里，我也大声说了一些问候的话，孙犁先生的嘴唇一直蠕动着，却没有人能知道他在说什么。在他身上，盖有一床蓝底儿、小红花的薄棉被。这不是医院的寝具，一定是家人为他缝制的吧。真的棉布里絮着真的棉花，仿佛孙犁先生仍然亲近着人间的烟火，也使呆板的病房变得温暖。

这是我最后一次见到孙犁先生。

"我们很久没有见面了！"直至二〇〇二年七月十一日孙犁先生逝世，我经常想起孙犁先生在病床上高声对我说的话。

我想，我已经很久没读孙犁先生的小说了，当今中国文坛很久以来也少有人神闲气定地读孙犁了。春天的时候，我因为写作关于《铁木前传》插图的文章，重读了《铁木前传》。我依然深深地受着感动。原来这部诗样的小说，它所抵达的人性深度是那么刻骨；它的既节制、又酣畅的叙述所成就的气质温婉而又凛然；

它那清馨而又讲究的语言，以其所呈现的素朴大方使人不愿错过每一个字。当我们回顾《铁木前传》的写作年代，不能不说它的诞生是那个时代的文学奇迹；而今天它再次带给我们的陌生的惊异和真正现实主义的浑厚魅力，更加凸现出孙犁先生这样一个中国文坛的独特存在。《铁木前传》的出版距今四十五年了，在四十五年之后，我认为当代中国文坛是少有中篇小说能够与之匹敌的。孙犁先生对当代文学语言的不凡贡献，他那高尚、清明的文学品貌对几辈作家的直接影响，从未经过"炒作"，却定会长久不衰地渗透在我的文学生活中。

以我仅仅同孙犁先生见过四面的微薄感受，要理解这位大家是困难的。他一直淡泊名利，自寻寂寞，深居简出，粗茶淡饭，或者还给人以孤傲的印象。但在我的感觉里，或许他的孤傲与谦逊是并存的，如同他文章的清新秀丽与突然的冷峻睿智并存。倘若我们读过他为《孙犁文集》所写的前言，便会真切地知道他对自己有着多少不满。因此我更愿意揣测，在他"孤傲"的背后始终埋藏着一个大家真正的谦逊。没有这份谦逊，他又怎能甘用一生的时间来苛刻地磨砺他所有的篇章呢。一九八一年孙犁先生赠我手书"秦少游论文"一帧：

采道德之理述性命之情发天人之奥明死生之变此论理之文如列御寇庄周之作是也别黑白阴阳要其归宿决其嫌疑此论事之文如苏秦之所作是也考同异次旧闻不虚美不隐恶人以为实录此叙事之文如司马迁班固之所作是也

我想，这是孙犁先生欣赏的古人古文，是他坚守的为文为人的准则,他亦坦言他受着这些遗产的涵养。前不久我曾经有集中的时间阅读了一些画家和他们的作品,我看到在艺术发展史上从来就没有自天而降的才子或才女。当我们认真凝视那些好画家的历史,就会发现无一人逃脱过前人的影响。好画家的出众不在于轻蔑前人,而在于响亮继承之后适时的果断放弃。这是辛酸的,但是有欢乐;这是"绝情"的,却孕育着新生。文章之道难道不也如此吗。孙犁先生对前人的借鉴沉着而又长久,他却在同时"孤傲"地发掘出独属于自己的文学表达。他于平淡之中迸发的人生激情,他于精微之中昭示的文章骨气,尽在其中了。大师就是这样诞生的吧?在前人留给人类宝贵的文化遗产和丰富的文学遗产面前,我再次感到自己的单薄渺小,也再一次对某些文化艺术界的"狂人"那种前无古人、后无来者的莫名其妙的自大生出确凿的怀疑。

在我为之工作的河北省作家协会,有一座河北文学馆,馆内一张孙犁先生青年时代的照片使很多人过目不忘。那是一张他在抗战时期与战友们的合影,一群人散坐在冀中的山地上,孙犁是靠边且偏后的位置。他头戴一顶山民的毡帽,目光敏感而又温和,他热情却是腼腆地微笑着。对于今天的我们,对于只同他见过四面的我,这是一个遥远的孙犁先生。然而不知为什么,我越来越相信病床上那位盖着碎花棉被的枯瘦老人确已离我们远去,近切真实、就在眼前的,是这位头戴毡帽、有着腼腆神情的青年和他的那些永远也不会颓败的篇章。

冰心姥姥您好

在中国北方，孩子们称自己母亲的母亲为姥姥。此外，当领着孩子的母亲遇见自己所尊敬的老年女性，也常常会很自然地对孩子说："叫姥姥。"孩子清脆地叫着，姥姥无比怜爱地答应着，于是"姥姥"的含义便不单是血缘关系的一种确认，她还是可以信赖、可以依靠的象征。她每每使人想到原野肥厚、沉实的泥土和冬天的乡村燃烧着柴草的火炕的温暖气息，她充满着一种人间古老的然而永不衰竭的魅力。

第一次听见有人称冰心先生为姥姥，是先生的外孙陈钢。这个英俊、聪慧的青年业余爱好摄影，他曾经为我拍过一些非常好的照片。当他得知我喜欢他的这些作品时，告诉我说："我把照片拿给我姥姥看了。"我问他姥姥说了些什么，他说："姥姥亲了我一下。"冰心先生对外孙这种独特的无言的赞赏，真能引起人善意的嫉妒！后来我还得知冰心先生从不随便夸奖她的外孙，但她却是外孙事业的默默的支持者，他们之间那一份亲情无可替代。面对这位几代人共同敬爱的文坛前辈，陈钢甚至觉得，对他本人来说，姥姥是他的姥姥，比姥姥是一位著名作家更为重要。

此后不久，我给冰心先生写了一封信，告诉她我在保定西部山区的一些生活。先生回信先是由衷地称赞了陈钢的作品，她说："陈钢给你照的相，美极了！"然后又嘱咐我说："铁凝，你要好好地珍惜你的青春、你的才华！你有机会和农民接触，太好了！我从小和山东的农民在一起，他们真朴实，真可爱！你能好好写他（她）们吗？我想你会的，我对你抱有无限的希望……"

读着这样的信，你会发现在冰心先生那平和、宁静的外表之下，那从容、温和的目光之中，还有一份对于中国最广大的农民的深深的爱意。这爱意不仅表现在她为灾民慷慨捐款一万元，还渗透在她对青年作家描写最普通的民众之美的热烈希冀里。也许她的年龄和身体不容她再去更多的地方，但她宽厚的心怀却无处不在。

今年春天，我将自己新近出版的几本书给冰心先生寄上，很快又收到她的回信。她说："亲爱的铁凝，大作两本（《女人的白夜》等）已收到，十分感谢！尚未细读，但我居然进入了你的作品中，我感到意外！你何时再到北京来呢？我有许多事情和话要对你说，要回的信太多，只写这几个字，祝你万福，令尊两大人前请安！"

读毕先生的信，我想起在先生给我的几封信中，都曾问过："你何时再到北京来呢？"

我何时再到北京去呢？

一九九一年五月我在北京，有一天下着小雨，散文家周明陪我去看冰心先生。途中我在一家花店买了一束玫瑰，红的黄的白的，十分娇艳。

冰心先生坐在卧室书桌前等我们，短发整整齐齐，面容很有精神。看见我,她说:"铁凝你好吗?我看你很好。"我把鲜花送上,周明要拍照,冰心先生说:"来让我拿着花。"

然后她请我喝茶、吃糖,吃她最爱吃的"利口乐"。然后她说:"搬把椅子坐在我身边吧,这样离我近些。"我坐在了她的身边。她清澈的目光落在我身上,我感到无话可说。

我无话可说不是因为拘谨——有人在拘谨时往往更能废话连篇。我无话可说是因为受着一种气氛的感染,是因为身边这位安静的老人正安静地看着我。她一定深明了我的心意,此外的一切客套都将是我的多嘴多舌。她一定也同意我无话可说,因为当我告诉她我不知说些什么时,她说:"那就让我们静静地坐一会儿。"

我很看重与冰心先生静静地坐一会儿,或许这并不比我问长问短得到的要少。在那安安静静的一小会儿里,我从这位几乎与世纪同龄的老人身上所获得的,竟是一种可以触摸的生命激情。或者可以说,没有这一刻安然的纯净,便无以获得照耀生命的激情。

是先生家那位著名的咪咪打破了这种安静,它急不可待地跳上桌子,稳坐在正中间与我打逗,调皮而又温驯。冰心先生说:"它喜欢你。"

咪咪的憨态又引出了我们一些轻松的话题,关于活跃在文坛的青年作家,关于先生几次谢绝杂志请先生写写自己的提议——她不愿意过多地写自己。还谈到她喜欢和不喜欢的人,说起这些,她的态度坦率而又鲜明。

是告辞的时候了,我对冰心先生说:"我不想打扰您,又想看见您,有机会我会再来看您。"我握住冰心先生柔软、微凉的双手,她对我说:"只要我活着,你就来看我吧。"

春节时又收到了冰心先生的近照：她身穿黑白条纹的罩衣坐在紫红色的沙发上，怀中抱着干干净净的白色的咪咪。她的双手微微参开搭在咪咪身上，似是保护，又似是抚慰。由于镜头的缘故，手显得有些大，仿佛是摄影者有意突出先生这双姿态虔诚以至显得稚拙的手。她坐在我的面前，目光是如此清明，面容是如此和善，那双纯粹老年人的手是如此质朴地微微簪着，令我不能不想起最具民间情意和通俗色彩的一个称谓——姥姥。

能够令人敬佩的作家是幸运的，能够令人敬佩而又令人可以亲近的作家则足以拥有双倍的自豪。冰心先生不仅以她的智慧、才情，她对人类的爱心和她不曾迟钝、不曾倦怠的笔，赢得了一代又一代读者，她身上散发出的那种无以言说的母性的光辉和人格力量，更给许多年轻人以他人无法替代的感染。在九十年代人与人之间的称谓愈发地讲究、愈发地花哨的时候，我特别想把冰心先生称作冰心姥姥。

十月五日是冰心先生九十二岁生日，秋天的好时光，到处有成熟的发香的果实。什么时候我再到北京去呢？也许我不能在您的生日那天去看您，也许看见您我仍然不会说太多的话，但只要我再次见到您，肯定会说一声："冰心姥姥您好！"

天籁之声,隐于大山

贾大山是河北省新时期第一位获全国优秀短篇小说奖的作家。一九八〇年,他在短篇小说《取经》获奖之后到北京中国作协文学讲习所学习期间,正在文坛惹人注目。那时还听说日本有个"二贾研究会",专门研究贾平凹和贾大山的创作。消息是否准确我不曾核实,但已足见贾大山当时的热闹景象。

当时我正在保定地区的一个文学杂志任小说编辑,很自然地想到找贾大山约稿。好像是一九八一年的早春,我乘长途汽车来到正定县,在他工作的县文化馆见到了他。已近中午,贾大山跟我没说几句话就领我回家吃饭。我没有推辞,尽管我与他并不熟。

我被他领着来到他家,那是一座安静的狭长小院,屋内的家具不多,就像我见过的许多县城里的居民家庭一样,但处处整洁。特别令我感兴趣的是窗前一张做工精巧的半圆形硬木小桌,与四周的粗木桌椅比较很是醒目。论气质,显然它是这群家具中的"精英"。贾大山说他的小说都是在这张桌子上写的,我一面注意这张硬木小桌,半开玩笑地问他是什么出身。贾大山却一本正经地告诉我,他家好几代都是贫下中农。然后他就亲自为我操持午饭。烧鸡和油炸馃子都是现成的,他只上灶做了一个菠菜鸡蛋汤。这道汤所以给我留下了很深的印象,是因为大山做汤时程序的严格和那成色的精美。做时,他先将打好的鸡蛋泼入滚开的锅内,再把菠菜撒进锅,待汤稍沸锅即离火。这样菠菜翠绿,蛋花散得地道。至今我还记得他站在炉前打蛋、撒菜时那潇洒、细致的手势。后来他的温和娴静的妻子下班回来了,儿子们也放学回来了。贾大山陪我在里屋用餐,妻儿吃饭却在外屋。这使我忽然想起曾经有人告诉我,贾大山是家中的绝对权威,还告诉我妻儿与这"权威"配合得是如何的默契。甚至有人把这默契加些演绎,说贾大山召唤妻儿时就在里屋敲墙,上茶、送烟、添饭都有特定的敲法。我和贾大山在里屋吃饭没有看见他敲墙,似乎还觉出几分缺欠。有一点是毫无疑问的,贾大山有一个稳定、安宁的家庭,妻子与他同心同德。

那一次我没有组到贾大山的稿子,但这并不妨碍贾大山给我留下的初步印象,这是一个宽厚、善良,又藏有智慧的狡黠和谋略、与乡村有着难以分割的气质的知识分子,他嘴阔眉黑,面若重枣,神情的持重多于活跃。

他的外貌也许无法使你相信他有过特别得宠的少年时代。在那个时代里他不仅是历选不败的少先队中队长,他的作文永远是课堂上的范文,而且办墙报、演戏他也是不可少的人物。原来他自幼与戏园子为邻,早就在迷恋京剧中的须生了。有一回贾大山说起京剧忍不住站起来很帅地踢了一下腿,脚尖正好踢到鼻梁上,那便是风华少年时的童子功了。他的文学生涯也要追溯到中学时代在地区报纸上发表小说时。如果不是一九五八年在黑板报上发表了一首寓言诗,很难预料这个多才多艺的男孩子会有怎样的发展。那本是一首慷慨激昂批判右派的小诗,不料这诗一经出现,全校上至校长下至教师却一致认为那是为右派鸣冤叫屈、企图颠覆无产阶级专政的反动寓言。十六岁的贾大山懵了,校长命他在办公室门口的小榆树下反省错误,那天下了一夜的雪,他站了一夜。接着便是无穷尽的检查、自我批判、挖反动根源等等,最后学校以警告处分了结了此案。贾大山告诉我,从那时起他便懂得了"敌人"这个概念,用他的话说:"三五个人凑在一块一捏鼓你就成了阶级敌人。"

他辉煌的少年时代结束了,随之而来的是因病辍学,自卑,孤独,以及为了生计的劳作,在砖瓦厂的石灰窑上当临时工,直到一九六四年响应号召作为知青去农村。也许他是打算终生做一名地道的正定农民的,但农民却很快发现了他有配合各种运动的"歪才"。于是贾大山在顶着太阳下地的业余时间里演起了"乐观的悲剧"。在大队俱乐部里他的快板能出口成章:"南风吹,麦子黄,贫下中农收割忙……"后来沿着这个"快板阶梯"他竟然不用下地了,他成为村里的民办教师,接着又成为入党的培养对象。这次贾大山被吓着了——使他受到惊吓的是当时的极"左"路线:入党则意味着被反复地、一丝不苟地调查,说不定他十六岁那点陈年旧账也得被翻腾出来。他的自尊与自卑强烈主宰着他不愿被人去翻腾。那时的贾大山一边做着民办教师,一边用他的编写才华编写着那个时代,还编出了"好处"。他曾经很神秘地对我说:"你知道我是怎么由知识青年变成县文化馆的干部吗?就因为我们县的粮食'过了江'。"

据当时报载,正定县是中国北方第一个粮食"过江"的县。为了庆祝粮食"过江",县里让贾大山创作大型剧本,他写的剧本参加了全省的汇演，于是他被县文化馆"挖"了上来。"所以，"贾大山停顿片刻告诉我，"你可不能说文艺为政治服务不好，我在这上边是沾了大光的。"说这话时他的眼睛超乎寻常的亮，他那两只狭长的眼睛有时会出现这种超常的光亮的，那似是一种有重量的光在眼中的流动，这便是人们形容的犀利吧。犀利的目光，严肃的神情使你觉得你是在听一个明白人认真地讲着糊涂话。这个讲着糊涂话的明白人说："干部们就愿意指挥种树，站在你身边一个劲儿叮嘱：'注意啊注意啊，要根朝下尖朝上，不要尖朝下根朝上啊！'"贾大山的糊涂话讲得庄重透彻而不浮躁，有时你觉得天昏地暗，有时你觉得唯有天昏地暗才是大彻大悟。

一九八六年秋天我又去了正定，这次不是向大山约稿，是应大山之邀。此时他已是县文化局局长——这似乎是我早已料到的，他有被重新发现、重新"挖"的苗头。

正定是河北省著名的古城，千余年来始终是河北重镇之一。曾经，它虽以粮食"过江"而大出过风头，但最为实在的还是它留给当今社会的古代文化。面对城内这"檐牙高啄""钩心斗角"的古建筑群，这禅院寺庙，做一名文化局局长也并非易事。局长不是导游，也不是只把解说词背得滚瓜烂熟就能胜任的讲解员，至少你得是一名熟悉古代文化的专门家。贾大山自如地做着这专门家，他一面在心中完整着使这些祖宗留下的珍贵遗产重放光彩的计划，一面接应各路来宾。即使面对再大的学者，专家贾大山也不会露"怯"，因为他的起点不是只了解那些静穆着的砖头瓦块，而是佛家、道家各派的学说和枝蔓。这时我作为贾大山的客人观察着他，感觉他在正定这片古文化的群落里生活得越来越稳当妥帖，举止行动如鱼得水。那些古寺古塔仿佛他的心爱之物般被他摩挲着,而谈到他和那些僧人、主持的交往,你在夏日习习的晚风中进一趟临济寺便一目了然了,那时十有八九他正与寺内主持焦师傅躺在澄灵塔下谈天说地,或听焦师傅演讲禅宗祖师的"棒喝"。

几年后大山又任县政协副主席。他当局长当得内行、自如,当主席当得庄重、称职。然而贾大山仍旧是个作家,可能还是当代中国文坛唯一只写短篇小说的作家,且对自己的小说篇篇皆能背诵。在和大山的交往中,他给我讲了许多农村和农民的故事,那些故事与他的获奖小说《取经》已有绝大的不同。如果说《取经》这篇力作由于受着当时文风的羁绊,或许仍有几分图解政策的痕迹,那么这时贾大山的许多故事你再不会漫不经心地去体味了。虽然他的变化是徐缓的,不动声色的,但他已把目光伸向了他所熟悉的底层民众灵魂的深处,于是他的故事便构成了一个贾大山造就的世界。在那个世界里有乐观的辛酸,优美的丑陋,诡谲的幽默,愚钝的聪慧,冥顽不化的思路和困苦中的温馨……

贾大山讲给我的故事陆续地变成了小说。比如一位穷了多半辈子终于致富的老汉率领家人进京旅游,当从未坐过火车的他发现慢车票比快车票便宜时居然不可思议地惊叹:"慢车坐的时候长,怎么倒便宜?"比如"社教"运动中,某村在阶级教育展览室抓了一个小偷,原来这小偷是在偷自己的破棉袄,白天他的棉袄被作为展品在那里展览,星夜他还得跳进展览室将这棉袄(他爷爷讨饭时的破袄)偷出御寒。再比如他讲的花生的故事:贾大山当知青时花生是中国的稀有珍品,那些终年不见油星的百姓趁队里播种花生的时机,发了疯似的带着孩子去地里偷花生种子解馋。生产队长恪守着职责搜查每一个从花生地里出来的社员,当他发现他八岁的女儿嘴里也在蠕动时,便一个耳光打了过去。一粒花生正卡在女儿气管里,女儿死了。死后被抹了一脸锅底黑,又让人在脸上砍了一斧子。抹黑和砍脸是为了吓唬鬼,让这孩子在阴间不被鬼缠身。

很长一段时间里我读贾大山小说的时候,眼前总有一张被抹了黑又被砍了一斧子的女孩子的脸。我想,许多小说家的成功,大约不在于他发现了一个孩子因为偷吃花生种子被卡死了,而在于她死后又被亲人抹的那一脸锅底黑和那一斧子。并不是所有小说家都能注意到那锅底黑和那一斧子的。后来我读大山一篇简短的《我的简历》,写到"一九八六年秋天,铁凝同志到正定,闲谈的时候,我给她讲了几个农村故事。她听了很感兴趣,鼓励我写下来,这才有了几篇'梦庄记事'。"今天想来,其实当年他给我讲述那些故事时,对"梦庄记事系列"已是胸有成竹了。而让我永远怀念的,是与这样的文坛兄长那些不可再现的清正、有趣、纯粹、自然的文学"闲谈"。在二十一世纪的当下,这尤其难得。

一些文学同行也曾感慨为什么贾大山的小说没能引起持续的应有的注意?可贾大山仿佛不太看重文坛对他的注意与否。河北省曾经专门为他召开过作品讨论会,但是他却没参加。问他为什么,他说"多一事不如少一事。"小说发表时他也不在乎大报名刊,写了小说压在褥子底下,谁要就由谁拿去。他告诉我说:"这褥子底下经常压着几篇,高兴了就隔着褥子想想,想好了抽出来再改。"在贾大山看来,似乎隔着褥子比面对稿纸更能引发他的思路。隔着褥子好像他的生活能够沉淀得更久远、更凝练、更明晰。隔着褥子去思想还能使他把小说越改越短。这让我想起了不知

相信生活，相信爱

是谁的名句："请原谅我把信写得这么冗长，因为我没有时间写得简短。"

写得短的确需要时间需要功夫，需要世故到极点的天真，需要死不改悔地守住你的褥子底下（独守寂寞），需要坦然面对长久的不被注意。贾大山发表过五十多篇小说，生前没有出版过一本小说集，在二十世纪九十年代已不能说是当红作家。但他却不断被外省文友们打听询问。在"各领风骚数十天"的当今文坛，这种不断地被打听已经证明了贾大山作品留给人的印象之深。他一直住在正定城内，一生只去过北京、保定、石家庄、太原。一九九三年到北戴河开会才第一次——也是唯一一次看见了海。北戴河之后的两年里，我没有再见贾大山。

一九九五年秋天，得知大山生了重病，我去正定看他。路上想着，大山不会有太重的病。他家庭幸福，生活规律，深居简出，善以待人，他这样的人何以会生重病？当我在这个秋天见到他时，他已是食道癌（前期）手术后的大山了。他形容憔悴，白发很长，蜷缩在床上，声音喑哑且不停地咳嗽。疾病改变了他的形象，他这时的样子会使任何一个熟识从前的他的人难过。只有他的眼睛依然如故，那是一双能洞察世事的眼：狭长的，明亮的。正是这双闪着超常光亮的眼使贾大山不同于一般的重病者，它鼓舞大山自己，也让他的朋友们看到一些希望。那天我的不期而至使大山感到高兴，他尽可能显得轻快地从床上坐起来跟我说话，并掀开夹被让我看他那骤然消瘦的小腿——"跟狗腿一样啊"，他说，他到这时也没忘幽默。我说了些鼓励他安心养病的话，他也流露了许多对健康的渴望。看得出这种渴望非常强烈，致使我觉得自己的劝慰是如此苍白，因为我没有像大山这样痛苦地病过,我其实不知道什么叫健康。

一九九六年夏天,蒋子龙应邀来石家庄参加一个作品讨论会,当我问及他想看望哪些朋友时,蒋子龙希望我能陪他去看贾大山,他们是中国作协文讲所的同学。那是个雨天,我又一次来到正定。蒋子龙的到来使大山显得兴奋,他们聊文讲所的同学,也聊文坛近事。我从旁观察贾大山,感觉他形容依然憔悴,身体更加瘦弱。但我却真心实意地说着假话,说着看上去他比上次好得多。病人是需要鼓励的,这一日,大山不仅下床踱步,竟然还唱了一段京剧给蒋子龙。他强打着精神谈笑风生,他说到对自己所在单位县政协的种种满意——我用多贵的药人家也不吝惜,什么时候要上医院,一个电话打过去,小车就开到楼门口来等。他很知足,言语中又暗暗透着过意不去。他不忍耽误我们的时间,似又怕我们立刻离去。他说你们一来我就能忘记一会儿肚子疼;你们一走,这肚子就疼起来没完了。如果那时癌细胞已经在他体内扩散,我们该能猜出他要用多大毅力才能忍住那难以言表的疼痛。我们告辞时他坚持下楼送我们。他显然力不从心,却又分明靠了不容置疑的信念使步态得以轻捷。他仿佛以此告诉人们,放心吧,我能熬过去。

贾大山是自尊的,我知道在他生命的最后时刻,当着外人他一直保持着应有的尊严和分寸。小梅嫂子(大山夫人)告诉我,只有背着人,他才会为自己这迟迟不好的病体焦急万分地打自己的耳光,也擂床。

一九九七年二月三日(农历腊月二十六),是我最后一次见到贾大山。经过石家庄和北京两所医院的确诊,癌细胞已扩散至大山的肝脏、胰脏和腹腔。大山躺在县医院的病床上,像每次一样,见到我们立即挣扎着从床上坐起来。这时的大山已瘦得不成样子，他的病态使我失去了再劝他安心养病的勇气。以大山审时度势的聪慧，对自己的一切他似亦明白。于是我们不再说病，只不着边际地说世态和人情。有两件事给我留下深刻的印象，一件是大山讲起某位他认识的官员晚上出去打麻将，说是两里地的路程也要乘小车去。打一整夜，就让司机在门口等一整夜。大山说："你就是骑着个驴去打麻将，也得喂驴吃几口草吧，何况司机是个人呢！"说这话时他挥手伸出食指和中指指着一个什么地方，义愤非常。我未曾想到，一个病到如此的人，还能对一件与他无关的事如此认真。可谁又敢说这事真的与他无关呢？作为作家的贾大山，正是这种充满着正义感和人性尊严的情感不断成就着他的创作。他的疾恶如仇和清正廉洁，在生他养他的正定城有口皆碑。我不禁想起几年前那个健康、幽默、出口成章的贾大山，他曾经告诉我们，有一回，大约在他当县文化局局长的时候，局里的话务员接到电话通知他去开一个会，还问他开那么多会真有用的有多少，有些会就是花国家的钱吃吃喝喝。贾大山回答说这叫"酒肉穿肠过，工农留心中"。他是在告诫自己酒肉穿肠过的时候别忘了心中留住百姓呢，还是讥讽自己酒肉穿肠过的时候百姓怎还会在心中留呢？也许告诫、讥讽兼而有之，不经意间透着沉重，正好比他的有些小说。

一九九七年二月三日，与大山的最后一次见面，还听他讲起另一件事：几个陌生的中学生曾经在病房门口探望他。他说他们本是来医院看同学的，他们的同学做了阑尾炎手术，住在贾大山隔壁。那住院的同学问他们，你们知道我隔壁住着谁吗？住着作家贾大山。几个同学都在语文课本上读过贾大山的小说，就问我们能不能去看看他。这同学说他病得重，你们别打扰，就站在门口，从门上的小窗户往里看看吧。于是几个同学轮流凑到贾大山病房门前,隔着玻璃看望了他。这使大山心情很不平静,当他讲述这件事时,他的嗓音忽然不再喑哑,他的语气十分柔和。他不掩饰他的自豪和对此事的在意,他说:"几个陌生的中学生能想到来看看我,这说明我的作品对人们还是有意义的,你说是不是?"他的这种自豪和在意使我忽然觉得,自一九九五年他生病以来,虽有远近不少同好亲友前来看望,但似乎没有谁能抵得上几个陌生的中学生那一次短暂的隔窗相望。寂寞多年的贾大山,仿佛只有从这几个陌生的孩子身上,才真信了他确有读者,他的作品的确没被遗忘。

一九九七年二月二十日(正月十四)大山离开了我们,他同疾病抗争到最后一刻。小梅嫂子说,他正是在最绝望的时候生出了比以往任何时候都大的希望,他甚至决心在春节过后再去北京治病。他的渴望其实不多,我想那该是倚仗健康的身体,用明净的心,写好的东西。如他自己所期望的:"我不想再用文学图解政策,也不想用文学图解弗洛伊德或别的什么。我只想在我所熟悉的土地上,寻找一点天籁之声,自然之趣,以娱悦读者,充实自己。"虽然他已不再有这样的可能,但是观其一生,他其实一贯是这样做的。他这种难能可贵的"一贯",使他留给文坛、留给读者的就不仅是独具气韵的小说,还有他那令人钦佩的品性:善意的,自尊的,谨慎的,正直的。他曾在一篇小说中借着主人公、一个鞋店掌柜的嘴说过:"人也有字号,不能倒了字号。"文章至此,我想说,大山的作品不倒,他人品的字号也不倒。

贾大山作品所传递出的积极的道德秩序和优雅的文化价值,相信能让并不熟知他的读者心生欢悦,让始终惦念他的文学同好们长存敬意。

相信生活，相信爱

汪曾祺老离开我们十三年了，但他的文学和人格，他用小说、散文、戏剧、书画为人间创造的温暖、爱意、良知和诚心却始终伴随着我们。

汪曾祺先生总让我想到母语无与伦比的优美和劲道。他对中国文坛的影响，尤其是对中、青年一代作家的影响是大而深刻的。一位青年评论家曾这样写道："在风行现代派的八十年代，汪曾祺以其优美的文字和叙述唤起了年轻一代对母语的感情，唤起了他们对母语的重新热爱，唤起了他们对民族文化的热爱……他用非常中国化的文风征服了不同年龄、不同文化的人，因而又显出特别的'新潮'，让年轻的人重新树立了对汉语的信心。"他像一股清风刮过当时的中国文坛，在浩如烟海的短篇小说里，他那些初读似水、再读似酒的名篇，无可争辩地占据着独特隽永、光彩常在的位置。能够靠纯粹的文学本身而获得无数读者长久怀念的作家真正是幸福的。

汪曾祺先生总让我想到"真性情"。这是一个饱含真性情的老人，一个对日常生活有着不倦兴趣的老人。他从不敷衍生活的

"常态",并从这常态里为我们发掘出悲悯人性、赞美生命的金子。让我们知道,小说是可以这样写!窃以为,当一个人不能将真性情投入生活,又如何真挚为文?有句俗语叫作人生如戏,戏如人生。但在汪老这里却并非如此。他的人生也坎坷颇多,他却不容他的人生如"戏";他当然写戏,却从未把个人生活戏剧化。他的人生就是人生,就像他始终不喜欢一个形容叫作"作家去一个地方体验生活",他更愿意说去一个地方生活。后者更多了一份不计功利的踏实和诚朴,也就说不定离文学的本质更近。一个通身洋溢着人间烟火气的真性情的作家,方能赢得读者发自内心亲敬交加的感情。这又何尝不是一种境界呢。能达此境界的作家为数不多,汪老当是这少数人之一。

汪曾祺先生总让我想到"相信生活,相信爱"。因为,他就是相信生活也相信爱的,特别当他在苦难和坎坷境遇中。他曾被迫离别家人,下放到坝上草原的一个小县劳动,在那里画马铃薯,种马铃薯,吃马铃薯。但他从未控诉过那里的生活,他也从不放大自己的苦难。他只是自嘲地写过,他如何从对圆头圆脑的马铃薯无从下笔,竟然达到一种想画不像都不行的熟练程度。他还自豪地告诉我们,全中国像他那样,吃过那么多品种的马铃薯的人,怕是不多见呢。这并不是说,汪曾祺先生被苦难所麻木。相反,他深知人性的复杂和世界的艰深。他的不凡在于,和所有这些相比,他更相信并尊重生命那健康的韧性,他更相信爱的力量对世界的意义。我想说,实际上汪曾祺先生的心对世界是整个开放的,因此在故事的小格局里,他有能力呈现心灵的大气象。他曾在一篇散文中记述过他在那个草原小县的一件事:有一天他采到一朵大蘑菇,他把它带回宿舍精心晾干收藏起来。待到年节回北京与家人短暂团聚时,他将这朵蘑菇背回了家,并亲手为家人烹制了一份极其鲜美的汤,那汤给全家带来了意外的欢乐。

二〇〇九年五月十七日,汪曾祺先生忌日的第二天,我去福田公墓为汪曾祺先生献花。那天太阳很好,墓园十分安静。我随着立在路边的指示牌的引导,寻找汪老的墓碑。我终于在一面指示牌上看见了汪老的名字,那上面标明他的位置在"沟北二组"。沟北二组,这是一个让我感到生疏的称谓。我环顾四周,原来一排排墓碑被一行行生机勃勃的桃树环绕。几位农人模样的男子正散站在树下仔细地修剪桃枝。从前这公墓说不定就是村子里的一片桃园吧?而此时的汪老,就仿佛成为这个村庄被编入"沟北二组"的一名普通村民。记得有一篇写汪老的文章里说,汪老是当代中国最具名士气质的文人。以汪老的人生态度以他的真性情,"名士""村民"或者都不重要,若硬要比较,也许汪老更看重过往生命的平实和普通。我在汪曾祺先生与夫人合葬的简朴的墓碑前献上鲜花,我再次确信,汪老他早就坦然领受了头顶上这个再寻常不过的新身份,这儿离有生命的树和孕育生命的泥土最近。走出墓地时我才发现进门处还有一则"扫墓须知",其中一条写道,"有献鲜花者,务请将花撕成花瓣撒在墓碑四周以防被窃"。但我没有返回"沟北二组"把鲜花撕成花瓣——心意已经在那儿,谁又能真的偷走呢?

今天,在汪曾祺先生的家乡,怀念他、热爱他的人们以这样的规模和如此隆重的仪式来追忆这位中国现代文学的杰出人物,这一方水土的文化财富,使我感受到高邮润泽、悠远的文化积淀;我也愈加觉得,一个民族,一座城市,是不能没有如汪老这样一些让我们亲敬交加的人呼吸其中的。也因此,这纪念活动的意义将会超出文学本身。它不仅让我们在21世纪这个竞争的压力大于人与人之间美好情感相互赠予的时代，依然相信生活、相信爱，也唤起我们思索：在经济全球化的大背景之下，我们当怎样珍视和传承独属于我们民族的优雅的精神遗产，当怎样积攒和建设理性而积极的文化自信。

第三辑

异域行记

在纽约市立图书馆过节

"五一"国际劳动节这天,纽约市立图书馆馆长瓦塔·格里治瑞安先生为我们举行了招待会。

瓦塔是位性格开朗、动作敏捷的老人,留着一脸马克思式的灰白色大胡子。我们刚走进他的办公室,他便从他那张堆放着很多书籍的椭圆形办公桌后面站起来,快步奔向我们。他一边同我们握手,一边问:"各位知道我的办公室为什么这样乱吗?那是因为这样看上去显得我很忙。"馆长先生自己作了回答后,便又敏捷地回到他那椭圆形办公桌后面,桌上那些摆放得很高的书籍一下子又将他隐匿起来。片刻,瓦塔又从桌后闪现出来。这次他像个魔术师一样,突然把一面玻璃镜框亮在我们眼前。我定睛一看,镜框里原来是一帧毛主席手迹的印刷品:反对官僚主义。馆长放下镜框说:"毛泽东伟大,我很同意他这句话。所以我虽然上了年岁,还在努力学习——因为人并不一定越老智慧就越多。我时刻想着毛泽东这句话,因此我相信目前我的官僚主义还不太严重。"他的风趣和那帧我们所熟悉的口号的出现,使这间"忙乱"的办公室给了我们前所未有的亲切感。

接着我们参观了图书馆的东方部。东方部有"机灵"的汉字编码电子计算机，它可以使你在一分钟之内找到你所需要的中文书籍。工作人员在键盘上按了"秦"字，显示屏上立刻出现了秦牧的名字和他的一串著作，包括出版日期、出版社名称、发行数量，乃至插图作者姓名，一目了然。接着显示屏上又出现了严阵的名字和著作，严阵的著作也不少。最后王宏杰说："该找铁凝的啦。"我有点担心——两年前英文版的《中国日报》还称我为"婴儿作家"呢，这里会有我的书吗？我又生出点虚荣心：要是没有，怪没意思的。于是我制止王宏杰。但是显示屏上已经出现了我的名字和一本我很熟悉的书名《没有纽扣的红衬衫》……那时我真高兴。

后来我们参观哈佛大学的哈佛——燕京学社图书馆时，刚进门，馆长吴文津先生已将我们几人的书排在桌上等我们签名了。摆在我面前的是百花文艺出版社为我出版的第一个小说集《夜路》。和原书不同的是它由平装变成了精装本，深蓝色布面烫金字，显得很生疏。翻开看看，的确是"百花"第一版的版本。吴馆长解释说，国内的书一般装帧、装订较差，馆里收藏时便将所有简装本都做成精装本。

哈佛大学内有一百个图书馆，收藏中文书籍居全美首位。哈佛对面麻省理工学院的学生就经常来这里读中国武侠小说。在哈佛——燕京学社图书馆的书库里，仅大陆"文革"中出版的批判材料就占了好几架：天津出版的《大批判文选》《批判反动影片〈红日〉〈兵临城下〉〈五更寒〉》等等。这些书在国内已不多见，美国却把那个时代编辑了起来。

美国的图书馆给我留下了较深的印象。除他们的科学管理外，且馆多书多，阅读条件舒适。美国人买书风气不盛，也许同这些多而完备的图书馆有关，因为那里早为你准备好了一切的一切。

图书馆舒适的阅读环境值得一提。我们在波士顿参观一家私立图书馆——灯塔山图书馆，阅读厅内竟安置着各式各样的沙发、软椅、躺椅、摇椅，甚至华丽的锦缎卧榻。他们为了使读者舒服地读书，看来是绞尽了脑汁，不惜代价。面对眼前的"极乐"世界，我倒想起我们祖先在阅读史上的"头悬梁、锥刺股"精神。一个是读得舒服，在舒服中去读；一个是苦读书，读苦书。这虽不是一个范畴所涉及的两个极端，但同样需要一种精神来支持。因此"头悬梁"和"榻上读"都可以读出伟大的学者。

夜幕降临，纽约市立图书馆的招待会才开始。"五一"节在这里度过，中国客人对劳动自然想得更多。面对馆长办公室四壁的书籍，我想，写书和藏书都需要付出那么多的劳动，我相信爱书的人和人们所爱的书永远会受到人类的崇敬。

女人的白夜

我坐在窗前看窗外的窗,窗外的窗子静静地看我。

在白夜里我才知道,我看世界时,世界也在看我。

奥斯陆的白夜银白银白。夜最深时也能辨清对面窗子窗帘的颜色。那亚麻色的窗帘夜夜从不关闭,我才知道对面这老式房子并非一幢公寓。

我依然认定对面的窗子便是娜斯金卡的家,这少女的外婆正用别针把外孙女和自己别在一起。可娜斯金卡还是有办法逃走,于是,彼得堡朦胧、湿润的白夜里便有了娜斯金卡和她的爱情故事。

这是陀思妥耶夫斯基的《白夜》,十几年前它就给了我那样美好的心境。当我在黑夜里梦见白夜时,那白夜就是娜斯金卡纯净的脸。

十几年过去,我看见了真正的白夜。如今我置身奥斯陆的白夜中,又听见了另一个白夜的故事。

六月二十三日是北欧的仲夏夜狂欢节。这天白夜最长,人们在黄昏相聚海边,点起篝火,彻夜欢歌。古时这节日却是以拿女人祭神为内容的。小镇上的人们在海边燃起火堆,将一个被镇长认定有罪的女人扔进火里，烧死她以换取整个小镇的清白。

女人们惧怕这白夜的来临，惧怕自己被镇长选中，于是加倍地小心做人。

可是，每一年的仲夏夜，火堆里仍然要投入一个女人。女人们仍然要在这里战栗着狂欢。

多少多少年后，当又一个仲夏夜来临，又一个女人就要被扔进火里时，一个聪明、勇敢的女人决意夺回女人的命运。她站出来质问镇长，问他有什么证据证明那将被烧的女人有罪。镇长也很聪明，说：可以将这女人装进麻袋，绑好投入池塘。假如她漂在水面，说明她是清白的；假如她沉了下去，便是罪恶深重。

人们雀跃着拥向池塘，去观赏这种验证。自然，镇长选中的女人永远是沉下去的。这种验证的方式不过使用来祭神的女人在火的折磨前又加一层水的折磨。

多少多少年后，仲夏夜狂欢的篝火里不再投入女人，时代终于使活人换成了草人。草人敷衍了神灵，草人使女人松了一口气。仲夏夜可爱了，篝火旁响起了没有战栗的歌唱。

可那草人的样子是男草人还是女草人？我一直想问问讲故事的人。

当我在一个白夜从易卜生的故乡斯凯恩乘车返回奥斯陆的时候，沿途那幽深的有野鹿出没的森林里，那起伏着绿色松涛的山谷里，到处都响着娜拉出走时的关门声。这关门声曾经响彻了全世界，如今在这明如白昼的夜色里，它格外的清晰、真切，就像是回答着古时那个镇长的暴虐。

于是，世界上那么多的女人被吸引到斯堪的那维亚半岛来了，人们称这些人为作家。

于是，第二届国际女作家书展在娜拉的故乡开幕了。今年的六月二十三日，参加书展的全体女作家聚会在英格亚德海湾，燃起篝火，共度狂欢之夜。

于是，奥斯陆慷慨地将今年的仲夏夜献给了更多的女人，女人在今夜决定一切、享受一切、统治一切。这里有梦中有过的美妙意境，这里有我们不曾有过的梦。

英格亚德海湾的松树绿得年轻，海水蓝得锃亮。橘红色的太阳在深夜十一点的海面半浸着身体，久久不愿沉没，就像在倾听芬兰女作家正在演唱的那粗犷、幽默的无字歌。在她家乡的山谷里，当人们彼此相隔很远地劳动时，就靠了这无字的歌声沟通着心灵，传递着彼此的消息。

一个弹着吉他的女歌手也在唱。歌声就像她那白布衬衫和退尽颜色的牛仔裤、平底鞋一样简洁、朴素，却叫听的人要哭。她尽心尽意地向海倾诉着她的灵魂，这种倾诉感曾经离我们多么的遥远。

一个头戴花环的少女从我身边走过，手里还有鲜花。夕阳照耀着她唇边细密的金色茸毛，她是多么年轻啊。

我想起了远离着我的年轻朋友。

一个农村姑娘对我说，她一定要等学会写情书之后再谈恋爱；

一个城市姑娘对我说，她讨厌她的未婚夫是因为他太爱她；

一个从未经过伤心事的女孩子对我说，她的灵魂整日充满了痛苦；

一个历经坎坷的女人对我说，她活得很愉快。

我还想起近在咫尺的新朋友。

那做了母亲的挪威汉学家易德波告诉我，当她乘电车上班时,看着电车里的男人们,便开始假设今天她在精神上该同他们中的哪一位结婚。我问她结果怎样,她说结果他们都叫她失望,那唯一沉淀在她心里的人还是她丈夫。可再乘电车时,她还是假设着那精神上的结婚。

女人的愿望是这样复杂又这样简单;女人的要求是那么多又那么少。

我曾经和一位从未到过中国的挪威女作家特瑞尔聊天。她曾经在肯尼亚一个农民家里生活了四个星期,之后便写成一本关于肯尼亚农民生活的书。在书中她描述了肯尼亚农村一个男人三个太太的家庭结构。因为她是白人,一位肯尼亚作家便给这书以嘲讽,说白人写黑人不居高临下才怪。但这书的出版毕竟鼓舞了她从事国际题材的热情。目前她正计划写一本《毛泽东传》,写给挪威的中学生看。为此她幻想着到中国去。她一边叙述自己,一边卷着很呛人的烟丝抽,说话间神情充满着自信。最后她笑着说,一九六八年中国"文革"时,她是挪威的红卫兵。上课时她也学着中国红卫兵的样子对老师不以为然,老师若是批评她,她就掏出《毛主席语录》叫老师"滚蛋"。

我曾经看见南非黑人女作家劳梦塔·尼克布在书展大厅向工作人员发脾气,因为大厅里竟没有她的书。我愿意谅解尼克布女士的激动,因为当一些作家有暇讨论文学如何表达自我情感、自我意识这样的"豪华"问题时,尼克布女士还没在自己的国土找到容身之地。她被赶出南非,流亡英国,不能用母语写作。在英国她仍然一往情深地歌颂着南非的妇女,她把她们称作南非的根。尼克布女士做着艰难的重返故土的梦,幻想着回归家园,幻想她的书在世界各地出版。

一个双耳坠着大虾的女人迎着我走过来，那奓起须毛的大虾，那一身黑色衣裙使她显得气度不凡，就像对于统治海有着悄悄的欲望。

于是，男人悄悄地模仿起女性：一个额前梳着刘海的男青年盯着几位正在篝火边烤肉的女作家，他把嘴唇涂得很红，长长的鬈发用红头绳束在脑后，扎成一根马尾辫。他的身躯很是矫健，却热衷于模仿女人的打扮。在欧洲曾经有一些摇滚乐队，最初就是靠了装扮成女人演出而走红。他们发迹了，但我从来不相信这是因了对女性的崇拜。也许这该叫作畸形的女人梦？

英格亚德海湾温柔着人心，人人都有不断的梦。白夜包孕着它们，它们离你很近。

人总是要有一点梦的。梦想、梦话、梦境……哪怕是噩梦、玄梦、荒唐梦，哪怕是美梦、酣梦，或者一枕黄粱之后的惊醒。

没了梦日子便少了滋味；有了梦人便有了第二组生活。第二组生活使你获得双倍的时间、双倍的勇气，你的生命长了。也许你会为了一个梦去追寻终生，纵然一路荆棘，一路坎坷，你无所顾忌。

朝霞续着晚霞灿烂了天空，白夜尽了。

白夜使那么多那么多女人在斯堪的那维亚半岛相聚，白昼使那么多那么多女人各奔东西。人们回到自己的土地上，为了人类不再有仲夏夜那般的噩梦，为了人类能够有仲夏夜那般的美梦，努力向生活奉献着自己。

当娜拉出走的关门声砰地将你惊醒，当你从梦中醒来开始向生活奉献时，那梦才会变得真实。

"真正的光明绝不是永没有黑暗的时间。"你不觉得那如昼的白夜原本就是一个梦吗？

小城警察

伊利诺州的福雷堡是一座安静、朴素的小城,规模类似中国的县级市。这儿的居民以善待远方来客而著称。比方说这儿的国际访问者组织联络人南希女士,她同我初次见面就把我抱得那样紧,好像我是她失散已久的一个孩子,弄得我半天喘不过气来。紧接着她就把家里的事一股脑儿全都告诉我:她和她丈夫有一个农场,种玉米养猪;她有四个儿子,大儿子养了四百只鸡,儿媳妇比儿子的个子还高一点……而接待国际访问者完全是她的自愿。她在福雷堡还开着一家服装店,因为她的国际访问者组织联络人的身份使她常去各地开会,所以她也可以利用这个机会考察服装潮流,这对她的服装生意无疑大有好处。后来我的房东黑尔斯太太告诉我,南希本人的服装也称得上领导福雷堡的新潮流,你只要看看她的衣服,就知道巴黎正在时兴什么。

这位时髦、开朗而又热烈无比的南希,看上去她认识这城里所有的人,当我们在路上行走时,她差不多同所有街上的人打招呼。这给了我一种感觉,我觉得假如你身无分文,却正巧在一座陌生的城市遇到了南希这样的人,那么,你既会有饭吃,也不用发愁没地方住。

通过南希的介绍，我认识了福雷堡市警察局的男警官昆西·卡特和女巡逻警劳拉，他们俩也和南希熟得要命。昆西·卡特是一个高大、英俊的黑人，很像拳击运动员——他本人告诉我，他喜欢拳击，学的是李小龙的拳。但我结识卡特却并不是要欣赏他的拳术，也不是要了解在美国什么样的人才能当警察。我知道年满二十一岁、有高中毕业文凭的美国公民均可申请当警察，当然，要通过各种严格的考试也是很难的。我知道卡特除了警察的专业，还是"抵制滥用毒品教育运动"的一员，我很想知道他在这项运动中所扮演的角色，以及他们如何开展抵制毒品的教育。

卡特一边领我参观警察局，一边回答我的提问。他说"抵制滥用毒品"的主要教育对象是小学六年级的学生，这个年龄是少年向青年转型的敏感期，可塑性很强。卡特参与此项运动，具体的工作是定期去当地小学给六年级学生上反毒品课。通常每个学生每学期要参加十七周此项教育，平均每天受教育一个小时。卡特经常在这样的课上给学生出题目，诸如"远离毒品做个好公民""你如何培养健全的人格"等，让学生写出感想，然后定期从这些感想中选出优秀者，在学期结束时表彰他们以增强学生的自豪感。

在卡特的办公室，他打开一只皮箱给我看，里边陈列着各种毒品样品，有针剂、粉剂和片剂。卡特说有时他们也采用实物教学法，让学生通过看和闻，认识毒品，在各种聚会中提高警惕。卡特为了争得"反毒品教育"的授课资格，还接受了三个月的培训并获得证书，他很为自己能以这种方式关怀孩子感到自豪。

卡特的同事劳拉是个身材灵活的金发女性，她向我述说了第一次穿警服的不自在，衣服不合身，走在街上缺乏自信。以后慢慢好起来，恰恰是她接到一个匿名电话之后，打电话的人声称要杀她和她的孩子。正是匿名电话增强了她的自信心和自豪感，她知道实际上坏人惧怕她。现在她和男人一样夜间也有巡逻任务，轮到她值夜班时她从不躲避。说话之间劳拉身上的BP机响个不停，她不得不抱歉地与我告别，匆匆执行任务去了。

　　劳拉的匆忙使我想到卡特其实也是很忙的，我于是打算告辞，但卡特让我再等一等，他开始翻抽屉、翻柜橱。他不断地翻出些小纪念品给我：一顶遮阳帽，一把尺子，一本小挂历，一张小贺卡甚至一块橡皮……每件东西上都印有"抵制毒品"的字样。我开玩笑说："卡特先生，你好像要把这间办公室都送给我似的。"他说："因为你使我感到亲切，你使我想起一个日本女孩子。"这时他打开一个带锁的抽屉拿出一封信，告诉我这是一九八二年一个日本女大学生用英文写给他的信，他在那一年去日本旅游认识了她，她向他学习英文，他们相处得非常好。后来他回了美国，她给他写来了这封感谢的信，十三年来他一直保留着这封信。他说，或许那女孩子当时是希望他向她求婚的，可他没有勇气，觉得自己配不上她。说这话时卡特眼里充满深情。现在卡特已有妻子和两个儿子，妻儿的照片就挂在他办公室的墙上。他得意地把他们指给我看，看上去这是个幸福家庭。我想到人类的部分生活景况大致与卡特相似吧：墙上陈列着美满的家，抽屉里锁着永远的思念。我感谢卡特把他的小秘密告诉我，也感叹这样一个魁梧的警官有这样一份细腻的内心。卡特说："你能不能把我的名字用中文写给我？我会珍藏的。"我在一张白纸上用中文写了"昆西·卡特"。他很惊奇地端详这四个字，然后认真叠起来放进制服口袋。当我离开警察局时,卡特邀我去市邮局看看,他妻子就在那儿工作。我坐着卡特的警车来到邮局,见到了他的俏丽的妻子。我在邮局门前与卡特分手时,他说:"我会对我妻子忠诚的。平时我总在笑,但我受到过贩毒集团的威胁,威胁我倒没什么,要是有歹徒想对我的家庭下手,我这张笑脸可就没了。你信不信?"

我当然相信卡特的话,一方面又觉得像这样一个看上去安静、平和的小城,小城里还有南希那样热心肠的善人,可犯罪仍在时时发生,而且犯罪率逐年升高,犯罪年龄却逐年下降。这也便是卡特们和劳拉们在对职业充满自信的同时,又不断显得忧心忡忡的缘故吧。

在纽约逛旧货市场

希尔顿饭店位于纽约曼哈顿繁华的五十三街,我和我的翻译陈先生从华盛顿到达纽约后,被安排住在这里。这个四星级饭店有一种漠然的古典豪华气派,但我并不喜欢这儿。这儿的房租是我在美国住过的饭店中最贵的,每日一百四十美元。我被告知因为我是贵宾所以才需住在相应级别的饭店,并付这个价钱的房租。又因为我是贵宾,当我在前台登记之后,还从一个面孔冰冷的黑人服务小姐手中,接过一个该饭店赠送的系着缎带的大礼品盒。回到房间我打开盒子,里面不过是些小包装女用化妆品:几粒精华素啦,一小支牙膏啦,还有泡沫浴液、面膜、洗面乳等等。与其说这是给贵宾的礼物,不如说是厂家通过希尔顿这样的大饭店在向顾客推销他们的产品。冰冷的黑人服务小姐和这些华而不实的面膜、浴液,都令我不愉快。陈先生与我颇有同感,他说他知道附近有一家华人开的酒店名叫阿灵顿,很干净,价钱也合理,我们何不与那里做个联络?当即他就给阿灵顿酒店打了电话,巧的是那儿正有两个空房间,每间房租七十美元。第二天吃过早饭我们便整理行装辞别"希尔顿"前往"阿灵顿"。在电梯里遇到两位老妇人,我们笑着互问"Morning",其中一个老妇人对我们说:"真难得在纽约这样的空气里看见你们这两张快乐的生气勃勃的脸!"

阿灵顿酒店在二十三街,房间整洁实用,出门后交通也方便。它的对面是一座南斯拉夫教堂,不远处便是尽人皆知的帝国大厦。当世贸中心那两座筷子样的建筑没有出现之前,帝国大厦便是纽约的象征。南斯拉夫教堂西侧是一个多用小广场,平时它是停车场。星期六和星期日则成为露天的旧货市场。这天正好是星期六,我和陈先生正因搬到理想的酒店而心怀喜悦,便商量好步行到这儿逛市场。

这个旧货市场的摊主们主要经营古玩、银器、铜器、旧书、旧画、旧家具以及品质可疑的珠宝首饰等等。迎合着世界性的怀旧心理,这儿的有些旧货往往不比店里出售的新东西便宜。今天这儿很热闹,大约有二百个摊位,每个摊位租金是五十五美元。星期日是七十美元。我来到一个卖铜烛台的摊主跟前,给他和他那形态各异的一片烛台拍照。他不失时机地送给我一枝白色康乃馨,并向我兜售他的烛台。我说太贵了我买不起,他问我:"你是个学生吗?"我说我是作家。他乐了,说他也是个作家,写科幻小说,向往过去和将来,一本书写了好几年了到现在也没写完,说他还会继续写下去,说坐在一片旧货之中有助于他对小说的思考。我认为他说得不错,却终未买他的烛台。他并不在意,还告诉我最近纽约又开了几处这样的露天市场,他建议我不妨去转转。

又有一片崭新的银器吸引了我,这些摊位的摊主大都来自俄罗斯,他们的银器出自俄罗斯灵巧的银匠之手,很新,很华美,很贵,一只镂花银咖啡壶要价二百五十美元,等于我从华盛顿到纽约的机票。我只能望壶兴叹。一个俄裔犹太女摊主撺掇我买她的一只银烟碟,当她得知我是作家,还跟我大谈俄罗斯艺术。照她的观点,十九世纪的俄罗斯艺术远远高于二十世纪,到了现在已是停滞阶段。"人没了艺术还有什么意思?"她对我说。她还说现在俄罗斯问题太多,中国也有中国的问题,就是人多。我看着她那双粗糙的手,指甲黑黑的,很感慨就这么一位黑指甲的卖银烟碟的犹太女人,能对艺术发半个小时议论。我也没买她的货,我是个吸烟的强烈反对者。

陈先生对我感兴趣的东西一概不感兴趣,他感兴趣的是书,在一个个旧书摊上翻个不停。我知道他或许是在寻找与英国十八世纪哲学家伯克有关的书,他正在做关于伯克的研究。最后我陪他来到一个文质彬彬的摊主跟前,我们得知这摊主是位大学教授,在大学教英国文学和哲学,每星期一至星期四上课,星期六和星期日来这里租摊位卖书。教授说他卖的书都是他多余的,喜欢的一概不卖。有时他也从别的教授手中买他们没用的书然后再拿出来卖。我问他:"您作为大学教授出来租摊位卖书不难为情吗——比如您的学生如果正好在这儿碰见您。"他睁大眼睛说:"那有什么关系?这是我高兴做的事。我的学生如果高兴,我愿意跟他合伙儿卖。"教授把我们说乐了。

陈先生也参加着我们的聊天,但他的注意力更多地集中在眼前的书上。后来他竟然真的找到一本与伯克有关的书——伯克友人回忆伯克之类吧。陈先生翻开书的扉页,见摊主在上面用铅笔标了五美元,便拿出五美元递给教授。教授说:"我想两美元卖给你。"

陈先生说:"那怎么可以,还是五美元吧。"

教授说:"我只想要两美元。"

陈先生说:"我应该付五美元。"

一时间,两人竟为书价"争执"不下。最后,这教授干脆说:"我一美元也不想要你的了,请让我把这本书送给你,我知道你非常喜欢它。"陈先生十分感谢教授的好意,两人当即还互留了电话。

下午五点左右,摊主们纷纷收拾东西准备回家,教授也将他的书装入纸箱搬进他的汽车。我不知他今日赚了多少钱,是否赚回了他的摊位租金,但他有一个收获我肯定没有猜错,那就是将陌生顾客喜欢的一本书送给了那陌生的顾客。

天色已晚,夜幕下帝国大厦的灯光把它自己照耀得几乎通体透明。往昔的威严已然消失,神秘的浪漫风貌还能引人遐想。我在亚特兰大曾看汤姆·汉克斯(《阿甘正传》主演)主演的《西雅图失眠》,它描绘的便是以帝国大厦为背景的一个浪漫爱情故事。浪漫的爱情或许是全人类不衰的主题,但我怀疑在纽约这样的城市,在冷漠、空洞的希尔顿饭店和高不可及的帝国大厦这样的地方,当真能产生浪漫爱情吗?——是爱情,不是肉欲。相反,在帝国大厦俯视之下的这嘈杂的旧货市场,倒是有点儿活人的气息。这儿有谎言,有欺瞒,有云山雾罩的闲扯,但也有陌生人之间相互奉送的好意。

史蒂文森郡的乡间聚会

黑尔斯夫妇家住伊利诺州的史蒂文森郡，他们经营一片规模不大的牧场，饲养肉牛和马，我从芝加哥来到这里，应邀在黑尔斯家小住。

黑尔斯夫妇年逾七十，身体很硬朗。白天黑尔斯先生领我去牧场看望他的牛群。牧场青草肥嫩，牛群闲散而又自在。有两头昨天才出生的小牛被它们的母亲看护得很紧，我想前去问候小牛，母牛们立即奔过来用身体挡住它们的孩子，并向我发出不悦的吼声。我笑着对黑尔斯先生说："您看，全世界的母亲都是一样。"

在牧场上，黑尔斯先生对我讲述了他的过去：二战时他曾参加美国陆军准备出击日本，后来美国向广岛、长崎投了原子弹，黑尔斯先生就不用再去日本了。然后他念了大学，获得园艺学硕士，毕业后回到家乡一直教授园艺。他抓起一把牧场的黑土对我说："我退休后儿子要接我们去城里，可是你看这是多么好的黑土啊。虽然我只不过是一个小小的农场主，养马养牛也赚不了什么钱，可我喜欢土地。"

晚上吃饭时，黑尔斯夫妇不断同我谈起美国农业面临的问题。黑尔斯先生说，美国从事农业的人口为全美人口的百分之三，一个美国农民可以养活一百六十个美国人，并且还负担部分粮食出口，这是一个乐观的数字，何况政府给予农业的补贴也非常优惠。现在的严重问题是水土大量流失，一些大农场主只顾眼前利益，一味向土地要收获，却并不在水土保持上投资。另外，更年轻的一代人有许多也不愿意像父辈一样从事农业了。不过，也有一些在外面念了大学，又主动返回家乡为振兴农业奉献自己的大学生。黑尔斯夫妇向我介绍了此间一位在中学教农业的女教师，她把她的几位毕业后立志从事农业的学生组成小组，以各种形式定期在乡间宣传发展农业的意义。现在小组成员都是一个叫作"美国农业未来协会"伊利诺分会的会员，据说这个协会在美国已有八十年历史，后来中断了活动，近年在有些州又重新兴起。

有一天黑尔斯夫妇对我说，当晚在郡中学餐厅有一次全郡农家的聚会，主题是农业的前景，组织者便是史蒂文森郡农业小组的那几个中学生。黑尔斯夫妇问我愿不愿意和他们一起前往，我说我当然愿意。

这种聚会别开生面，与会者讨论美国农业，会后还有丰盛的晚餐。菜肴和点心由与会者自己提供，每个家庭都要准备一至两个菜或点心与大家共享。黑尔斯太太下午就开始烧菜了，她用电砂锅炖了一锅香喷喷的土豆胡萝卜烧牛肉，她让我来鉴定味道，我尝过之后说，它应该是今晚最出色的菜。黑尔斯太太说："也许别人家还有更好的菜，不过我养的肉牛可是本郡最精彩的。"

晚上七点钟，我和黑尔斯夫妇开车来到郡中学。当我抱着电砂锅，黑尔斯太太拎着盛有餐巾、刀叉和盘子的柳编篮子走进学校餐厅时，几个身穿蓝色制服的男女学生已经站在门口迎接我们了。黑尔斯先生向我介绍说,这就是农业小组的几位领导人:一个主席,两个副主席,还有一位秘书长。他们的制服是自己特制的,胸前和右臂都有"FFA"字样(美国农业未来协会缩写)的彩色刺绣标志。这种装束显示着他们对于自己事业的看重,也给聚会带来一种庄严的气氛。我观察主席、副主席们,看上去他们大约十六岁或者十七岁,虽然头发梳得光亮,还用了摩丝、发蜡之类,似乎以此表现成熟,但脸上仍透着稚气。秘书长是一个名叫巴尔根的满脸雀斑的女生,她热情地同我打招呼,并把三张写有编号的请柬分送给我和黑尔斯夫妇。

这时史蒂文森郡的二十多个家庭差不多到齐了,有夫妻双双前来的,也有父母带着儿女的,还有年轻的母亲怀抱婴儿。各种各样的锅和篮子都摆上了长长的餐台,还有人带来鲜花放在主席台上。

严肃的主席用橡皮锤当地敲了一下桌面,会议开始了。第一项议程是几位领导人分别向来宾报告自己一年来"促农"工作的情况,作为听众,我认为秘书长巴尔根的工作是出色的。她说立志农业从中学就应该打基础,因此她主动要求负责照料家中的八匹马,并且她经常利用课余时间陪同兽医为一些农家的牲畜治病,她甚至在这种实践中学会了为母马接生。会议的第二项议程是请一位从本郡出去的、现在州立大学教书的年轻教授讲述发展农业的重要性。这是一个能言善辩的年轻人,他用诗的语言解释土地和人的关系,他的幽默和他带来的高密度农业科技信息显然是此地人所需要的,因此他的演讲不断被掌声打断。第三项议程是表扬一年来在各方面支持农业小组的家庭和个人,主席念到谁的名字,谁就站起来向大家致意。黑尔斯夫妇也在受表扬之列。第四项议程是家长代表讲话，讲话者便是主席的母亲。她说她为她的儿子感到骄傲，她为农业小组为发展本郡农业所做的努力感到自豪。她说："我们的孩子已在为土地奉献着自己，我们每一个家庭没有理由不接受我们的土地，没有理由不热爱我们的马、牛、猪、鸡……我们的玉米、小麦……"最后一项是带有游戏性质的抽奖，这时主席退位暂时休息，由一名副主席上台宣布中奖者的号码。他要求每位来宾看好自己手中请柬的编号，然后他开始公布中奖者。每个中奖者会得一份小礼品：一小盆鲜花、一套厨房用的刷子或者一个笔记本。面对这些微不足道的奖品，每个领奖者的表情却很庄严。最后一个中奖者恰好是巴尔根的父亲，奖品是一个巴掌大的笔记本。巴尔根将本子交到父亲手中，父女俩认真地互相感谢并且握手，台下的邻人们鼓掌大笑起来，气氛达到了空前的热烈。

这时主席宣布会议结束，晚餐开始。主妇们纷纷打开自家的器皿，几米长的餐台立即呈现出一片绚丽，让你感觉到每个家庭都在这一年一度的聚会上竭力展示着自家的烹饪才能。有趣的是今日晚餐居然没有重样的菜，仿佛是家家预先互通了信息。大家拿出自带的餐具，兴高采烈地边吃边聊，述说着各自的近况。黑尔斯太太的土豆胡萝卜烧牛肉的确惹人注目，她的电砂锅是最先被吃空的。我为我的预言自豪，若是赌今晚最受欢迎的菜，我定中奖无疑。

聚会在十点钟结束了，结束之前，主席重返台上，他提议全体与会家庭面向设置在屋角的美国国旗宣誓。所有与会者同时起立，手捂左胸，对国旗说他们永远忠于它，忠于他们的国家，永远忠诚不说谎话……

这就是几个中学生自发策划和操纵的一次成人的乡间聚会。很难说这样的聚会对于美国农业的发展究竟有多么重大的意义，但每一种事业的发展，又仿佛必得有一批这样天真的热心人。正好比在美国，你常常发现越是在那些边远的普通人聚集的地方，爱国的热情尤其强烈。他们会随时把国旗插在家门口，他们也会随时向国旗宣个誓，即使提议宣誓的也许就是几个孩子。

我在奥斯陆包饺子

有一年六月,我在挪威参加第二届国际女作家书展。我的朋友、挪威汉学家易德波这期间一直做我的翻译并照顾我。易德波是一位诚实的中年女性,十九世纪六十年代末开始学习汉语。她和她的丈夫——一位妇科医生,以及三个儿子,住在奥斯陆近郊他们自己的房子里。

我曾经几次在易德波家吃饭,临近回国,我想我应该对这好客的一家表示感谢。倘若请他们全家去餐馆、酒店吃饭,未免过于客气,而且也太贵。

我窃想,最重要的是那些地方仍旧是他们习惯了的口味,并不新奇。要是在她家做一次中餐呢,当然会大受欢迎。可是我观察过易德波厨房的器皿和灶具,她的平底锅和电炉盘都不适合中国菜的烹饪。再说,奥斯陆也没有为我特意准备中国菜的原料和调料。这时我忽然想起我家夏天常吃的一种饺子。

每年夏季,西红柿最多的时候,我们喜欢做西红柿馅的饺子,可以说,这是我的发明,西红柿饺子的主料是西红柿、鲜猪肉、鸡蛋、葱头。这些东西也是西菜烹制中常用的,不必担心超级市场没有。假使要做北方人吃惯了的猪肉白菜馅儿,不但白菜没有,就是中国大葱我又到哪儿去找呢?于是,我决定为易德波全家做一次西红柿饺子。

饺子这种中国北方的大众食品,一直令外国人不可思议。不必说各种馅儿的调制,单是擀饺子皮的过程就令他们感到美妙。而中国人感到美妙的,则是包饺子本身所体现出的家庭亲情,一种琐碎、舒缓的温暖。我愿意把这种情绪带给易德波全家,我愿意我们共同享受东方这古老的热闹。当易德波九岁的小儿子听了我要包饺子的宣布之后,一天拒绝吃饭,耐心等待着晚餐的中国饺子。

我从超级市场买回原料,如我猜测的那样,主料都有,只差海米没买到。但易德波及时向我提供了鲜虾仁,这岂不更好?

我开始了我的制作:先把西红柿洗净,放在盆内用开水烫过(便于剥皮),剥掉皮,挤出汁和籽,再把西红柿剁碎。当我刚刚拿起一个西红柿,把汁和籽挤进洗碗池,手下就飞速地伸过一只小碗,是易德波站在了我的身后,好让我把西红柿汁挤进这小碗,她说这是好东西啊,扔进洗碗池太可惜了。结果我挤了多半碗西红柿汁,易德波小心翼翼将它藏进了冰箱。她没有因为当着一个外国人表现如此的"抠门儿"有什么不好意思,我不禁问自己:假使一个外国人在我家厨房烧菜,我能够无顾忌地面对她去表现我的"抠门儿"吗?

半碗西红柿汁并没有太高的经济价值,它却是北欧一个知识分子家庭节俭品德的体现。节约对他们来说一定是习以为常,因此易德波才十分坦然。有了这碗储进冰箱的西红柿汁,我的包饺子过程似乎才完整起来,才真正有了一种家庭的亲情。那时我指挥着易德波和她的丈夫，他们摊鸡蛋、剥葱头，虔诚地为我打着下手。那时厨房里似乎不存在外国人和客人，我已加入了这个家庭，与他们一道过着真实的日子。

我成功地制作了西红柿饺子，易德波全家吃得满面是汗。她的小儿子一边吃一边数数儿，最后告诉我说，他吃了三十六个。

易德波的节俭给我留下了比饺子本身更深的印象，但我仍然没有忘记请读者也来试一试西红柿饺子。饺子的形式万变不离其宗，但它的内容却可以不断丰富。丰富你的菜谱，便是丰富你生活的情致吧。此外，当你偶然地主持过一个家庭的烹饪，你还会获得一个了解这家庭的新视角。

附：西红柿饺子馅儿的制作

原料：西红柿1000克，鲜猪肉馅500克，鸡蛋2个，葱头1个，海米25克，香油50克，菜油、盐、白胡椒粉、味精少许。

制作：将西红柿洗净，放入盆内用开水烫过，剥皮，挤出汁和籽，把西红柿剁成丁（不要太碎）；

鸡蛋摊成饼，切丁；

葱头切成丁，入油锅煸炒，加白胡椒粉、盐；

把西红柿放进肉馅用力搅拌，使水分充分吸收，然后加酱油，再搅拌，最后放入葱头、鸡蛋、海米丁、香油、盐、味精，搅匀即可。

特点：颜色新鲜，口感清爽，营养丰富，实为夏季欲吃饺子者的理想选择。

黄金与钻石

林肯·道格拉斯小学是伊利诺伊州福雷堡的市立小学。远在一百三十五年前，该州的共和党人林肯和他的竞选对手——民主党领袖道格拉斯曾在福雷堡作过多场精彩的竞选辩论。林肯精明强干、头脑敏捷且为人公正，是伊利诺伊州最卓越的律师之一。道格拉斯身材矮胖，被称为"矮小的巨人"。他是一位著名演说家，能言善辩，毕生鼓吹美国扩张政策。竞选结果是林肯战胜所有对手成为美国第十六届总统，他那著名的解放黑奴的《宣言》亦使他成为美国最伟大的总统之一。可以想象当年这两位各具特色的人物的辩论会吸引多少伊利诺伊州的选民，直到今天福雷堡一家美式快餐店门前还有表现他们两人激烈辩论的两尊铜像，因为快餐店门前的小广场即是当年他们辩论的地点。市立小学起名为林肯·道格拉斯，也是为了纪念这两位著名的伊利诺伊州人。

这天下午，我应邀来到这所小学。迎接我的校长是一位和蔼的金发中年女性，她告诉我，小学校的同学们从来没有见过中国人，她说您的到来使同学们兴奋不已，一会儿他们会有很多事情向您提问。我对校长说，遗憾的是我在这里只有六十分钟的时间，离开学校我还要赴另一个约会。校长说:"我已经为您做了安排。为了在有限时间内满足不同年级的孩子和您谈话的要求,我们从四年级到一年级分别为您选出一个班,您和每班交谈十五分钟,您觉得怎么样?"我觉得校长的安排很科学,便愉快地应允,并在校长陪同下开始了我在不同班级间的"巡回"访问。

我首先走进四年级的教室,最惹眼的是悬挂在教室墙上的五彩缤纷的飘带,飘带上写满了笔画生疏的中文大字:"中国"和"女"。对于这个对中国所知甚少的小城学校,这是向我致以的最为简洁、热烈的欢迎词了。我来到黑板跟前,黑板上挂有一张巨大的世界地图。于是我就这张地图开始了我的开场白,我说了我的姓名,告诉同学们中国在亚洲,有十二亿人口。我指着地图上河北省的位置说我的家在河北,我就是从河北来。我说:"听说你们有许多事情要问我,现在我非常乐意回答大家的提问。"班主任这时鼓励大家说:"铁凝小姐在我们班只有十五分钟啊,请同学们勇敢些。"班主任话音刚落,热烈的提问便开始了。全班二十多个同学,几乎没有不讲话的。他们的提问大都由"中国"二字开始:"中国有多少个节日?""中国过圣诞节吗?""中国有多少种车?""中国的车有自动换挡的吗?""中国一个家里有几个小孩?""中国的大人让小孩喂养小动物吗?""中国人为什么晚上还吃米饭?""中国字好学吗?""您用什么字写小说?""请给我们讲一个你写的故事好吗?"有个男生还大声地问道:"请问中国有中国饭店吗?在我们这儿可是有一家中国饭店,菜很好吃!"从这些接连不断的提问中我感受到孩子们对于了解中国的渴望,也发现他们对中国的确知道得不多。我尽可能简明、利落地回答他们的提问,并向他们介绍当今中国大人和孩子的生活。他们听得入迷，不时发出惊叹。当他们再次要求我讲一个自己写的故事时，我用五分钟讲了《哦，香雪》。中国少女香雪美好、淳朴的心灵使在场的孩子们都静默了，几个女生眼里含着泪花。

十五分钟很快就过去了，当我离开这间教室时，全班同学围上来拥抱并且吻我，许多孩子把一些小纸条放在我手里，每一张纸条上都写着"love you！"。班主任对我说，这实在是一次令人难忘的聚会，她说她想告诉我，教室的飘带上那几个中国字是她和同学们一道花了三天时间才写成的，中文即使对于她这样的成人也是很难的。但是这个班的同学将开始学习中文，因为我的到来，我和大家的交谈，使同学们对中国充满了向往。

接着我来到三年级和二年级，其中二年级那个班正在学习日本礼仪。当我走进教室时，他们全体起立，双手合掌用日文向我问好。这两个班的同学提问更加踊跃，他们互不相让，甚至不等我回答，他们之间就先争论起来。比如一个男生问："中国有海洋吗？"另一个男生马上打断他说当然有，因为他在电视里见过一家中国人在吃鱼，没有海洋怎么会有鱼呢？

最后我来到一年级的教室。我要说一年级的教室实在舒适，它更像一间小游艺厅。这里没有规规矩矩排列的书桌和椅子，桌椅都分散在屋角。地上是松软的地毯，同学们随意坐在地毯上，一些随手够得到的玩具就散落在他们身边。我向席地而坐的同学们问了好，其中一个穿黑色灯笼裤的七岁小男生站起来对我说，他穿的是条中国裤子，他正在向一个日本老师学习中国功夫，因此他要用中国方式向我表示欢迎，他说完向我深深鞠了一个躬。同学们为他鼓起掌来。另一个男生马上告诉我，说他们家也和中国有着某种关系，说："我家珍藏着一双中国筷子，可惜的是到现在我也不会用。"一个戴眼镜的男生煞有介事地说:"中国的事情我知道一些,中国人应该少生些小孩,因为生的小孩多,造的房子就要多,造那么多房子要砍多少树啊,生态平衡被破坏了,可怎么得了?"一个七岁的美国男生大谈中国的人口和生态平衡,的确让人意外。我对这男生说:"你的分析很有道理,你担心的事情也正是我们的政府在努力解决的问题。"又一个瘦弱的男生不甘寂寞地发表议论说:"我认为,无论如何中国和印度都是了不起的国家,因为他们有悠久的历史啊。"我对这男生说:"这位先生看上去真像个历史学家呢!"同学们大笑起来。

我一边回答学生提问,一边倾听他们的见解,一边想到今天一个有趣的现象,那便是随着我访问的年级的不断降低,孩子们对中国的了解却不断增多,我想进一步和他们做些探讨可能是件有意思的事。可惜我的访问时间已经超过了预定的六十分钟,为了不影响下一个约会,我向同学们告辞。当我走出学校时,四个年级的同学都出来送我。一个金发蓝眼的男孩守候在校门口,在他同学的陪伴下走到我跟前,把他的一件小礼物送给我。这是一匹五厘米长的铜铸镀金小战马,马头上生着雄赳赳的朝天独角,马的肚子由一段剔透的"钻石"镶嵌,它就像神话传说中古战场上的一个人物。那男孩这时已跑向远处诚恳而又害羞地看着我,似是怕我不收这礼物。我收下了这小马,走到孩子跟前吻了他。

在归途的车上,我摊开手掌再次凝望这小小的战马,战马在辉煌的夕阳照耀下释放着温暖的光芒。我发现我忘记了问那男孩的姓名,但又想,我记住的也许是人间所有孩子的纯净的目光。沐浴孩子们纯净的目光是一件幸事,它应该能够清洗我们成人身上那征战生活的灰尘。

回国之后，我的一个美国朋友偶然见到过这匹镶嵌着"钻石"的镀金小马，我给他讲了这小马的故事。他对我说，他可以肯定那男孩是把他最宝贵的财富给了我。他说他也有过男孩的年龄，那时他曾在院子里挖出过一块半透明的石头，他坚信他发了财，并且坚信那块石头值六百万美元。他把那石头秘密地收藏过很多年。

　　应该说，福雷堡的男孩送给我的实在是属于他的黄金和钻石。也许这是迄今为止我收到的最为贵重的礼物。

华盛顿的"文学疗法"

在这样一个美丽的同时又险恶多端的城市,一个平静的然而犯罪率极高的城市,这样的一个政治都市华盛顿,关注总统和白宫的人数也许远远超过议论文学和作家的人数。作家和文学在这里被挤压到一个狭小的不起眼的角落,有时候你觉得生活在这里的诗人、作家不过是在那儿自得其乐——当然,写作的本质也自有它自得其乐的一面,乐在作家与他们创造的故事之间罢了。但是,当我到达华盛顿之后,很快就有人告诉我,华盛顿地区活跃着一个作家工作团,这个工作团的工作就是用文学给人治病。它的活动居然还得到 NEA(美国国家基金会的简称)的重视,NEA 为工作团提供经费。

身为作家,我从来不认为文学有医治人类病痛的伟大功能,也不了解华盛顿的作家工作团用什么方式去给什么样的人治什么样的病。可我知道我将在 NEA 和该委员会的文学部主任麦克·谢有一次会谈,我很感兴趣于这次会谈。

NEA 所在地是一座古老的哥特式建筑。一百年前它是华盛顿的老邮局。大门前盛开着郁金香,还有一尊本杰明·富兰克林铜像。这个戴着假发套的智慧的瘦老头，微微地抬起右手，手掌向前伸开，不知是抵御着什么，还是解释着什么。虽然他被放在这里原来同NEA无关，但NEA似乎是靠了富兰克林的"抵御"和"解释"才得以生存，这使得NEA反倒有几分苟且偷生的味道。

麦克下楼来迎接我。这是一位银发红脸的中年先生，爱尔兰后裔。像大多数爱尔兰人一样，麦克也爽直并且性急。刚走进办公室，他就迫不及待地向我讲起他们目前的困境。他告诉我，NEA的经费通常由联邦政府提供，去年NEA文学部得到的经费是四百五十万美元。他们用这笔钱奖励文学艺术界的天才，赞助艺术演出团体和作家工作团。但是好景很可能不长，现在共和党的有些议员为了迎合右翼纳税人的情绪，否定艺术的公共价值以便为自己拉更多选票，便不断给联邦政府施加压力，一开会就提出削减甚至取消赞助文学艺术的钱。

我还是将话题引向作家工作团。麦克说，作家工作团是一九九四年在他和几个青年作家的联合倡议下成立的，它的成立是受到二十世纪六十年代肯尼迪总统倡议的青年和平工作团的启发。当年的青年和平工作团就是以帮助穷人改变处境为目的，而今天的作家工作团，是吸收那些有奉献精神、热心公益事业且关注下层民众的青年作家，定期为医院里、收容所里以及流落街头的心灵受到伤害的人们做治疗。确切地说，他们启发和鼓励自己的患者投入到文学创作中去，用写作手段来宣泄内心，表达自己，减轻灵魂的压力。看来他们的工作既有文学属性，又有心理医生的特征，或者比心理医生的工作更具可操作性。工作团作家们的报酬很低，每年一万美元左右，一个公司职员收入的三分之一吧。NEA还是设法给这些作家志愿者以更多的回报，如给予他们医疗保险和进大学深造的优惠条件。说到这里，麦克又开始指责政府对他们的忽略，他说，即使是这样有意义的事，一些政客也不愿他们存在，官方常称：既然作家们都是志愿者，那就让他们完全志愿下去吧！麦克却坚持认为，一个社会其实是靠了少数作家支撑着人性的高贵和文化良知的，"你以为怎样？"他问我。

我不能说人性的高贵和文化良知仅靠作家来支撑，但作家存在于社会的意义，的确与捍卫人性的高贵和文化良知紧密相关，无论是通过自己的写作，还是通过鼓励别人写作。

当天下午，我去访问华盛顿作家工作团。这是一个由十二名青年作家组成的团体，十二名作家又随时化整为零分成小组。我见到了工作团成员吉妮和依曼妮，她们两人一组，过一会儿我将跟随她们去一座教堂的地下室，给一些无家可归的女人上课。吉妮是个瘦高的少女，出版过两本小说集，她的长过腰际的满头金发使她看上去像条美人鱼；依曼妮是个黑人女孩，诗人，正在研究老子，她快乐的脸上有两个酒窝，酒窝使她的脸更显快乐。我向吉妮和依曼妮提出了我的一些问题，比如她们教授的对象大都有些什么样的经历，比如她们用什么样的教学法来教这些人写作，比如她们每星期给学生上几次课。吉妮说参加她们写作课的女人，有受丈夫虐待离家出走的，有被家庭遗弃的，也有自幼心灵受过创伤的，还有一些精神不太正常的。依曼妮接着说，对于这些"患者"她们没有固定的教学法，她们的方法是灵活多样的，她们的目的不是让这些女人变成作家，而是用文学影响并改变这些女人的思维和心境，让她们用新的眼光肯定自己、看待生活。这种治疗活动（授课）大约每周两次，每次一小时。

我和吉妮、依曼妮去教堂。路过一个咖啡店时，她俩请客，每人买了一大杯咖啡。吉妮向我解释说，那个教堂的地下室是没有水的。我们端着热腾腾、香喷喷的咖啡在大街上走——在美国，你经常能够看到端着咖啡在街上急匆匆走路的人，咖啡被盛在带有盖子的纸杯里，那给人提神的气味仍然钻出杯口的缝隙在空气中飘溢。大街上这样的形象通常不是无事闲逛，相反总给我一种诸事在身的感觉。吉妮和依曼妮端着咖啡走得很快，步伐欢愉而又昂扬。在五月的夕阳之下，这美好的景象使我难忘。

我们在一座黑沉沉的天主教堂跟前停住，从旁门进去，穿过一个嘈杂的大厅，那儿聚集着一批流浪女人，她们正排队领取教堂提供的免费晚餐。然后我们走进一间大约十五平方米左右的地下室。地下室四壁雪白，屋角有一书架，沿墙一圈沙发，沙发正中一张矮方桌。我发现地毯和沙发都不太干净。这儿聚集着吉妮和依曼妮的七八个学生，她们正安静而恭敬地等待着老师到来。她们当中除一个年轻的白人外，其余都是黑人中年妇女，有一两位显然精神不太正常。吉妮和依曼妮简短地和学生打过招呼，然后像变魔术一样从手提袋里掏出一堆吃的，是犹太人的一种名叫"贝狗"的食品和忌司以及炸薯条，"贝狗"类似中国的发面火烧。吉妮跪在地毯上把"贝狗"切开，抹好忌司一份一份递到那些女人的手中。她不是施舍，她看她们的眼神有一种平等的爱意。她邀请我也吃一点。我喜欢"贝狗"，但此时我并不想吃。吉妮说你最好还是吃一点，咱们大家在一起吃点儿东西彼此情绪就放松了，气氛也会很快地融洽。至此我才明白原来讲课已经开始，先吃点东西便是这种写作课的第一个程序。这个程序的确使师生之间很快随便起来。

接着是在老师指示下学生每人一段的自述，内容包括姓名，从哪里来，你最喜欢的人和事……这显然是一项锻炼表达能力和信心的练习。尽管已经吃完"贝狗"情绪理应放松，但她们说话时还是有些紧张，我猜大约是因为有外国人在场。但她们的表达非常认真，她们几乎都说上帝是她们最喜欢的人。只有一个人说她喜欢吉妮和依曼妮，是她俩使她们这些苦恼的人看到了希望，要是有一天她的作品能在《纽约人》发表，她不知要怎样感谢她俩。作为旁听者，我也被邀请作自我介绍。我说我来自中国，我有着与你们不同的语言和肤色。但有一点我们是共同的，那就是我们都是人。实际上每个人都是独特的，每个人都有表达自己的权利，而我喜欢的人就是你们大家。在场的人为我的话而鼓掌，离我最近的那个最年长的女人拥抱我，她们感谢我的发言把这些凌乱的心做了连接，她们愿上帝保佑我。

气氛明显地活跃起来，下面是由依曼妮为大家朗诵事先准备好的几段诗句。她朗诵之后大家还要一同朗诵，这也是授课内容之一，让每个人都沐浴诗的意境：多么美丽啊，太阳在那儿照耀；多么美丽啊，我看到了我们人民的心灵……这些女人眯起眼睛无比虔诚地朗诵着："多么美丽啊，太阳在那儿照耀；多么美丽啊，我看到了我们人民的心灵……"那美丽的太阳或许真有一瞬间在她们心头照耀？

写作练习当然是写作课的重要内容。这时吉妮拿出了一沓图片，她对学生们说，今天我们的写作练习是每人从这些图片中任选一张，假想你与图片上人物、动物或景物的关系，你还可以假想图片上的人物的命运，一座老房子，像你去过的什么地方吗？……然后大家以下列方式表达：诗歌、小说、一封信、日记或者假装你要给某家杂志投稿——写篇散文，关键是你必须发挥你的想象力。现在我给你们二十分钟时间,写出文章提纲并且当众朗读。

最先举手报告提纲已写完的是那位显然精神不太正常的女人。她选择了一张猫的画片,她把自己假想成图片上的猫,她用第一人称来表达这猫的一些想法,她还给猫起了个名字叫作司莫基。她说司莫基来自非洲,亲切而又超然,白天它只是旁观生活,在每天的夜里两点,它去玩电子游戏。它蹦来蹦去自己游戏自己,它想人有人格我也有猫格啊,谁也不知道我的猫格是什么,因为当人们入睡之后我才开始寻求我自己……这个女人,当她表述她编造的这个故事时,她一脸的天真和迷醉。有时候你的确觉得,只有在少数精神病患者的脸上,你才能找见与人类相隔已久的决然的纯净。她的故事也许幼稚,但她的激情却非常真挚,谁又能说那只名叫司莫基的猫身上没有这女人迷惘的过去呢?

又有一些人陆续地朗读了自己的提纲,那个拥抱我的老女人挑选的是帧女人肖像。她坚持说图片上的肖像是个女画家,一生备受苦难终于大器晚成的女画家,因为她的脸上有悲也有喜,使人想到我们也许确实要经历苦难才会产生美妙的艺术。这老女人说她要学习这女画家,她今年快六十岁了,没准儿她也会大器晚成,她有的是苦难,而今她不再害怕它们,因为世界是博大的,比她的苦难大得多……在场的人又开始为这个老女人鼓掌。

写作课结束了,吉妮要大家下次上课把写好的作品带来,她和依曼妮会给这些作品打分,如果文章确有光彩,还会有在作家工作团的文学杂志上发表的可能。我想这种杂志大约类似中国的内部刊物吧。

学生们先于我们离开了地下室,分手时她们一一过来拥抱我，说着吉祥的祝福的话。我也拥抱了她们，想着吉妮跪在地毯上给她们分切"贝狗"的情景，我的拥抱变得自然和亲切。

我和吉妮、依曼妮互相望着，我们似乎都明白在这间地下室里，可能永远也不会有人脱颖而出成为作家，但文学的确在改善着她们的心灵，哪怕只是瞬间的、短暂的。

曾经有过就应该说值得。

工作团年轻的作家在这样的教学过程中，也接触、了解和理解了形形色色的普通人，这对于日后他们自己的写作，对于磨砺他们敏感、宽广、富于同情的内心，又何尝不是一种货真价实的体验呢？

还记得吉妮也对我说起联邦政府经常检查她们的项目，检查她们授课的表格。吉妮说，一个人通过文学丰富了灵魂，心变得广大起来，心的广大是表格无法显现的。"那些政客，"吉妮也喜欢说"政客"，"他们怎么会有时间和耐心倾听一个普通灵魂的变迁呢！"

我没有再和吉妮、依曼妮多谈，因为她们当晚还要赶去一所医院上课，听说那儿的学生也多是女人，精神有毛病的女人。为什么她们的治疗对象差不多都是女人呢？这使我想到华盛顿患病的男人一定不少于女人，但女人似乎尤其喜欢选择，或者说更加适应用文学的方式表现自己、解脱自己。是女人赋予了文学更多的坦诚、轻信、神经质的纯净和有时候比现实更美的憧憬——这是一个话题，但这个话题显然并不属于这篇文字。

俄克拉荷马城纪事

今年四月，我在美国佐治亚州的亚特兰大市，得知美国俄克拉荷马城的联邦大楼于四月十九日突遭爆炸，俄克拉荷马城即是俄克拉荷马州的首府。电视和各种传播媒体把这一惨案呈现给全世界，被炸现场令人不忍目睹。美国的《新闻周刊》用文字和图片连续报道了这一不幸事件：十余层高的大楼被掀掉正面；钢筋牵挂着的水泥碎块如山洪暴发一泻而下；一位消防队员怀抱着一个浑身鲜血的婴儿；抢救受难者的志愿救援人员又从废墟中挖出一具血肉模糊、不辨性别的尸体；一个强壮的救援者蹲在废墟上，双手捧住一个被他救出的孩子，无限疼爱地亲吻他；以及面对堆积如山的碎石瓦砾和残肢断臂的一张张痛不欲生的脸……电视每天都在报告死伤人数，随着救援工作的深入进行，死者和伤者的数字不断增加。当五月四日救援工作结束时，总计有一百六十七人死亡（包括十九名儿童），四百五十余人受伤，另有三人失踪，财物损失在五亿美元以上。四月二十一日《洛杉矶时报》的一份资料表明，从一八八六年到俄城爆炸案之前，美国一共发生了十三起重大爆炸案，而此次的俄城大爆炸是美国历史上最悲惨的一次。美国总统克林顿宣布：这是对美利坚合众国及其生活方式的攻击。

"四一九"惨案不仅震惊了全美国，一时间也引起了全世界的关注。美国警方很快就公布了，这是一起人为的爆炸案，美国国内一个名叫"密歇根民兵"的极右翼反政府准军事组织涉嫌此案，四名嫌疑犯中已有三名被逮捕。当时作为国际访问者的我，很想立即前往这座城市，亲自去了解它是怎样对待这场空前的灾难的。但由于我的访问日程已事先做了安排，所以直到事件发生后的第三十五天，我才有机会来到俄克拉荷马城。

俄克拉荷马城位于美国中南部，美国人称它"圣经地带"。这种说法既可以解释为道德规范的古老保守，也可以解释成民风民情的温良淳厚。我于五月二十四日下午到达该城，飞机在蒙蒙细雨中着陆。在我乘车前往旅馆的路上，随处可见城中建筑物上仍在下半旗为死难者致哀。这蒙蒙细雨和雨中孤寂的星条旗，使俄城弥漫着一种悲伤和肃杀的气氛。在旅馆的总服务台，我取回当地国际访问者协会为我所做的日程安排，我得知第二天我将去市长办公室会晤市长高级助理瑞克·莫尔先生。

> 市长办公室："一种不寻常的火药味迅速弥漫了街道，凭经验我知道这是一起大的爆炸，而且很可能是有意的。"

进市政大厅，首先看到的是悬挂在大厅内的慰问标语，这些慰问标语来自美国各地：纽约、西雅图、华盛顿、密西西比……标语上不仅有各种形式的慰问语言，而且有每个城市市民们五颜六色、密密麻麻的签名，标语像海的波涛一样几乎覆盖了整个大厅。穿过这慰问的波涛,我上楼来到市长诺瑞克先生的办公室,市长高级助理莫尔先生正在这里等我。我发现莫尔先生虽然衣着笔挺,对我亦热情有礼,但细看去,脸上有明显的倦怠之色,胡子也留了很长。后来我得知在俄城的灾难之后,他每天工作都达十八个小时,经常连胡子也忘记刮。

莫尔先生代表市长向我致意,并说本来市长要亲自同我见面交谈的,但市长因近期过度劳累而病倒,和我会晤就只好由他代表了。话题自然是四月十九日的大爆炸。莫尔先生说:"那天早晨,我就是在这间办公室听到爆炸声的。玻璃忽然震撼起来,天花板也在强烈地颤动。我预感到有一种不幸正在发生,连忙从二楼跑到一楼,然后跑上大街。这时浓烟滚滚而来,一种不寻常的火药味迅速弥漫了街道。凭经验我知道这是一起大的爆炸,而且很可能是有意的。"——莫尔先生强调了"有意的"。接着他说,"我边跑边判断现场很可能就在与市政府相隔两条街的联邦大楼处。当我毫不犹豫地跑到爆炸现场时,看到联邦大楼已面目皆非。各种车辆乱成一团,到处是满身是血的人。楼上一些幸存的人正惊恐地叫嚷着要跳楼。我跑上去叫喊着阻止他们,有人稍微镇静了一些,但有人仍然跳入了眼前的瓦砾和硝烟之中。幸好联邦大楼离医院和警察局都很近,救援人员迅速赶到了现场。其实未经组织的市民早已聚集在大楼前开始了志愿救援。虽然恐惧和惊吓正笼罩着每一个人,有些人甚至仍未弄清眼前发生了什么事,但有人在流血,有人在死亡中挣扎,这是现实。"莫尔先生告诉我,爆炸发生的当天,美国联邦调查局人员就赶到这间办公室开始了对此案的调查。莫尔先生不仅参与组织现场救援,一面还要不时跑回办公室应付那里节奏的突然改变;他们一面与联邦调查局分析案件的脉络，还要接无数个不同内容的电话：提供线索的，要求寻找亲人的……莫尔先生说："给我印象最深的是一个小男孩的电话，他用颤抖的声音告诉我他十岁，他的爸爸就在大楼里。妈妈和爸爸离婚了，现在他和爸爸一起生活。今天他一直等待他的爸爸回家，他哭着要求我们去救出他爸爸。当时天已很晚，我已经十几个小时没吃东西，可是这个孩子的请求促使我必须再次赶赴现场。"莫尔先生和消防队员一起在现场寻找，虽然他们最终没能找到那孩子的父亲，但莫尔先生作为市府的高级官员，他毕竟没有愧对那个孩子，没有愧对他的城市，应该说他是恪尽职守了。莫尔先生却说你应该去访问一下本市的消防队，特别是消防队副队长乔尼·汉森，汉森才是恪尽职守的典范。我告诉莫尔先生，当我从《新闻周刊》上看到那位消防队员怀抱头部淌血的婴儿的照片时，我就有了访问他们的愿望。但我看到乔尼·汉森已是第二天的事，在此之前我的计划是访问州政府和美国红十字会。

和莫尔先生分别时，我得知他是研究政治科学的教授，几年前曾在中国的海口教书。现在由于他的努力，俄克拉荷马城和海口市将结成友好城市。这个信息似乎把我们的认识又引进了一步。最后，莫尔先生还代表市长赠我一个有市长签名的陶瓷烧盘，他说："你可能是灾难发生后第一个到达我们城市的外国作家，我们为此感谢你。"

我并没有什么可以送给这座城市的东西，我带来的只是一个中国公民对那些无辜死难者的同情和对他们遗留在世上的孩子们的关切。我想世上任何一个心理正常的人，面对这样的灾难都会产生同情和关切的。

州长办公室:"简直没有时间悲伤,我们必须竭尽全力使市民重新恢复勇气。"

在州长办公室,会见我的是副州长玛丽·法琳女士,玛丽·法琳是俄克拉荷马州有史以来第一位女州长。原来本州只有一正一副两位州长,正州长不在时,法琳女士便全权负责州政府的事务。

这是一位漂亮、精干并且待人亲切的女性,她直言不讳地告诉我,先前她本是从事旅游业的。"也许还做过旅店老板?"我想。那时她就热衷政治,经常给州政府的工作提出批评建议,有些建议居然还被政府采纳。这使她萌发了从政的动机,然后她便开始竞选州议员。竞选时她正怀孕,她怀着孕同每一个选民握手。她成功了。当她做了四年州议员后,她又开始竞选州长。她再次成功。谁知玛丽·法琳上任才一百四十天,俄城便发生了这起爆炸案。讲到这里,这位女州长的神情黯淡下来。面对一个中国作家,她仍然无法掩饰她的沉重心情。她说:"当时我无法相信在我们的城市会发生这样的事,但这件事确实已经发生在我们的州。"她说,"我简直没有时间悲伤,我们必须竭尽全力使市民重新恢复勇气。"那么,慰问便成了法琳女士的主要活动。从事件发生到今天,法琳副州长几乎每天都要出去慰问那些在灾难中失去亲人的妇女和儿童,她决心以她的活动使人们走出灾难的阴影。她告诉我:"现在遭受灾难的市民都已得到妥善安置,而阴影其实仍然笼罩着我。"从法琳女士身上,我体味到了精明、细腻和干练的处事风格,不禁想起毛泽东主席那句名言:"妇女能顶半边天。"前不久,在北京召开的第四次世界妇女大会非政府组织论坛上,这句话曾被一些外国与会者十分欣赏地反复运用。在俄城灾难深重的日子里,许许多多的玛丽·法琳们的确在顶着半边天。

这天,法琳女士还向我宣布了州政府的一项决议,那便是任命我为俄克拉荷马州名誉副州长。她把一份深蓝色印有烫金州徽的证书交到我手中,微笑着对我说:"俄克拉荷马的大门随时为你敞开。"

我感谢俄克拉荷马州政府给予我的荣誉和礼遇,虽然名誉副州长也许不过是他们一个友好而认真的玩笑。有时候美国人是喜欢这种认真的玩笑的,问题的关键在于他们的认真,这种认真的过程使玩笑本身变得真实了。

美国红十字会:"我们的工作是让他们哭出来,直到一个、两个、三个……"

美国红十字会总部就设在俄克拉荷马城,接待我的杰克逊女士是该会负责人之一。她向我讲述"四一九"的情形时,几乎无法控制自己的感情。她边哭边讲,仿佛灾难仍在眼前。她说四月十九日那天,他们最初以为是煤气爆炸,十五分钟后,红十字会三十名工作人员便赶到现场。他们抢救出了六个孩子,这六个孩子是爆炸现场附近一个幼儿园的孩子。爆炸使孩子们遭受了极大惊吓,他们没有表情,也不会哭了。杰克逊女士说,我们的工作是让他们哭出来,直到一个、两个、三个……六个孩子都哭了,我们心里才好受一些。当然,红十字会的全部任务不只是救出几个孩子,那些天有许多人来到红十字会要求帮助寻找亲人,他们倾尽全力帮助这些人寻找,有的找到了,有的至今没有下落。杰克逊女士说她相信每一个人内心的哀伤都是巨大的，当时红十字会的宗旨就是"让工作把我们的情绪镇住"。让大人镇静，就像让孩子们哭出来一样重要。

杰克逊女士告诉我，在那些日子里，志愿要求到红十字会来工作的人不计其数，仅出事当天要求看护小孩的就有两千一百人。市民们用各种方式支援受难者，一对新婚夫妇自己设计、印制了一批T恤衫，上面印有一大一小相握的两只手，写着："让我们共同帮助俄克拉荷马！"他们上街义卖这批T恤，一天竟然卖了八万五千美元，当天这对夫妇就把支票送到了红十字会。有一天电视发布一则消息说，救援人员需要有训练的狗协助寻找失踪的人，于是那些训练有素的狗纷纷由它们的主人陪同从各地来到俄城，紧接着狗的食品也随之运来。全国各地的孩子也用自己的方式表达他们对俄城小朋友的关怀，他们寄来玩具，几天之内红十字会收到的玩具已不计其数。我们现在已经不敢说还需要什么，假如你说缺少一只手电筒，很可能你一下子就能收到几千只。前几天市政府曾经召开集会，向所有的救援者和捐助者表示谢意，那些寻找死难者的训练有素的狗，也由它们的主人陪同被邀请参加集会。当市长表扬这些狗为救援做出的努力时，在场的狗们忽然齐声叫了起来，似乎在表示不必客气，那场面非常地感人。杰克逊女士说，当今时代对我们来说，是一个最好的时代，也是一个最黑暗的时代。"四一九"爆炸案不就是有人在蓄意制造黑暗吗？但正是在灾难中，人性有最高贵的表现，也有最低劣的表现。这场灾难使俄克拉荷马城的人心贴近了，我们希望我们所做的一切能为别的城市做出榜样；当然，我们更希望任何一个城市也不要发生这样的灾难！

分手时杰克逊女士将一件"两手相握"的T恤赠给我,这便是那对新婚夫妇的作品。

  俄城消防队:"我们的手一定都破过,不然你每天怎么能从人身上搬走一百吨石头?"

  我终于来到俄克拉荷马城消防队。新闻媒介早已把他们二十五天的卓越救援呈现给全世界,一时间他们成了美国人心中的英雄团体,而率领这个团体的消防队副队长乔尼·汉森更是英雄中的英雄。在消防队褐色的办公地,我看见到处都摆着鲜花、礼品、图画和各个城市的仰慕者寄来的热情洋溢的信。许多图画都画着大大的一颗红心,表示他或她的红心属于乔尼·汉森。鲜花和各种赠品从走廊一直排进了汉森的办公室。

  乔尼·汉森是一个高大、质朴、甚至有点腼腆的人,一个淡黄色头发的挪威后裔。他请我坐在一张圆桌旁说:"面对一个作家,真不知道怎样讲述你才会有兴趣,我看我还是用最普通的办法讲吧。"他说,"春天的四月十九日天气很好,我像往常一样来到办公室。不久我感到玻璃在震动,接着玻璃被震碎。我跑到街上,看到黑烟正从东边升起,我和我的队伍以极快的速度赶赴现场。有人说我们是最先到达现场的救援队伍。的确,当时现场硝烟弥漫,我以为是一架飞机掉了下来,当烟尘渐渐落下,我们才清楚地看到眼前发生了什么:大楼、楼前的停车场、一片火海……"但当谈到他们的具体工作时,汉森这位正被全美国传诵着的英雄话却很少。这使得我不得不主动提问,虽然我自知这些提问非常平淡无力,诸如在那些日子里他们每天工作多少小时?他们是怎样发现楼里的孩子的……汉森告诉我，出事后的十四天中，他们每天工作二十四个小时，第二十天后才变为白天工作。至于发现大楼里的孩子，是因为他们在爆炸现场看到有儿童玩具，由此断定大楼里附设着托儿所，供在此工作的母亲寄托婴儿。我又问汉森用什么工具寻找死难者，他伸出两只有力的大手说："我们用手，我们只能用手去搬那些碎石瓦砾，我们不敢用其他工具，更不敢用推土机，我们平均每天要搬一百吨碎石。"

每天用手搬一百吨碎石，也许这才是汉森和他的队伍受人尊敬的真正原因。一百吨，谁都会意识到这是一个可观的数字。当时我想到的只是人类那两只血肉造就的双手与石头上百上千次的摩擦，我还想到若用"双手淌着鲜血"来形容当时的一切，肯定是一句拙劣的形容。我希望汉森给我讲些具体细节、具体感受，汉森合拢了双手，诚挚地望着我说："我真的说不出什么细节。说到感受，我想我们的手一定都破过，不然你每天怎么能从人身上搬走一百吨石头？但这不是什么要紧的事，要紧的是人身上的石头应该一块一块地减少。你看，其实我真的讲不出什么。"他有点不好意思地低下了头，似乎在为他的叙述不惊不险而抱歉。

我把手伸给汉森说："谢谢你，你已经讲出了我想知道的细节。我非常感动。一座城市有了你们，市民一定会为此感到生活的踏实可靠吧。"汉森说："你的话是多么真诚动听啊，我但愿我们真的像你说的那么好。"

汉森的副手拿来枣样大的一块石头送给我作纪念，这块红褐色的坚硬的碎石便是联邦大楼的一部分，便是恶和善、黑暗和光明搏斗过的象征。后来汉森又陪我来到他们的车库，他引我走到一辆红白相间的消防车跟前说，那天早上他就是开着这辆车冲向现场的。此刻，这曾经染尽硝烟的车又被主人冲洗得焕然一新。我与汉森在消防车前合影留念，当我离开消防队时，走廊里又有人送来了新的鲜花。

  和威廉姆斯夫妇雨夜长谈："暴徒常常对生存有恐惧心理，有些人正是因为恐惧才施暴。"

  戴维·威廉姆斯先生是俄克拉荷马城著名的心理专家，他的夫人威廉姆斯太太在市立图书馆工作。"四一九"那天，她因馆内玻璃被震碎，头部也受了伤，几天前刚刚拆下绷带。在我到达俄城的当天下午，威廉姆斯太太就作为公共电视台特约记者对我进行了电视采访。那是该电视台一个八分钟的文学专栏，在这个节目里，我轻松地回答了主持人有关文学的提问，诸如自己的写作经历、写作习惯以及自己的新书等等。采访结束后，天已全黑而且雨越下越大，开朗、热情的威廉姆斯太太对我说，希望我能接受她和丈夫威廉姆斯先生的邀请，一同吃晚饭。我欣然答应。

  威廉姆斯先生是个举止文雅、态度谦和、情感细腻的人，使人很容易联想到他身上的威尔斯血统。威尔斯本是爱尔兰的一个少数民族，它以优美的诗歌、民谣而著名。我曾经在新奥尔良的一位法国夫人家中听女主人用竖琴演奏威尔斯民谣，歌词和旋律是如此单纯朴素，是我至今听到的最美的民歌之一。在"四一九"爆炸案之后，威廉姆斯先生联合了城内一些心理医生，义务为人做心理治疗。他们的治疗对象不仅有死难者家属，也有一部分那天因事偶然离开大楼而幸免的人们。威廉姆斯先生向我解释说，这些人至今一直怀着深深的负罪感，他们认为他们本来也该死的，然而他们却活着，为此他们不能解脱，他们觉得自己无形中成了偷生的逃跑者。现在他们的心理压力和痛苦甚至比死难者的家属还要强烈。

因为威廉姆斯先生是位心理医生，我们的话题很自然地转到一个名叫蒂莫西·麦克维的嫌疑犯身上。这个二十七岁的留着平头的重要嫌疑犯一直拒绝与警方合作，他拒不交代任何犯罪动机。他的形象已经频繁出现在美国各种传播媒体中，从某种意义上讲，他似乎也可说是一个"恐怖明星"了。我和威廉姆斯先生一起分析这位麦克维的照片：他固执地抿着薄嘴唇，微皱的眉头下是一双冷漠、惊愕而又茫然的眼睛。我只觉得他似乎也被自己的行为所造成的后果所震惊了。他用强作出来的冷漠来掩饰快要崩溃的内心。威廉姆斯先生说："实际上暴徒常常对生存有恐惧心理，有些人正是因为恐惧才施暴……"威廉姆斯太太告诉我，幸而俄城的市民是优秀的，"四一九"事件后，市内秩序更加井然，爱心把人们联得更紧了，就连小偷在爆炸后也停止了盗窃。威廉姆斯先生接着说，他认为面对一场大的灾难，普通人往往比某些有地位的人有更出色的表现。他说事件发生后，当他联合俄城一些心理医生义务为患者做治疗时，拒绝这种活动的，竟是一位有办公室行政主任头衔的先生。这位先生说："干吗我要义务为他们做治疗呢？我又不欠他们的。"威廉姆斯太太说她也接到过一个电话，打电话的人要求她立即帮他查资料。威廉姆斯太太向他解释说图书馆的玻璃被震坏，几个工作人员也受了伤，因此现在还无法工作。对方说："谁让你们的图书馆不设在郊区呢，你们这是活该！"威廉姆斯太太说她放下电话气得浑身发抖。我引用了一位美国作家的话说，的确，生活可以使我们获得各种体面的头衔，但我们不一定就已经成长为一个人。威廉姆斯先生说，就为了这句话，我觉得我们已经是朋友，而威廉姆斯太太则无限诚恳地说，她也要郑重地学习成长为一个真正的人。

只为一己私利而活着的人的确还大有人在，而另一些注重道德准则的人士已有意识地注意到怎样提醒下一代更多地关注他人的命运。我向威廉姆斯夫妇谈到与一位名叫乔治·曼莫的先生的会面。曼莫先生是一个名叫"喂养我们的孩子"的国际慈善机构的副董事长，"四一九"之后，他的机构为受难者和救援者提供了大量食品。在那些日子里，他每天带着十一岁的儿子工作，他说他要让这一代孩子面对现实，从小就认识到关怀人类与热爱和平的重要。父子俩每天工作到很晚，有一天儿子突然用大人的口吻同他谈起人类面临的许多问题，他为儿子这突然的成熟感到欣慰。

和威廉姆斯夫妇的晚饭将近十一点钟才结束，威廉姆斯先生执意要送我回旅馆。我们特意开车绕到市中心第五街那惨遭毁坏的联邦大楼前，大楼已于五月二十三日下午用定向爆破炸平，是为了重建，也似乎是以此抹去压在俄城人心中的阴影。大楼四周已戒严，我只看到有人正在那里静静地守护着。

威廉姆斯先生不愿意让我只看到俄克拉荷马城这凄惨、狼狈的一幕，第二天，威廉姆斯太太特意将一本有作者亲笔签名的俄克拉荷马风景摄影集送到我的旅馆作为给我的礼物。打开编选、印刷十分精美的摄影集，俄克拉荷马州的壮美风光尽在眼前。尤为吸引我的是俄州特有的一种形状像玫瑰花的石头，它们漫山遍野地"开放"着，既有玫瑰的娇艳，又有石头的顽强。这里的人们把这种石头称作玫瑰石。

离开俄城的早晨，我当真收到了一"朵"玫瑰石，这是当地国际访问者组织联络人克罗克斯夫妇赠送给我的。我拿起这块棕红色的坚硬明丽的"花朵"，觉得我对俄城的访问才完整了。我从俄克拉荷马带回了两块石头，山上的玫瑰石和联邦大楼的碎石。当这两块石头并排摆上我的书桌时，我想到爱和憎常常是同时摆在你面前的。一言难尽的原来是石头。

图书在版编目（CIP）数据

相信生活,相信爱:铁凝经典散文/铁凝著.—济南:山东文艺出版社,2019.5
ISBN 978-7-5329-5838-2

Ⅰ.①相… Ⅱ.①铁… Ⅲ.①散文集—中国—当代 Ⅳ.①I267

中国版本图书馆 CIP 数据核字(2019)第 044745 号

相信生活,相信爱
铁凝经典散文
铁 凝 著

主管部门	山东出版传媒股份有限公司
出版发行	山东文艺出版社
社　　址	山东省济南市英雄山路 189 号
邮　　编	250002
网　　址	www.sdwypress.com

读者服务	0531-82098776(总编室)
	0531-82098775(市场营销部)
电子邮箱	sdwy@sdpress.com.cn

印　　刷	山东临沂新华印刷物流集团有限责任公司
开　　本	880 毫米×1230 毫米　1/32
印　　张	8
字　　数	180 千
版　　次	2019 年 5 月第 1 版
印　　次	2020 年 6 月第 4 次印刷
书　　号	ISBN 978-7-5329-5838-2
定　　价	39.00 元

版权专有,侵权必究。如有图书质量问题,请与出版社联系调换。